EIN Schotte FÜR DIE ZUKUNFT

Katherine Collins

Erstausgabe März 2018
© 2018 dp DIGITAL PUBLISHERS GmbH
Made in Stuttgart with ♥
Alle Rechte vorbehalten

Ein Schotte für die Zukunft

ISBN: 978-3-96087-385-3
E-Book-ISBN: 978-3-96087-331-0

Umschlaggestaltung: Antoneta Wotringer
unter Verwendung von Abbildungen von
© pixabay.com
Lektorat: Daniela Pusch
Satz: Vera Krimmer

Über die Autorin

Katherine Collins lebt mit ihren zwei kleinen Töchtern in einem kleinen Dörfchen inmitten des Vest. Als passionierte Leseratte kam sie schon in ihrer Jugend zum Schreiben. Seit 2014 veröffentlicht sie historische Liebesromane sowohl in Verlagen, als auch als Selfpublisher. Angefangen mit *Verzeih mir, mein Herz!* hat sie bereits elf Veröffentlichungen, unter anderem bei Ullstein-Forever und dem Latos-Verlag, vorzuweisen.

Unter dem Pseudonym Kathrin Fuhrmann schreibt die Autorin Liebesgeschichten, die mal mit Crime und mal mit Fantasy unterlegt sind. Dabei liegt ihr Fokus auf den Beziehungen ihrer Protagonisten.

Die Ahnentafel

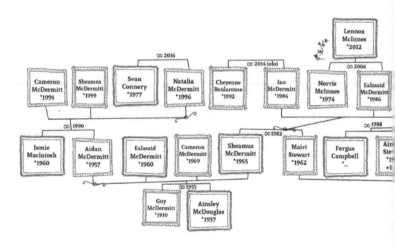

Lennox
McInnes
*2012

∞ 2016

∞ 2014 (olo)

∞ 2006

Cameron
McDermitt
*1991

Sheamus
McDermitt
*1999

Sean
Connery
*1977

Natalia
McDermitt
*1996

Cheyenne
Boularouse
*1992

Ian
McDermitt
*1984

Norris
McInnes
*1974

Ealasaid
McDermitt
*1986

∞ 1990

∞ 1982

∞ 1988

Jamie
Macintosh
*1960

Aidan
McDermitt
*1957

Ealasaid
McDermitt
*1960

Cameron
McDermitt
*1969

Sheamus
McDermitt
*1955

Mairi
Stewart
*1962

Fergus
Campbell
*...

Ain
Ste
*1
+1

∞ 1955

Guy
McDermitt
*1910

Ainsley
McDouglas
*1937

der McDermitts

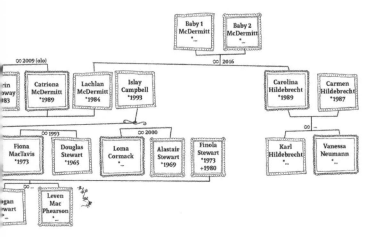

Baby 1 McDermitt
*...

Baby 2 McDermitt
*

∞ 2009 (o|o)

∞ 2016

...rin ...oway ...83

Catriona McDermitt
*1989

Lachlan McDermitt
*1984

Islay Campbell
*1993

Carolina Hildebrecht
*1989

Carmen Hildebrecht
*1987

∞ 1993

∞ 2000

∞ ...

Fiona MacTavis
*1973

Douglas Stewart
*1965

Loma Cormack
*...

Alastair Stewart
*1969

Finola Stewart
*1973
+1980

Karl Hildebrecht
*...

Vanessa Neumann
*...

∞ ...

...agan ...wart ...

Leven Mac Phearson
*...

1

Eine Reise in die Highlands

Meine Finger zitterten, als ich den Stift zurück auf den schmalen Tisch unter dem kleinen Fenster legte. Ich hatte soeben einen Brief an meine Mutter begonnen, in dem ich ihr von meinen Abenteuern der Hinreise berichten wollte. Aber es war schwieriger als erwartet, den richtigen Ton zu treffen. Ich wollte heiter klingen. Glücklich. Es sollte wirken, als machte es mir nichts aus, dass ich mich versehentlich nach Schottland verfrachtet hatte, anstelle Nordamerikas. Perth. Verflixt, warum gab es davon unendlich viele? Mich hatte irritiert, dass mein Zielflughafen Dundee hieß, was für mich eher nach Australien klang, gegoogelt und festgestellt, dass es ein Perth in England gab, eines in Australien und gleich zehn in Amerika. Tja, gelandet war ich nicht ganz so weit von zu Hause entfernt wie gewünscht, und leider unendlich weit weg vom

Grand Canyon. Aber es hätte schlimmer kommen können, immerhin gab es hier Berge und man konnte sich in den Highlands ebenso gut verlaufen, wie in der Sierra Nevada oder wo auch immer genau der Grand Canyon lag. Zugegeben, geographisch war ich eine Niete. Eigentlich war ich generell eine, das wurde mir beim Überfliegen meiner Zeilen erneut bewusst.

Liebe Mama, es geht mir toll. Ich hatte eine tolle Reise, das Zimmer ist toll und die Leute hier auch …

Das glaubte ich mir nicht einmal selbst. Seufzend zerknüllte ich das Blatt und warf es in den Papierkorb. Nachdenklich starrte ich aus dem schmalen Fenster meines kleinen Zimmers. Es war urig, keine Frage, und womöglich hätte ich es sogar romantisch gefunden, wenn die Umstände anders lägen. Jemand anderes hätte vielleicht das unerwartete Abenteuer genossen, aber für mich verlief es typisch. Sogar zu dumm, um den richtigen Ort zu erwischen. Wer bitte schön plante einen Urlaub in den USA und landete in Schottland? Niemand mit ein wenig Verstand und das wiederum …

Meine Stirn spannte und der Schmerz nahm an Intensität zu, je länger ich auf das Blatt vor mir starrte. Einige fröhliche Sätze werde ich doch wohl hinbekommen! Ich spürte bereits jede Faser meines Körpers, so angespannt war ich, aber alles was sich regte, war mein Unmut. Komm schon, so schwer ist das nicht! Ich nahm den Stift und setzte ihn auf das Papier, um darüber zu kratzen.

Hallo Mama,

Guter Anfang für eine Zehnjährige! Sollte ich lieber Mutter schreiben? Oder Clara? Oder Mami? Nein, jetzt wurde es albern.

Du wirst nicht glauben, was mir Lustiges passiert ist.

War das zu offensichtlich?

Ich habe aus Versehen einen Flug nach Dundee in Schottland gebucht und nicht nach Amerika. Du kannst dir sicher vorstellen, wie überrascht ich war, als ich keine zwei Stunden nach dem Abflug bereits landete und aussteigen sollte.

Das klang zumindest ganz nach mir. Unzufrieden kaute ich auf dem hinteren Ende meines Kugelschreibers herum. Es war sogar für meine Mutter offenkundig, dass ich wiedermal absolut unaufmerksam gewesen war, unbedacht und abgelenkt. Vermutlich könnte es sie warnen, aber es war ja auch ein Beweis. Weil mir solche Dinge eben passierten, würde sie es verstehen. Ja, ich sollte es genauso lassen.

Immerhin stand mein Mietwagen bereit und ich fand meine Unterkunft ohne weitere Probleme. Es ist ein süßes Cottage einige Kilometer oberhalb von Dundee und es wird Dich beruhigen, zu hören, dass ich keinen Unfall provozierte, indem ich die falsche Straßenseite befuhr. Ich komme mit dem Linksverkehr hervorragend zurecht.

Sehr geschönt, aber zumindest nicht dreist gelogen.

Ich freue mich auf meine Spaziergänge durch die blühende Landschaft, denn ich habe beschlossen, das Auto stehenzulassen, wo es nur geht. Die Luft hier oben ist so klar, dass mich jeder Atemzug anregt ...

Übertrieben? Wieder kaute ich auf dem Plastik meines Stifts herum und betrachtete meine geschriebenen Worte. War das glaubhaft? Immerhin hatte ich die letzten sechs Monate in Therapie verbracht, drei davon in einer geschlossenen Abteilung.

Schön, das Credo meiner Ärzte lautete: Bewegung und Aktivität, aber beides hatte meine Laune nie gehoben und war mir eher wie eine zusätzliche Last erschienen. Hatte ich das meiner Mutter gegenüber je erwähnt?

... vor die Tür zu gehen. Und ich habe Hunger wie ein Bär!!!

Gar nicht, aber Appetit sollte ein Zeichen dafür sein, dass man aus seinem Tief herauskam.

Deswegen werde ich auch hier eine Pause machen und erst einmal Frühstücken gehen. Vermutlich mache ich danach direkt einen Abstecher durch das Dorf und je nachdem, wie ich mich dann fühle, gehe ich spazieren. Ich muss sagen, ich kann es kaum erwarten, mich umzusehen.

Erneut ging ich durch den Text. Es klang heiter, fand ich, und ganz danach, als erfreute ich mich an meinem Urlaub. Also war es genauso, wie ich es meine Mutter Glauben machen wollte.

Mein erstes Frühstück in der Fremde, wie aufregend. Was wird es wohl geben? Ein englisches Frühstück? Ein kontinentales? Ich bin schon ganz hibbelig vor Aufregung!

Ich werde meine Kamera mitnehmen und dir die Bilder später per E-Mail zuschicken, damit du nicht auf meine Rückkehr warten musst, um eine Vorstellung davon zu haben, wie es hier aussieht. Da fällt mir ein, ich sollte dringend eine Jacke kaufen, denn Schottland ist bedeutend kälter, als Nevada.

Eine Jacke war dringend nötig. Das Dorf lag nur ein paar Kilometer entfernt und da ich mich ohnehin sehen lassen wollte, war es sinnvoll, eine Einkauftour zu unternehmen. Ich malte gedankenverloren einen Smiley auf das Papier. Zwar sollte ich kein Geld mehr ausgeben, das meine Familie dringender brauchte, aber ich hatte eine Lebensversicherung abgeschlossen, die alle anfallenden Kosten decken sollte. Seufzend legte ich den Stift zur Seite und schob den Stuhl zurück. Das Blatt lag mittig auf der Schreibtischoberfläche, ein Briefumschlag lag frankiert bereit und die Adresse meiner Mutter war ebenfalls notiert. Es wirkte, als wollte ich den Brief auf jeden Fall absenden. Ich musterte den Schreibplatz. Es sollte alles so wirken, als ginge ich nur kurz raus, um zu Frühstücken. Als käme ich definitiv wieder, um den Brief zu beenden, ihn abzuschicken und wundervolle Tage hier zu verbringen. Aber tatsächlich sahen meine Pläne anders aus. Mein Herz flatterte vor Aufregung und ich wandte mich ab, um den Rest des kleinen Zimmers in Augenschein zu nehmen. Das Bett war nicht gemacht und war so schmal, dass ich in der Nacht befürchtet hatte, jeden Moment hinauszupurzeln. Die Wolldecke hatte ich gebraucht, um mich warm zu halten, denn ich hatte den Fehler begangen, über Nacht das Fenster zu öffnen. Es war eisig kalt gewesen, obwohl es Sommer war. Mein Schlafanzug – für die sengende Hitze Nevadas ausgewählt – war kurzärmelig und aus Seide. Er lag auf dem Boden am Fußende in kleinen Pfützen. Mein Koffer war ausgepackt und auf dem Schrank verstaut, schließlich hatte ich mich fünf Tage hier eingemietet.

Neben der Tür stand eine wacklige Kommode, auf der mein Schminktäschchen lag, inklusive Zahnbürste, Duschzeug und Haarbürste. Meine Handtasche hing am Haken an der Tür, in ihr meine Kamera und mein Handy und damit alles, was man für einen Spaziergang brauchte. Das Zimmer durchquerend nahm ich sie ab und wandte mich erneut dem Raum zu. Mein Blick glitt kritisch über das Mobiliar. Über dem Fußende des Bettes hing ein Badetuch zum Trocknen, ansonsten lag nur noch mein E-Book Reader auf dem Tischchen neben dem Bett.

Es sah so aus, als wäre ich nur kurz raus. Tief einatmend zog ich die Tür auf und hinter mir wieder zu. Es war nicht so einfach, wie ich es mir vorgestellt hatte. Meine Hände zitterten noch immer und machten es schwierig, den Schlüssel zu drehen. Unten vernahm ich regen Betrieb und auch auf dem Flur war ich nicht allein. Ich zwang ein Lächeln auf meine starren Lippen und nickte dem Pärchen zu, das an mir vorbeikam. Ich folgte ihnen mit Abstand. Die Rezeption befand sich direkt am Fuß der Treppe und daneben führte ein schmaler Gang zum Frühstücksraum. Die Wände waren mit gestreiften Tapeten beklebt, die verblichen und speckig wirkten. Nicht hübsch, aber für den Preis, den ich hier pro Übernachtung zahlte, zu verwinden. Der Raum, in dem das Essen serviert wurde, war proppenvoll und laut. Stimmen schwirrten hin und her, Geschirr klirrte und über allem lag ein geschäftiges Summen. Es gab ein Buffet an der rechten Seite, das nicht sonderlich abwechslungsreich aussah. Weißbrot, Marmelade und Ei. Aber im Preis inbegriffen, da wollte ich nicht murren. Ich nahm mir ein Tablett, häufte mir Brot und Aufstrich auf den Teller und spendierte mir eine große Tasse Kaffee, bevor ich mich nach einem Sitzplatz umsah. Aussichtslos, wenn man gerne für sich war. Da ich aber einen fröhlichen und aufgeschlossenen Eindruck hinterlassen wollte, zwang ich meine Lippen erneut in ein Lächeln und suchte mir absichtlich einen Tisch aus, an dem viel Betrieb herrschte.

„Entschuldigung, ist der Platz noch frei?"

Eilig wurden Jacken zur Seite geschoben, um mir Platz zu machen und ich bedankte mich überschwänglich. Obwohl ich mich innerlich wand, fragte ich nach der Herkunft der Gruppe und tat angetan von ihren Ausflugszielen. Eigentlich wollte ich wieder in mein Zimmer, so schnell wie möglich die Tür hinter mir zuschlagen und mich in mein Bett verkriechen. Allerdings lief dies konträr zu meinen Plänen, die ich nun schon zu lange und ausführlich ausgearbeitet hatte, um sie nicht in die Tat umzusetzen. Schließlich wusste ich, dass, sollte ich meinem Bedürfnis nachgeben, ich vermutlich tagelang nicht wieder aus dem Bett kam, geschweige denn, mich zu mehr aufraffen könnte, als den Fuß auszustrecken. Wenn ich es heute nicht tat, gefährdete ich den Erfolg meines Vorhabens und landet vermutlich sehr bald wieder in einem Krankenhaus. Gezwungen, jeden Tag aufs Neue anzugehen und weiterzukämpfen, wo ich doch längst keine

Energie mehr hatte. Oder auch nur den Wunsch zu kämpfen.

Ich ertappte mich dabei, wie ich meinen Teller anstarrte. Meine Mundwinkel waren herabgesackt, als hingen Gewichte an ihnen und meine ganze Haltung wurde dadurch in Mitleidenschaft gezogen. Ich nannte es die „Häufchen Elend-Stellung". Schnell streckte ich das Rückgrat durch und setzte wieder ein Lächeln auf. Ich musste glücklich und zufrieden wirken, das war wichtig. Denn ich hatte beschlossen, dass mein Abgang meiner Familie einen kleinen Trost bringen sollte. Aber die Versicherung zahlte nur bei einem Unfall. Es durfte also nichts darauf hindeuten, dass Absicht dahinterlag. Damit hatte ich mich nun fünf Monate lang beschäftigt und es hatte mir genügend Schub gegeben, meinen Alltag zu bewältigen. Ich war vorsichtig gewesen, hatte mir alle Statuten der Versicherung wieder und wieder durchgelesen, um ja keinen Fehler zu begehen. Fünfundzwanzigtausend Euro. Sicher wüsste meine Schwester, was sie damit anfinge und meine Mutter? Mein Kaffee schwappte gegen meine Lippen, weil meine Hände immer noch bebten. Ich war aufgewühlt, was ich selbst nicht ganz verstand. Ich hatte es mir doch ganz anders ausgemalt. Die ersten Gäste verabschiedeten sich und ich wünschte ihnen winkend einen schönen Tag.

„Und wohin werden Sie gehen?", fragte mich mein Sitznachbar, ein untersetzter Mitdreißiger, der am Vortag zur selben Zeit angereist war wie ich.

„Erst einmal ins nächste Dorf. Ich habe meine Jacke zu Hause liegengelassen in der ganzen Aufregung und es ist hier bedeutend kühler, als erwartet." Meine Wangen schmerzten und ich versteckte die Region schnell hinter meiner Tasse, um die Gesichtsmuskeln zu entspannen.

„Oh, ja, das Wetter hier oben ist immer für eine Überraschung gut! Kann ich Sie vielleicht ein Stück mitnehmen? Bis Little Dunkeld vielleicht? Es liegt auf meinem Weg, ich werde heute den Cairngorms National Park unsicher machen." Er grinste breit, wodurch seine Wangen in Schwingung gerieten.

„Wie freundlich", murmelte ich, obwohl ich ihn eher als aufdringlich empfand. Aber natürlich war mir bewusst, dass es an mir lag. Ich war das Problem, nicht mein Umfeld, das hatte ich in der Therapie gelernt. Meine Empfindungen trafen nicht zu, waren falsch gepolt und trafen nur – und das war entscheidend – auf mich zu. Jeder andere – normale – Mensch, sah es anders und dies machte mein Leben so ungemütlich. Niemand verstand meinen Wunsch, allein zu sein, obwohl ich mich nach Gesellschaft sehnte. Niemand verstand, dass ich wirklich nicht konnte, selbst wenn ich wollte. Und das nicht, weil ich mich nicht bewegen konnte, nein mein Körper war, was Mobilität betraf, völlig in Ordnung, es war mein Geist, der nicht mitspielte.

„Es wäre mir ein Vergnügen!", strahlte mein Sitznachbar und streckte die fleischige Hand aus, um meine zu tätscheln. „Vielleicht hätten Sie auch Lust, mich in den Nationalpark zu begleiten? Einkaufen kann man immer noch und ihr Frauen habt stets genug eingepackt!" Er lachte schallend und klopfte dabei wieder meinen Handrücken. „Nicht wahr?"

Das war wohl relativ. Selbstverständlich hatte ich *genug* eingepackt. Wenn ich eine Woche verreiste, packte ich auch für eine Woche. Plus Ausgehen, plus Regen, plus durchgeschwitzt und natürlich auch etwas extra, für den Fall, dass man sich einsaute. Shit happens, darauf sollte man vorbereitet sein. Vielleicht zukünftig auch auf falsche Reiseziele? Ach nein ... Mein Blick senkte sich auf meine zittrigen Finger und auch mein aufgeklebtes Lächeln rutschte. Zukünftig konnte ich streichen.

„Leider", krächzte ich und musste mich räuspern, um fortfahren zu können. „Leider bin ich für einen Spaziergang im hiesigen Wetter nicht gut ausgerüstet und benötige tatsächlich zunächst den Einkaufsbummel. Ich nehme Ihr Angebot, mich zum nächsten Ort mitzunehmen, gerne an."

„Wundervoll! Es gibt einen Outdoorausstatter direkt am Ortseingang. Da werden Sie mühelos eine warme Treckingjacke auftreiben können. Ich begleite Sie." Er streckte die Hand aus, die fast in meinem Gesicht landete. „Ich bin Gregor Krummbiegel."

Na herrlich. „Vanessa Hagedorn." Notgedrungen schüttelte ich seine Hand.

„Aus der Heimat!" Er wechselte wie selbstverständlich ins Du. „Ich liebe die Highlands, aber die Leute hier ..." Er schnalzte. „Da freue ich mich besonders, deine Bekanntschaft zu machen. Du bist auch alleine hier, zum Wandern? Dann wirst du den Park lieben, das versichere ich dir!"

Oh nein. Nie war mir klarer, dass ich einfach keine Menschen mochte, wie wenn mir ein solches, energisches Exemplar gegenübersaß. Jemand, der generell mitriss, übertönte meinen Protest für gewöhnlich und drängte mich zu Dingen, die ich nicht tun wollte. Daraus resultierte immer Frust und der Wunsch, dass alles endlich sein Ende fand. Eine Spirale, die sich leider nur zu schnell drehte und mich mit sich in den Abgrund riss. Gedrückt seufzte ich auf. Ich ertrug es einfach nicht mehr.

„Also, ich schlage vor, wir treffen uns in zehn Minuten unten? Ich muss noch in meine Wanderstiefel." Er hob den linken Fuß, um mir seine Schlappen zu präsentieren und die weißen Socken, die in ihnen an seinem Bein hafteten und zwar typisch deutsch: hochgezogen bis zur Mittelwade. Fast hätte ich das Angebot ausgeschlagen und wäre schreiend davongelaufen, aber die Erinnerung, dass ich gesellig und gutgelaunt erscheinen musste, holte mich noch rechtzeitig ein.

„Wie wundervoll, danke." Ich behielt das Lächeln bei, als er ging, schließlich war ich noch immer nicht allein, auch wenn die anderen Gäste mir höchstens einen Blick zuwarfen und mir kein Gespräch aufzwingen wollten. Seufzend starrte ich betont fröhlich – meine Gesichtsmuskulatur war schmerzhaft verzogen und offenkundig sträflich unterentwickelt – in meinen Kaffee. Vermutlich mein letzter. Trotz des trüben Gedankens wurde mir wesentlich leichter ums Herz. Ich war im letzten Jahr wieder bei meiner Mutter eingezogen, wodurch niemand die Last haben wird, meine Wohnung ausräumen zu müssen. In meinem Zimmer war alles thematisch geordnet. Altkleider, Altpapier, Sperrmüll. Bett, Schrank und Schreibtisch konnten wiederverwendet werden, so Mutter das Zimmer als Gästezimmer behielt wie zuvor.

„Vanessa!"

Ich sah auf und entdeckte Gregor, der mir aufgeregt zuwinkte. Es war dann wohl soweit. Der letzte Schluck war kalt und schmeckte abscheulich, nun, es fiele mir zumindest nicht schwer, nie wieder Kaffee zu trinken. Mein Tablett stellte ich brav in die dafür vorgesehene Halterung ab und trottete dann zu meinem unerwünschten Reisepartner.

„Nanu, willst du dich nicht umziehen?" Seine Augen glitten an mir herab. Da ich nur eine kurze Hose trug und dazu eine leichte Bluse, konnte ich seine Verwunderung verstehen. Immerhin waren die Wanderschuhe brauchbar.

„Ich sagte doch, ich muss dringend shoppen."

Erneut sah er an mir herab, grummelte etwas, und deutete dann zum Ausgang. „Na dann. Little Dunkeld wartet."

Das bezweifelte ich zwar sehr, aber es lohnte sich nicht, darüber einen Ton zu verlieren. „Es ist sehr freundlich, dass du mich mitnimmst." Was konnte ich noch sagen? „Ich wäre auch gelaufen, aber vermutlich hätte ich ziemlich gefroren."

„Es wird wärmer werden, schließlich ist noch Sommer!" Er hielt mir die Tür auf.

„Danke." Ich musste auf ihn warten, weil ich nicht wusste, wo er geparkt hatte.

„Hier vorne." George deutete auf einen kleinen Fiat und ging um den Wagen herum, um die Fahrertür zu öffnen. Meine Tür hakte. Es war offensichtlich, dass es sich um einen Privatwagen handelte, war das Lenkrad doch auf der *richtigen*, sprich linken Seite angebracht. Zudem war der Wagen, freundlich ausgedrückt, zugerümpelt. Gregor beugte sich ächzend auf den Beifahrersitz und gab meiner Tür einen festen Schubs. „Klemmt hin und wieder!"

Der Innenraum roch penetrant und ich bereute erneut, zugestimmt zu haben, trotzdem rutschte ich in den Sitz.

„So, Little Dunkeld, wir kommen!" Er fuhr an, bevor ich angeschnallt war, was meinen Herzschlag beschleunigte. Angst. Wie dämlich. Schön, wenn er einen nicht tödlichen Unfall provozierte, hatte ich ein Problem, aber das war nicht die Ursache meiner Angst. Was war denn nur los? Ich versank in sinnendem Schweigen. Diese ganze Reise diente lediglich diesem einen Zweck: meinem unauffälligen Selbstmord. Angst zu sterben wäre da nicht sonderlich hilfreich.

„Ich komme jedes Jahr her", informierte Gregor mich und riss mich damit aus meinen Gedanken. Ich hob schnell die Mundwinkel.

„Oh, tatsächlich?"

„Die Gegend ist so heimelnd, so beeindruckend ..."

„Ah." Mein Nicken begleitete mein Brummen.

„Ich war bereits auf den inneren und äußeren Hebriden, in Edinburgh, Glasgow und Inverness ..." Er warf mir einen Blick zu. „Island und Irland."

„Ah." Wieder nickte ich. „Wie interessant!"

„Aber nirgends ist es so beeindruckend wie hier."

In Dundee? Was ich bisher gesehen hatte, traf auf diese Beschreibung nicht zu. Eher eintönig, ländlich, unspektakulär. Irritiert richtete ich meinen Blick nach vorn und versuchte die Gegend mit einem anderen, vielleicht bunteren, Blickwinkel zu betrachten. Die Straße schlängelte sich vor uns ins Endlose. Wiesen säumten sie an beiden Seiten, es war eine enge Landstraße ohne Seitenbefestigung und führte bergauf. An manchen Stellen wuchsen Steinmauern aus dem Boden und grenzten das Land ab. Tiere grasten selbstvergessen wohin man auch sah. Vornehmlich braune, langhaarige Rinder mit langen seitlich wachsenden Hörnern, aber auch Schafe mit schwarzem Kopf und weißem Körper.

„Es wirkt ... idyllisch." Wobei idyllisch ein Synonym für langweilig war.

„Wenn man durch den Park wandert, ist es, als sei man völlig allein auf der Welt!"

Na, mit dem Gefühl kannte ich mich nur zu gut aus! Einsamkeit, Abgeschottetheit, absolute Isolation. „Klingt ... angenehm." Zumal ich schnell panisch wurde, wenn ich in Gesellschaft war und nicht weg konnte. Familientreffen waren das absolute Horrorszenario. Lauter Menschen, mit denen ich nichts gemeinsam hatte, und deren Gesellschaft ich nicht entrinnen konnte. Wenn ich mich zurückzog, erntete ich lediglich Unverständnis. Niemand verstand, dass ich es einfach nicht ertrug. Es war zu laut, zu wuselig, zu viele Dinge, die auf einmal auf mich einprasselten.

„Es ist herrlich!", versicherte Gregor und ging in eine scharfe Kurve. „Und man entdeckt immer etwas Neues!"

Wie Todesangst?

„Schau, dort im Tal ist Little Dunkeld."

Es kostete mich einiges an Überwindung, seinem Fingerzeig zu folgen und die Augen von der Straße zu nehmen. Das Dorf duckte sich in das Tal, wurde gesäumt von blühenden Feldern und durchzogen von schmalen Wegen. Malerisch, vermutlich, nur stand mir nicht der Sinn nach hübschen Anblicken. „Sieht nicht nach einer Shoppingmetropole aus."

Keine fünf Minuten später hielten wir auf dem unbefestigten Parkplatz hinter dem von ihm angepriesenen Outdoorgeschäft. Gregor schnallte sich ab.

„Gregor, ich möchte dich nicht weiter aufhalten."

„Ach." Er winkte ab. „Die paar Minuten habe ich übrig."

Minuten, tja, da behielte ich wohl recht, so schwarzseherisch meine Vorstellung auch gewesen war. „Gregor, es war sehr nett von dir, mich herzubringen, aber ich werde länger brauchen, um etwas auszusuchen. Ich mag nicht gehetzt werden und aufhalten möchte ich dich auch nicht."

„Ich hatte gehofft, dass wir gemeinsam durch den Park spazieren."

„Nicht heute", beschied ich mit schlechtem Gewissen und wich seinen Augen aus. Die Erleichterung, dass er einknickte, konnte ich aber nicht verhehlen. „Ein andermal."

„Schön, dann sehen wir uns!" Ich sah ihm noch nach, wie er mit seinem kleinen Fiat davonstob, bevor ich den Träger meiner Handtasche über meinen Kopf hob und meine Bluse glattstrich. Allein, endlich. Mein Herz begann zu flattern und ich drehte mich um. Oh je. Die Sache mit dem Mut war die, dass er sehr schnell abhandenkam und sich leider nicht sammeln ließ, noch herbeibeschwören. Zittrig schob ich eine Strähne meines hellbraunen Haares aus der Stirn und steckte sie hinter mein Ohr. Mir war nicht nach Shopping, ganz sicher nicht. Ich wollte eigentlich nur zurück in das Cottage und in mein Zimmer, um mich dort in meinem Bett zu verkriechen. Aber soweit war ich heute schon gewesen. Es bedeutete das Ende meiner Pläne und damit auch, weiter kämpfen zu müssen. Tag für Tag, Stunde für Stunde, Minute ... Und diese Aussicht war viel schrecklicher, als jene, nun dieses Geschäft betreten zu müssen. Für einen so kleinen Ort war es ein überraschend großer Laden mit erschreckender Auswahl an Jacken. Zum Glück war ich getrieben, wegzukommen, weshalb ich mir keine großen Gedanken um Material und Funktionalität machte. Wozu auch, schließlich musste sie mich nicht lang warmhalten. Eine Karte des Nationalparks und etwas zu trinken gesellte sich zu meinem Einkauf und schon stand ich wieder auf dem unbefestigten Hof. Tiefdurchatmend sah ich mich um. Was nun? Ich hatte keine Ahnung, wo ich mich befand und suchte meinen Standort nach einigen ratlosen Momenten auf der riesigen Karte, ohne ihn zu finden. Es war nicht einfach, irgendetwas zu erkennen, der leichte Wind schlug unablässig gegen das lose Papier und behinderte meinen Versuch, mich zurechtzufinden. Entnervt schlug ich die Arme nieder und bemerkte einen klapprigen Bus, der langsam über den Asphalt vor mir zuckelte. Er hielt ein paar Meter weiter an einer Laterne, die ich nicht als Haltestelle identifiziert hatte. Ohne darüber nachzudenken, lief ich los und erreichte den Bus, als die Vordertür gerade quietschend zuging. Ich schlug gegen die Seitenwand.

„Hey!"

Er fuhr an. Wieder schlug ich gegen die Wand.

„Hey, ich will mitfahren!" Wo auch immer es hinging.

Überraschenderweise hielt das Gefährt und die Schwingtüren öffneten sich. Schluckend stieg ich ein.

„Hallo."

„Halò."

„Eine Fahrt?" Die Karte musste ich ungefaltet in meine Handtasche stopfen, um meine Hände freizuhaben und mein Geld abzuzählen. In meiner Reisetasche befanden sich einige Dollar, die mir hier nicht weiterhalfen, aber zum Glück hatte ich einen Teil meiner Barschaft am Flughafen wechseln können, obwohl ich den Kurs als horrend empfunden hatte. „Was macht das?" Hitze wallte in mir auf und ich musste mich räuspern. „Wie viel kostet die Fahrt?"

Er nannte mir eine Summe und ich hielt ihm zehn Pfund hin.

„Nur passend."

Innerlich fluchend fischte ich nach Münzen und warf sie in den Schlitz. Ich erhielt nicht einmal einen Fahrschein. Als er anfuhr, verlor ich das Gleichgewicht und stieß gegen einen Passagier. Eine Entschuldigung murmelnd, torkelte ich weiter und fiel auf einen Sitz. Die Fahrt wurde nicht angenehmer, im Gegenteil, ich wurde ordentlich durchgeschüttelt.

Mit jedem Meter kam ich meinem Ziel näher, ganz gleich, wo es nun lag, denn ob ich in den Loch sprang, oder von einem Berg stürzte, war letztlich gleich.

2

Am Rande des Abgrunds

Als ich aufschreckte, stand die Sonne schon tief, was mich verwunderte. War ich nun hin und her gegondelt? Der Fahrer hätte mich wecken müssen! Mein noch verschlafener Blick offenbarte ein gewohntes Bild: Heide. Trotzdem war es merkwürdig, hinauszusehen und das Panorama zu mustern. Ich war gestern zirka eine Stunde vom Flughafen Dundee aus bis zu meiner Unterkunft gefahren und hatte mich derweil an die Gegend gewöhnt, dachte ich, aber nun sah alles so anders aus. So wild und ungezähmt. Bergig. Wo war ich hier nur gelandet?

Der Bus bog um eine Ecke schwarzen Gerölls und die Sonne, die zuvor von der Bergwand blockiert worden war, fiel mir in die Augen. Schnell wandte ich mich ab und blinzelte, weil ich nur noch gleißendes Orange und Gelb sehen konnte. Zumindest fuhren wir sehr gleichmäßig und die Straße war besser, als die, die ich bisher mitbekommen hatte. Mein Blick fiel aus dem Fenster gegenüber, nachdem ich die abgewetzten Sitze wahrgenommen hatte, und der Ausblick ließ mich erneut blinzeln. Wasser. In einiger Entfernung spiegelte sich die Sonne auf graublauem Wasser!

Loch Ness? Nein, es gab kein gegenüberliegendes Ufer, soweit ich sehen konnte. Ach verflixt! Woher sollte ich wissen, wo ich war, wenn ich nicht einmal in der Lage war, einen Flug zu buchen, so dass ich ankam, wo ich hinwollte!

Über mich selbst verärgert griff ich nach der Rückenlehne, um mich aufzustützen. Ich hatte keine Ahnung, wann der nächste Halt war, aber ich wollte raus. Allerdings gab es noch ein Problem: Wie drückte man seinen Haltewunsch aus, wenn es nirgends einen Schalter gab?

Der Bus raste um die nächste Kurve und nahm das blendende Licht aus dem Fahrgastraum. Hilfreich war das nicht, denn noch immer konnte ich keine Knöpfe ausmachen, die man drücken konnte, und auch keinen weiteren Fahrgast. Notgedrungen hangelte ich mich an den Sitzlehnen nach vorn zu dem Fahrer.

„Verzeihung, ich würde gerne aussteigen, wann ist das möglich?"

Zunächst wirkte der untersetzte Mann, als ignoriere er mich, dann ging aber ein Ruck durch ihn, er riss das Lenkrad rum und schleuderte mich dabei nach vorn. Ohne die Plastikwand zwischen uns, wäre ich ihm auf den Schoß gefallen. So landete ich schmerzhaft an dieser Barriere und rutschte an ihr Richtung Windschutzscheibe. Hinter mir zischte es, dann gab es ein Knirschen und ein Hauch kühle Luft strich über meine Waden.

„Nicht im Ernst!"

Ich wischte mir den Sabber von der Wange, den ich auch großzügig an der Plexiglaswand verteilt hatte, und drehte mich um.

„Also?", schnarrte der Fahrer und gab mir damit einen Schubs. Schnell stieg ich aus und drehte mich wieder dem Bus zu, der bereits die Türen schloss und anfuhr, bevor ich auch nur ein weiteres Wort hervorbringen konnte. Freundlich.

Ich sah der Wolke hinterher, in der meine Mitfahrgelegenheit verschwand. Gestrandet. Aber das machte auch nichts. Gut, ich wurde langsam hungrig, müsste auch mal Wasserlassen und müde war ich sowieso.

Tja, da war ich also. Irgendwo, was absolut in Ordnung war, schließlich war der Ort unwichtig. Schnuppe. Egal. Erneut ließ ich den Blick wandern. Der Asphalt glänzte im strahlenden Sonnenlicht, die blühende Heide hatte eine eigene Magie, die mich allerdings nicht lang gefangen nahm. Ich war zu müde, um irgendetwas zu bewundern, zu ausgelaugt. Ich machte mich auf den Weg. Mein Ziel stand mir deutlich vor Augen. Es gab eine Steilküste, vermutlich war sie nicht gesichert und man konnte – wenn man unvorsichtig war – abrutschen. Perfekt. Der Gedanke gab mir Aufwind und meine Schritte wurden leichter. Ich hüpfte fast durch das kniehohe Gras, ließ die Hände über deren Spitzen gleiten, dass es kitzelte und hatte auch – was besonders hervorzuheben war – ein

Summen auf den Lippen. Bald hatte alles sein Ende. Bald, hatte ich Ruhe, müsste mich nicht mehr von einem Tag in den nächsten schleppen, ohne die Aussicht auf Besserung. Meine elende Existenz fand ein Ende. Herrlich!

Der Wind spielte mit meinem Haar, als ich endlich die Klippe erreichte und schlug es mir ins Gesicht. Mein Rücken schmerzte, war meine Umhängetasche doch denkbar ungeeignet für längere Spaziergänge und schnitt mit seinem zu schmalen Gurt in meine Schulter. Ich ließ sie zu Boden gleiten, balancierte sie einen Moment auf meinen Zehen, bevor ich den Gurt um meine Finger wickelte und den Blick geradeaus richtete. Der Horizont verschwamm mit dem rauen Meer. Salz lag auf meiner Zunge und zog auch in mein Haar ein, das sich langsam zu kringeln begann.

Möwen kreisten über dem Wasser und schrien. Hinter mir blökte es, was mich nicht aufschreckte, schließlich hatte ich während der Fahrt dutzende Herden Rinder wie Schafe durch das Land ziehen sehen, und was sollte schon passieren? Dass ein Schafsbock mich schubste? Meine Lippen bogen sich zu einem wahrhaft belustigten Grinsen. Upps, vom Schaf ins Jenseits bugsiert. Die Sonne brannte auf meinen Wangen, auch wenn sie sonst nicht gerade wärmte, und zusammen mit dem böigen Wind, der ständig an mir riss, war es eine merkwürdige Kombination. Ich streckte den Hals, um noch einige Sonnenstrahlen einzufangen. Es hieß, dass Bewegung und Licht halfen. Meine persönliche Erfahrung war da gegenteilig. Wenn ich mich dazu zwang, vor die Tür zu gehen oder ins Fitnesscenter, um Sport zu betreiben, dann fühlte ich mich danach eher wie durch die Mangel gedreht, ganz gleich wie gut oder schlecht das Wetter war. Auch Gesellschaft, Gespräche oder sonstige Geselligkeit taten mir nun mal nicht gut. Ich fühlte mich danach stets – und zwar ausnahmslos – wie gerädert.

Ich atmete tief ein, genoss das würzige Aroma, lauschte der Brandung unter mir und lockerte meine Finger um den Gurt meiner Tasche. War vielleicht ganz gut, wenn man sie hier oben fand, dann wusste man, dass etwas passiert war, auch wenn meine Leiche nicht so bald an Land gespült werden sollte. Mein Fuß schob sich langsam vor, ich spürte, wie das Erdreich unter ihm nachgab und abbröckelte. Ein Ende. Den Kopf in den Nacken legend, beugte ich mich vor. Es tat so gut, es war so befreiend, dass ich hätte lachen mögen. Endlich, nach über drei Jahren spürte ich wieder so etwas wie Glück. Noch einen kleinen Schritt und ich verlöre das Gleichgewicht.

Ich rutschte, ein überraschter Schrei verließ meine Lippen und ich riss die Augen auf, denn obwohl es bergab gehen sollte, ging es eher hoch. Etwas hatte sich um meine Mitte geschlungen und mich hochgerissen, weg vom Abgrund, fort vom endgültigen Aus und an einen stahlharten Körper.

„Daingead!", hisste es an meinem Ohr, allerdings konnte ich nicht behaupten, tatsächlich zuzuhören. Er hätte genauso gut *Rübenkraut* sagen können. Die Sicht änderte sich, als der Fremde uns drehte und ich verlor das Meer aus den Augen, um wieder in die Heide zu starren. Zwei Schritte weiter setzte der Mann mich ab und drehte mich unter einem felsenfesten Griff zu sich herum. „Sind Sie von Sinnen?"

Dicke, dunkle Augenbrauen zogen sich über funkelnden, blauen Augen zusammen und ein Mund mit verflixt sinnlichen Lippen – ich konnte es selbst kaum glauben, dass mir dieses Wort in den Sinn kam – presste sich bei meinem Anblick zusammen.

„Sie sollten sich nicht so nah an die Klippen stellen, das ist gefährlich." Sein Blick glitt an mir herab. „Sie haben Glück, dass nur Ihre Tasche runtergefallen ist."

„Was!" Endlich holte mein Kopf auf und verarbeitete all die schrecklichen Details, die mir bisher entgangen waren. Der Dummkopf hatte mich gerettet! „Nein!" Ich stolperte vorwärts, kam aber nicht bis zum Rand der Klippe. Er hielt mich mühelos mit einem Arm zurück, hob mich von den Füßen und stellte mich wie eine Puppe wieder vor sich ab.

„Die ist weg." Wieder verengten sich seine Augen, als er mich erneut musterte. Sicher war ich sterbensblass und mein Zittern musste auch zu sehen sein. Ich war außer mir. Mein Herz schlug wie wild in meiner Brust, Hitze brach aus und tränkte mein Shirt unter der warmen Jacke und meine Knie ... Die gaben auf. Ich fiel doch noch, allerdings nur auf meine Knie.

„Na, na!" Er folgte und zog mich an sich. Dieses Mal landete ich frontal an seiner Brust und sog seinen Duft ein, als ich nach Atem schnappte. Die Wirkung, die es auf mich hatte, war irritierend. Sollte ich nicht verärgert sein, über seine Einmischung? Darüber, dass er mich hin und her schob, wie es ihm gefiel, und meinen sorgsamen Plan, mir gekonnt das Leben zu nehmen, ruinierte. Stattdessen erwischte ich mich dabei, wie ich mich in seine Umarmung schmiegte und sich mir der Hals zuzog, vor Leid. Es gab Momente, in denen es mir so schlecht ging, dass ich mich zusammenrollte, und schlicht heulte wie ein Schlosshund, aber das war doch jetzt der absolut falsche Zeitpunkt!

„Es ist ja nichts passiert." Er rieb meine Schulter. „Sie müssen sich aber mehr vorsehen. Die Abhänge sind hier nicht gesichert. Vielleicht etwas, was in Angriff genommen werden sollte?"

Mir fehlte schlicht die Stimme.

„Sie sehen aus, als bräuchten Sie eine gute Tasse Tee, hm, so ein Glück, dass ich Ihnen da aushelfen kann."

Irgendwie war ich belustigt. „Ich glaube nicht ...", krächzte ich und musste abbrechen, weil es in meinem Hals fürchterlich kratzte.

„Kommen Sie, ich campe dort hinten." Er streckte den Finger aus und deutete zur Seite. Ich folgte dem Hinweis nur, weil ich mir nicht vorstellen konnte, dass jemand in der Heide campen könnte. Tatsächlich duckte sich ein graues Igluzelt mit grünen Wimpeln an eine halbhohe Schieferwand nur wenige Meter entfernt. Kein Wunder, dass ich ihn zuvor nicht wahrgenommen hatte.

„Ich will Sie nicht belästigen", murmelte ich, wobei ich die Gegend genauer absuchte. War er allein? Tramper? Wanderer? Warum zeltete man mitten im ... Naturpark. Mir ging ein Licht auf. Ich musste mich in dem von Gregor genannten Naturpark befinden.

„Aber nein, Sie haben einen ziemlichen Schrecken durchgestanden und ich bestehe darauf, dass sie erst einmal zur Ruhe kommen." Noch immer hing ich an seiner Brust, in seiner Umarmung und seine Hand kreiste auch noch in meinem Rücken. Es war verdammt beruhigend. Zu beruhigend. Mich räuspernd schob ich mich von ihm fort.

„Das ist sehr freundlich, aber ..."

„Touristin, nicht wahr?" Er zog mich auf die Füße und legte dann den Arm wieder um mich, um die Richtung vorzugeben. Ich hatte keine Wahl, ich musste ihm folgen, beziehungsweise, mich mitziehen lassen. „Wo kommen Sie her? Nein, lassen Sie mich raten." Wir überquerten die Straße und umrundeten einen Felsvorsprung. „Der Akzent kommt mir bekannt vor. Sind Sie Deutsche?"

Beeindruckt sah ich zu ihm auf. Fein, sicher sprach ich mit deutlichem Akzent und mein Wortschatz war auch eher unterdurchschnittlich, aber nach wenigen Worten herauszuhören, aus welchem Teil Europas man stammte, fand ich schon bemerkenswert. Seine blauen Augen funkelten belustigt, was es mir zusätzlich erschwerte, passende Worte zu finden. „Ja."

„Hallo, isch bin Ian. Wie gehen es dir?" Er zwinkerte und wechselte wieder ins Englische. „Ich muss gestehen, viel mehr habe ich noch immer nicht gelernt." Wir erreichten sein Lager und er drückte mich auf einen Findling nieder. „Es dauert einen kleinen Moment, fürchte ich, die Thermoskanne ist bereits leer." Er hob eine grün eingefasste Kanne und kippte sie hin und her. Er verschwand im Zelt.

Das Lager war klein. Neben dem Zelt gab es noch ein kleines Lagerfeuer und eine Decke mit Karomuster. Ein Buch lag wenige Zentimeter von meinem Fuß entfernt und ich angelte nach ihm. *Enchanted Dùn – A dangerous Game.* Auf dem Cover prangte eine dunkle Trutzburg auf nächtlichem Grund, was verstörend wirkte. Den Deckel aufklappend, kämpfte ich mich durch die Übersetzung. Verzaubertes irgendwas?

Eine Widmung stand handschriftlich auf der ersten Seite. Es war eine saubere, geschwungene Handschrift und drückte einen herzlichen und sehr persönlichen Dank aus. Ein Liebesroman? Ich wusste nicht genau, was ich davon halten sollte und drehte den Roman um, um den Klapptext zu lesen. *Ein Spiel um Liebe und Macht entspinnt sich.* Aha. Klang immer noch nach einem Liebesroman, so lustig das auch war. Niemals hätte ich gedacht, dass ein Mann – auch noch so ein attraktiver – Interesse an Schnulzen haben könnte.

„Ah, wirft ein falsches Licht auf mich."

Beinahe wäre mir das Buch aus den Fingern gerutscht, als ich aufschreckte. „Verzeihung, ich wollte nicht neugierig sein."

„Ich bin eigentlich keine Leseratte, aber die muss ich irgendwie lesen. Sie spielen hier ganz in der Nähe und … nun, ich kenne die Autorin."

Deswegen die persönliche Widmung.

„Ich verspreche, Sie nicht für einen Vielleser zu halten." Das Buch streckte ich ihm entgegen. „Ist es ein Liebesroman? Irgendwie wirkt er sehr düster, aber dem Titel nach …"

Er lachte auf. „Also bitte! Sehe ich aus, als lese ich kitschige Liebesromane?" Er zwinkerte mir zu, wodurch er bei seinem Versuch, das Feuer zu entfachen, innehalten musste. Die Glut ließ sich rasch zu einem kleinen Feuer aufstocken. „Es ist ein waschechter Thriller und geht so richtig unter die Haut. Ich kann ihn Ihnen nur empfehlen."

„Catriona McDermitt, noch nie von ihr gehört." Ich legte das Buch neben mir ab, weil er es mir nicht abnahm und spielte dann mit meinen Fingern. Irgendwie war ich schrecklich nervös und war mir nicht ganz im Klaren darüber, warum.

„Oh, sie ist ein Shootingstar, aber international läuft es wohl erst noch an. So genau bin ich da nicht informiert. Versuchen Sie es." Er stellte einen Topf mit Wasser auf eine wacklig aussehende Konstruktion von Ästen und balancierte ihn aus.

„Danke, aber mir ist momentan nicht danach zu schmökern." Mein Blick schweifte ab und wanderte über die Heide in seinem Rücken. Genaugenommen wusste ich momentan gar nicht, wonach mir der Sinn stand. Ich sollte nun im eisigen Meer treiben, oder zumindest am Fuße des Abhangs auf glitschigem Gestein liegen, wie auch immer, zumindest sollte ich nicht mehr Atmen und mir Gedanken darüber machen müssen, was ich als Nächstes tun wollte.

Sein Lachen rollte einer Berührung gleich über meine Haut und sorgte dafür, dass sich meine Härchen aufrichteten und mich ein kleiner Schauer überfuhr. *Schmökern.* So manches Mal frage ich mich, ob ihr auch vernünftige Worte habt!"

„Entschuldigung." Ohne Konzentration mischte ich gerne Mal die Sprachen, dessen war ich mir natürlich bewusst, auch wenn ich mich generell bemühte, acht zu geben. Nun, ich war zerstreut. Immer, und gerade jetzt noch mehr als üblich. Was sollte ich denn jetzt tun?

„Ich habe Sie aus dem Bus steigen sehen." Er ließ sich auf der Decke nieder und kreuzte die Beine. „Und habe mich gleich gewundert."

„So?" Hatte er mich etwa die ganze Zeit über beobachtet? Eine schreckliche Vorstellung! Wie offensichtlich war meine Aktion?

„Es gibt keinen Grund, gerade hier auszusteigen." Sein Blick heftete sich auf mich und er verengte die Augen, um mich zu mustern. „Sie haben sich nicht verfahren, oder?"

Mein Kopf war völlig leer, ich wusste nicht, was ich sagen sollte, nur, dass ich besser schnell etwas hervorbrachte. „Äh."

„Und Ihr Ziel kann es auch nicht gewesen sein, schließlich befinden wir uns hier mitten in der Einöde. Meilenweit nichts weiter als wildes Gras und Felsen."

„Schlecht." Das Wort polterte nur so aus mir hervor und ich griff es schnell auf, um eine passende Geschichte darum zu weben. „Mir wurde schlecht und ich hielt es im Bus nicht mehr aus, deswegen bat ich, mich rauszulassen." Obwohl ich das Gefühl hatte, zu explodieren, wenn ich mich nicht bewegte, hielt ich ganz still. Glaubte er mir? War es von Bedeutung? Nun, wenn ich meinen Plan ausführen wollte, wäre es besser, wenn niemand beweisen könnte, es sei kein Unfall gewesen. Aber ließe sich dieser eine Mensch in der Einöde auftreiben, um der Versicherung eine eidesstattliche Aussage zu geben, damit sie die Prämie an meine Mutter nicht auszahlen müssen?

Ja, es klang etwas paranoid, aber solche Dinge geisterten mir im Kopf herum. Horrorszenarien, die immer gleich das Ende der Welt ausmalten.

„Und geht es Ihnen nun wieder besser?"

Eine tolle Frage, denn gut ging es mir schon seit Jahren nicht mehr, allerdings war es wohl nicht in meinem Sinne, dies zuzugeben. „Äh, ja. Die frische Luft ..."

Seine dunklen Brauen wanderten langsam nach oben.

„Tut gut." Es war zu viel, ich konnte nicht mehr stillsitzen und rutschte auf dem Findling herum.

„Ja, sicher." Trotz seines lockeren Tons wirkte er skeptisch. „Das ist der Schafsdung."

Ich stockte sogleich, meine Lippen formten die Worte in stummer Wiederholung und bezeugten meine Verblüffung. Mit Sicherheit war das Aroma kein Grund, sich wohler zu fühlen, schon gar nicht, wenn es über die salzige Meeresbrise und über frisches Heidekraut hinausging.

Das Wasser brodelte und spritze aus dem Topf. Es lenkte nicht nur mich ab.

Er schwenkte den Topf, in den er den Tee gegeben hatte, wobei er mir einen nachdenklichen Blick zuwarf. „Vielleicht wäre es Zeit für eine Vorstellung?" Das aromatisierte Wasser goss er in die Kanne und fing die Teeblätter mit einem Filter ab. Den Becher entgegennehmend bemerkte ich, wie meine Finger bebten.

„Mein Name ist Ian und Ihrer?"

Zugegeben, ich wusste nicht weiter und starrte ihn an. Tausend Gedanken schossen in meinem Kopf hin und her. Handlungswege, Konsequenzen, Möglichkeiten, all so etwas und irgendwie machte es mich verrückt, denn nichts war miteinander vereinbar.

„Was beunruhigt Sie?"

Ich kaufte mir eine Sekunde, indem ich mit der Zunge über die spröden Lippen fuhr.

„Sie möchten mir Ihren Namen nicht nennen?" Er klang belustigt, was sein Grinsen noch unterstrich. „Warum nicht?"

„Äh." Schnell vertiefte ich mich in den Tee und ließ mein Gesicht bedampfen. Was sollte ich sagen? Welche Begründung wäre halbwegs vernünftig? Glaubhaft?

„Wir haben hier die Angewohnheit, hübsche Frauen mit Kosenamen zu belegen, wenn Sie mir Ihren Namen nicht nennen möchten, werde ich darauf zurückgreifen." Er hob seinen eigenen Becher an die Lippen und blies hinein, ohne mich aus den Augen zu lassen. „Deutschland, aus welcher Ecke? Meine Schwägerin kommt aus Hamburg."

Das war doch nun das zweite Mal, dass er Bezug auf die Frau seines Bruders nahm.

„Sie stammen von hier?" Ich fragte nicht aus Neugierde, sondern, um ihn abzulenken, trotzdem begannen sich meine wilden Gedanken zu ordnen. Die ganze „Was wäre wenn"- Geschichte, all die schrecklichen Möglichkeiten, wie der Tag wohl enden mochte – und da bezog ich mich hauptsächlich auf den Umstand, dass ich noch immer Luft in meine Lungen sog und sich dies wohl nicht allzu bald ändern sollte – trat irgendwie in den Hintergrund, wenn ich mich auf etwas anderes konzentrierte.

Er lachte auf, als durchschaue er mich und schüttelte den Kopf. „Ja und nein. Eigentlich komme ich von Skye, aber betrachtet man das große Ganze, dann bin ich Schotte mit Leib und Seele und das hier ist meine Heimat."

Ich hatte nicht mit einer so ausführlichen Erklärung gerechnet und war einen Moment lang sprachlos. „Ah."

„Also? Hamburg, das liegt im Norden, eine Hansestadt. Liny besteht darauf, es sei eine Stadt mit Flair." Er lachte und nippte dann an seinem Tee. „Der Fischgeruch war nicht ganz meins, aber er erinnerte mich auch an zu Hause." Ian hob die Tasse. „Verzeihung, dearie, Milch, Zucker? Ich bin mir allerdings nicht sicher ..." Er wandte sich ab, um wieder im Zelt zu verschwinden. „Tja, sieht nicht gut aus."

„Danke, aber ich trinke den Tee auch ohne Zusatz." Milch gehörte einfach nicht in Tee!

Ian kam wieder hervor und hob eine Schachtel. „Wie wäre es mit Keksen?"

Mein Magen knurrte.

„Ah, die Lady ist hungrig." Er reichte mir die Packung. „Ich kann Ihnen auch Dörrfleisch anbieten. Ich fürchte, Lachlan ist kulinarisch völlig auf dem *Holzweg*." Ian lachte erneut auf, was mich einen Moment davon ablenkte, meine Muttersprache zu erkennen. „Ich liebe eure komischen Ausdrücke!"

Das Komische war wohl, sie in einen englischen Satz einzubauen, denn mir kam auf die Schnelle kein merkwürdiger, deutscher Ausdruck in den Sinn.

„Auch aus dem Norden? Oder auch München? Liny beschwört uns seit Jahren, wir müssten mal hinfahren." Ian schlug die Beine unter. „Gibt es einen Grund, warum Sie so verschwiegen sind?"

Tja, gute Frage. Vielleicht musste ich mir endlich einen Aktionsplan überlegen. Wie sollte ich mit der Situation umgehen? Dummerweise war ich einmal mehr wie gelähmt durch zu viele Gedanken, die in unterschiedliche Richtungen drifteten und nicht vereinbar waren. Es war frustrierend festzustecken, keinen Entschluss fassen zu können und nicht einmal in der Lage zu sein, die Gedanken zu sortieren. Es war eine endlose Schleife in einem viel zu schnellen Karussell. Vielleicht nicht die passende Metapher? Vermutlich war ein riesen Kreisverkehr passender? Fünfspurig und dermaßen überfüllt, dass man die Bahn nicht wechseln konnte. Seine dicken, schwarzen Brauen hoben sich langsam, während er auf meine Antwort wartete, was mich erst recht außerstande brachte, auch nur ein Ton hervorzubringen.

„Oder warum Sie gefährlich nahe an einem Abhang standen, haarfein davor, abzurutschen?"

Ich verschluckte mich fast an meinem hastig eingezogenen Atem. „Bitte?" Ein Wispern, nicht mehr, aber immerhin hatte ich einen Ton hervorgebracht, nicht wahr? Zwar war meine Therapeutin fest davon überzeugt – oder versuchte zumindest mich zu überzeugen – dass jeder kleine Schritt ein Grund zum Feiern war. Ich fand es albern, ich hatte nicht widersprochen, weil ich kooperativ, offen und zukunftsorientiert erscheinen wollte, aber der Gedanke brachte mich immer noch auf. Ich sollte mir kleine Ziele setzen, um ein Erfolgsgefühl zu haben, etwas erreicht zu haben. Wenn es mir schlechtging, konnte ein Ziel bereits sein, aufzustehen, oder einen Anruf zu tätigen, den man gerne vor sich herschieben würde. Sprich: Ich sollte mich für etwas feiern, was jeder Mensch mit einem Fingerschnippen tausendfach am Tag erledigte! Zugegeben, ich kam mir dabei vor wie ein Idiot. Ein nutzloser, kaputter Idiot und das war ein Gefühl, das ich absolut nicht mochte. Ich war es früher gewohnt gewesen, schnell zu sein, hervorragende Leistungen zu erbringen und es jedem recht zu machen, und nun konnte ich an manchen Tagen nicht aufhören zu grübeln!

Ich war handlungsunfähig. So einfach war es, und dies galt nicht nur für diesen Moment, nein, es erstreckte sich nun auf mein ganzes verfluchtes Leben.

„Es war nicht zu übersehen, dearie, und da stellt sich mir die Frage: Warum?" Sein Blick wanderte über mich und seine Brauen zogen über der Nasenwurzel zusammen. Er wirkte, trotz seines leichten Lächelns, düster, was sich aber auch durch seinen Dreitagebart erklären ließ, der ebenso rabenschwarz war, wie seine Brauen und sein Schopf.

Ich hatte völlig den Faden verloren. Wovon sprach er?

„Sie möchten nicht darüber sprechen, fein, wie überbrücken wir die Zeit?" Sein Blick lag immer noch mit voller Intensität auf mir. Was sah er wohl? Ich wusste, dass man mir meine Stimmung nicht notwendigerweise ansah. Viele meiner Mitmenschen waren überrascht gewesen, als ich mich offenbarte, als ich ihnen Einblicke in mein Seelenleben gewährte. Tja, und die meisten, meine Mutter fiel unter diese Gruppe, verstanden es auch nicht, wenn ich es ihnen haarklein beschrieb.

„Dearie? Sie wirken *durch den Wind.*"

Dieses Mal bemerkte ich, dass er eine deutsche Redewendung verwendete, auch wenn sie durch seinen Akzent fast unkenntlich gemacht wurde. Er konnte deutlich mehr sagen, als *Hallo, ich bin Ian* und offenbar war er etwas zu vernarrt in deutsche Redewendungen. Sein Grinsen verwischte, je länger ich ihn anstarrte, und schließlich brach er den Blickkontakt und räusperte sich. Dieses Mal war er es, der den Vorwand, von seinem Tee zu nippen, nutzte, um den Moment zu überspielen, allerdings wirkte es nur für einen kurzen Zeitraum.

„Lachlan ist das Sprachtalent in unserer Familie, ich habe offensichtlich Defizite. Deswegen lacht Sina mich vermutlich immer aus." Er seufzte gedehnt und fand seine Heiterkeit wieder, denn sein Grinsen war mit voller Intensität zurück. „Haben Sie Geschwister?"

Schon wieder Fragen. Seufzend stellte ich meine Gedanken ab. Das funktionierte nicht, aber es machte mich ruhiger. „Ja."

„Bruder? Schwester?", hakte er weiter nach. „Ich habe beides. Zwei Schwestern und einen Bruder."

„Schwester."

„Jünger? Älter?"

Er war verflucht neugierig, oder? „Jünger."

„Hast du einen Job?"

Mein Blick schoss zu ihm und zeigte ihm meinen Ärger deutlich. Das war doch eine unterirdische Frage. Für was hielt er mich? Eine asoziale Arbeitslose? Fein, gerade jetzt war ich tatsächlich nicht sozialversicherungspflichtig beschäftigt, aber auch nur, weil man mich nach einem Jahr Krankheit und einer kurzen Wiedereingliederungsphase gefeuert hatte. Das war nicht meine Schuld und eigentlich bekam ich ja auch Krankengeld und keine Sozialhilfe und trotzdem stach es mich, dass er so von mir dachte. Oder ich von mir selbst? Kam ich noch immer nicht damit klar, dass ich nicht so funktionierte, wie ich es gerne wollte?

„Ich bin Assistentin des Managements bei einer Hotelkette." Zumindest war dies meine letzte offizielle Stelle gewesen. Ich musste einen Schluck trinken, weil mein Hals zu kratzen begann.

„Tatsächlich?" Er lachte. „Klingt anstrengend."

Oh, er hatte keine Ahnung. Mein Schnauben kam tief aus meinem Inneren. „Hin und wieder", gab ich zu und hob die Achseln. „Ist wohl jeder Job." Sollte ich fragen? Gehörte sich so, oder? Andererseits war dies hier kein Date, nicht einmal eine echte gesellschaftliche Verpflichtung, auch wenn ich schon arg unhöflich war. Als wäre es von Bedeutung, als ginge es tatsächlich ... Ich zwang meine Gedanken zu einem Stopp. Aufhören! Dieses Hin und Her machte mich schier wahnsinnig und es musste – verflucht noch eins – endlich aufhören!

„Sina ist Hochzeitsplanerin und das erschien mir bereits wie der reine Horrorjob. Aber die Organisation eines Hotels?" Seine Brauen wackelten wie ein Schiff auf hoher See. „Ist bestimmt jede Minute eine richtige Herausforderung."

„Ja und nein." Oh, Mist! „Generell ist es ein Job wie jeder andere. Planung, Kontrolle und Problembewältigung. Es macht manchmal richtig Spaß und an anderen Tagen ist es voll ätzend." Meist weil zu viel auf einmal passierte und man einfach keine Zeit hatte, auch nur eine Angelegenheit zur Zufriedenheit zu beenden. Man wurde stets herausgerissen, um sich der nächsten Katastrophe zu widmen.

„Aber Arbeit ist wichtig, nicht wahr?" Er klang deutlich belustigt, was ich in dem Zusammenhang nicht verstand. Natürlich konnte es Sarkasmus sein, aber es passte nicht, der Tonfall, seine Mimik. Vielleicht machte er sich auch über mich lustig.

„Ist wohl so", murmelte ich und drehte die Worte in meinem Kopf hin und her. Arbeit war wichtig, denn ohne Arbeit verdiente man kein Geld und ohne Geld – tja, eine Fortführung erübrigte sich.

„Sina ist ganz verrückt nach ihrer Arbeit und Liny rotiert mittlerweile, weil sie kaum etwas zu tun hat." Er zwinkerte mir zu. „Ich finde Arbeit ablenkend."

„Wovon?"

„Vom Leben." Sein Lachen war schallend und trug seine Belustigung.

Okay, ich war depressiv, aber er war definitiv verrückt. „Arbeit ist ein Grundpfeiler des Lebens."

„Beschäftigung, nicht Arbeit." Verrückt war wohl noch untertrieben.

„Geld", verdeutlichte ich also. „In dieser Welt geht es nur ums Geld."

„Hm." Wie ich stellte auch Ian seine Tasse ab und faltete die Hände im Schoß. „So ist es wohl. Ich nehme mal an, dass du finanzielle Probleme hast und deswegen ..." Seine Hand machte einen Schwinger in Richtung der Klippen, ohne dass er hinsah.

„Nein!" Mir war klar, dass ich mich allein schon durch die hastige Antwort verriet, da war auch mein Quietschen gleich, oder mein Aufschrecken.

„Wie schlimm ist es?"

„Bitte?"

„Deine Schulden. Ich muss gestehen, dass ich nicht weiß, wie hoch meine Schulden sein müssten, damit ich ..." Sein Kopfschütteln brach seine Worte ab. „Andererseits habe ich die Hoffnung auf eine rosige Zukunft ..." Er lachte auf. „So in zwanzig oder dreißig Jahren, je nachdem."

Klang auch nicht berauschend, allerdings lag er mit seiner Vermutung, ich wäre in ernsten finanziellen Problemen, völlig falsch. Na ja. Ziemlich falsch, schließlich wollte ich Geld für meine Familie herausschlagen, und das war mir tatsächlich immens wichtig. „Das ist nicht *so*."

Sein Blick sagte alles.

„Ich habe keine Schulden."

„Jeder macht mal Schulden." Seine schweren Schultern hoben sich, was irgendwie drollig wirkte. Ein kleiner Junge, gefangen im Körper eines Bären. „Das ist kein Grund, sich zu schämen."

„Also schön. Es war sehr freundlich von Ihnen, mich zu retten und mir Tee anzubieten, aber ich muss nun weiter." Schnell stand ich auf und wischte meine Handflächen an meinem Schoß ab. „Danke."

„Wie geht es weiter?" Auch er kam auf die Füße. „Wie gesagt, hier ist weit und breit nichts."

Auch wenn ich es nicht bezweifelte, sah ich mich um. Er lag natürlich richtig, weit und breit nur Gras, Meer und Felsen. Wo in aller Welt war ich hier gelandet?

„Eine Bushaltestelle wird es doch geben." Schließlich hatte mich der Fahrer rausgelassen.

Sein Kopfschütteln war elektrisierend. Ein Stoß ging durch mich und gleichzeitig fühlte ich mich wie festgefroren. Mein Körper zumindest, denn in meinem Kopf überschlugen sich einmal mehr Möglichkeiten, Gedankenstränge und Horrorszenarien.

„Aber der Bus kommt hier durch, vielleicht hält er, wenn ich winke?" Davon ging ich nicht aus, zugegeben, denn in Deutschland fuhr ein Bus selbst an den Haltestellen an mir vorbei, da konnte ich hinterherwinken, wie ich wollte.

„Es gibt nur diese eine Verbindung, und die geht einmal am Tag von Edinburgh nach Inverness und wieder zurück. Allerdings ..." Die Pause ließ mich erschauern. „Auf einer anderen Route." Seine Miene verzog sich für einen Augenblick. Albern, zumindest kam mir dieses Wort zuerst in den Sinn. Es blieb natürlich nicht allein, ein Gedanke blieb bei mir nie lang allein, was wohl einen großen Teil meines Problems ausmachte. Aber er wirkte so albern, so unbeholfen mit dieser Geste, eben wie ein kleiner, viel zu groß geratener Junge. Abgelenkt brauchte ich ewig, um die Information aus den Worten herauszuholen und doppelt so lange, um mein Entsetzen zu formulieren. „Oh Gott!"

Er wechselte sein Standbein und legte dabei den Kopf zur Seite. „Vielleicht sollte ich noch einmal erwähnen, dass wir hier völlig abgeschieden sind. Selbst nach Farquhar bräuchten wir zu Fuß gut eine Stunde und das wäre der nahegelegenste Anlaufpunkt."

„Oh." Lustigerweise vibrierte der Ton einsam in meinem Hirn und dies für ungewöhnlich lange.

„Ihre Tasche schwimmt im Atlantik und Sie werden Schwierigkeiten haben, schnell an Ersatzpapiere zu kommen, geschweige denn an Geld." Er hob die Hände. „Besonders an einem Samstagnachmittag."

Stöhnend sank ich zurück auf den Felsen, auf dem ich zuvor gesessen hatte. Er lag völlig richtig. Mein Ausweis lag mitsamt meinen Schlüsseln, meinem Portemonnaie und meinem Handy unerreichbar am Fuß der Klippen. Ich hatte ein ernsthaftes Problem.

„Tee?"

Damit riss er mich aus meiner Starre. Ich sah auf, überrascht, denn er war keine Hilfe. Ian kniete bereits wieder am Feuer und arrangierte die Vorrichtung, um den Topf wieder darauf abzustellen.

„Die gute Nachricht ist, dass ich morgen wieder abgelöst werde."

Schön für ihn.

„Ich könnte Sie hinbringen, wo immer Sie hin möchten."

Nett.

„Sie haben doch eine Unterkunft?"

Mein Starren wurde mir zwar peinlich, aber ich konnte leider auch nicht aus meiner Haut. Das war entsetzlich. Stopp. So lange ich ihn ansah, schwirrten meine Gedanken nur wild umher, also senkte ich meinen Blick auf das niedergetrampelte Heidegras. Ein zweiter Anlauf war nötig, fein, aber das war kein Problem. Ich musste nur zurück in meine Unterkunft, vielleicht einen weiteren Tag verstreichen lassen, dann mit Gregor wieder in den Naturschutzpark kommen und verschütt gehen. Meine Lider fielen zu, bleischwer, wie sie waren. Oh, ich war dieses planen und austüfteln so leid.

„Ja."

„Aha."

„Eine Pension etwa eine Stunde von Dundee entfernt." Um zu verschleiern, dass ich meine Augen nicht wieder aufbekam, rieb ich über sie. Ich war einfach fertig, dabei war ich doch bereits bei der Fahrt im Bus eingenickt und sollte ausgeruht sein.

„Dundee? Das ist eine Ecke, aber ich fahre Sie gerne morgen wohin Sie wollen."

Ich musste mich räuspern. „Danke." Aber? Irgendwie war mir nicht wohl, es so stehenzulassen. Ich wollte keine Gesellschaft. Ich wollte nicht in der Heide campen. Ich wollte nicht hier sein. Nicht mehr.

„Leider kann ich Ihnen zum Abendbrot nur Kekse und Dörrfleisch anbieten, aber wenn Sie erlauben, lade ich sie morgen zu einem ausgedehnten Frühstück ein."

Ja, er war schon unheimlich in seiner Freundlichkeit. Sollte ich besorgt sein?

„Das ist sehr freundlich von Ihnen, aber ..."

„Sie täten mir einen Gefallen, wenn Sie mir hier die Zeit vertrieben. Ich muss gestehen, mir fehlt die Muse, um einfach vor mich her zu starren und die Tiere zu beobachten."

Also bleiben? Ich war noch immer nicht entschlossen, für gewöhnlich blieb ich solange hin und her gerissen, bis äußere Umstände die Dinge entschieden. Um mich abzulenken, auch von meinen müden Augen, sah ich mich um. Mit Tieren waren sicherlich die verstreut grasenden Schafe gemeint.

„Die Dame dort drüben ist trächtig und es scheint, als bräuchte sie menschlichen Beistand. Mein Bruder ist etwas zu vernarrt in seine Tiere und verhätschelt sie." Er deutete auf ein liegendes Tier in Gesellschaft eines beeindruckenden Hornträgers, der mich wiederkäuend beobachtete.

„Tja. Ich kann es nicht fassen, dass ich mich freiwillig meldete, um diese Schicht zu übernehmen." Er grinste und hob die Schultern. „Allerdings ist mir die

Gesellschaft dieser Wollknäuel lieber, als so manche menschliche Gestalt."

Kryptisch, aber nachvollziehbar. Ich ließ meinen Blick wandern. „Aha."

„Sprich: meine Mutter."

Das fing dann doch meine Aufmerksamkeit ein, was er zwinkernd zur Kenntnis nahm.

„Unser Verhältnis ist eher angespannt."

„Oh, das tut mir leid." So unangenehm es mir war, dass er mir so persönliche Dinge erzählte, war ich auch irgendwie gebannt. Natürlich war mir bewusst, dass jeder Mensch auf Erden seine Problemchen hatte, und das meine nicht einmal ernsthaft schwerwiegend waren, auch wenn es sich in der Regel ganz anders anfühlte.

„Muss es nicht, ich habe mich daran gewöhnt. Fünfunddreißig Jahre Abhärtung sei Dank." Seine Tonlage konnte täuschen, denn so locker wie er klang, nahm er diesen Umstand nicht. Da war etwas in seinen Augen, in seiner Körperhaltung, was Anspannung verriet.

„Familie", murmelte ich, um die Situation aufzulockern. „Man kann sie sich nicht aussuchen."

„Nein, leider nicht."

3

Eine Nacht in den Highlands

Ich zog die Knie enger an mich. Je später es wurde, umso kühler wurde die Luft. Ian kroch im Zelt herum, um unser *Dinner* zu richten. Dörrfleisch und Kekse, welch verführerische Aussicht. Die Sonne sank am felsigen Horizont hinab und tauchte die Heide in seinen goldenen Schein, nicht mehr lange und ich säße in völliger Dunkelheit vor dem kleinen Feuer, das Rauschen des Meeres in unmittelbarer Nähe, das hin und wieder vom Blöken der Schafe unterbrochen wurde. Wenn es nicht so frisch wäre ... Nein, es wäre auch dann weder romantisch, noch sonst etwas.

„Ich habe leider nicht übertrieben, dearie, es gibt tatsächlich nur Dörrfleisch."

Ich schreckte auf. Irgendwie war ich völlig in meine wirren Gedanken abgedriftet, vor mich her starrend und vergessend, dass ich nicht allein war.

„Ich habe eine Hose und noch einen Plaid, falls Ihnen kalt wird."

Ich sah nur auf, um mich für seine Umsicht zu bedanken, dadurch landete die Flasche, die er mir entgegenstreckte, beinahe in meinem Gesicht.

„Und die hier. Scheinbar nutzt mein Bruder die Abgeschiedenheit hier, um sich zu betrinken."

„Viel anderes ist hier auch nicht zu tun." Mein Augenrollen verkniff ich mir, schließlich sprachen meine Worte bereits Bände. „Gibt es keinen Stall?" Zugegeben, ich hatte null Ahnung, wie Schafe gehalten wurden, hatte irgendwie Heidi im Sinn. Verflixt, das waren doch Ziegen gewesen, oder? Der Punkt blieb, dass ich mir unendliches Land vorstellte, auf denen die Tiere friedlich grasten und des Nachts wurden sie zusammengetrieben … Wohl nicht, denn er sah mich an, als könne er sich sein Lachen nur mit Mühe verkneifen.

„Stadtkind."

„Ja." Was absolut keine Schande war.

„Nun, ich habe mir sagen lassen, dass es stressfreier für die Schafsdame ist, im Freien zu gebären." Er feixte. „Ich hoffe, ich war nicht zu offen in meinen Worten und habe dich schockiert."

„Nein." So leicht war ich nicht zu schockieren. „Also leistest du hier Geburtshilfe." Mein Grinsen ließ sich nicht unterdrücken, denn die Vorstellung war ebenso lustig, wie die, dass dieser Mann Liebesromane las.

„Darauf trinken wir." Er goss Whiskey in unsere Tassen und reichte mir eine. „Slàinte mhath."

Er nahm einen tiefen Schluck und verzog das Gesicht. „Wird dich warmhalten."

„Vermutlich sollte ich nicht trinken." Schließlich kannte ich ihn nicht und stand hier auf wackligem Grund. Was, wenn er ein Psychopath war? Ich wollte sterben, ja, aber doch bitte nicht zuvor leiden. Oder vergewaltigt werden. Kleinlich? Immerhin müsste ich es dann nicht selbst tun. Was sagte die Versicherung zu Mord? Gab es da Ausschlussklauseln? Verflixt, warum musste immer alles so kompliziert sein?

„Stimmt, du könntest ausversehen betrunken über die Klippen stürzen."

Mein Zucken war nicht zu übersehen, sein scharfer Blick lag einmal mehr auf mir.

„Gott bewahre, hm?"

Ich war leider zu schockiert, als dass ich was über die Lippen bekäme.

„Hotelmanagement, nicht wahr? Wie darf ich mir deine Arbeit vorstellen?"

Das war durchschaubar und ich wusste nicht, ob ich darauf eingehen sollte, andererseits war alles besser, als bei dem vorherigen Thema zu bleiben. „Ähm, also ..."

„Ein schwieriges Thema?"

Komm mir nicht verständnisvoll. „Ein langweiliges."

„Über die interessanten Dinge möchtest du ja nicht sprechen."

„Was wäre interessant?" Es wäre wohl besser, das Thema ruhen zu lassen.

„Es ist eine lange Nacht. Vermutlich können wir uns ranpirschen."

Er wich aus, also doch ein Psycho mit Hintergedanken?

„An Themen wie Arbeit, Familie, Freunde ...“

„Hört sich an wie die Inquisition.“ Meinen Blick senkte ich in die schillernde Flüssigkeit in meiner Tasse. Noch konnte ich sie sehen, auch wenn es zunehmend dunkler wurde.

„Vielleicht sollte ich anfangen?“ Er leerte seinen Becher, stellte ihn beiseite und legte dann die Hände ineinander, um sie zu kneten. „Auch wenn ich sicherlich nicht freiwillig über irgendeine Klippe ginge.“ Er lachte auf. „Die Genugtuung gönne ich ihr nicht.“

Meine Neugierde regte sich, ganz gegen meinen Willen.

„Meiner Mutter. Dörrfleisch?“

Im ersten Moment hielt ich es für eine Beleidigung, dann registrierte ich, dass er mir das getrocknete Fleisch unter die Nase hielt. „Oh.“ Ich hatte so etwas nie zuvor gegessen und war mir bei dem Anblick auch nicht sicher, ob ich es probieren wollte. „Nein, danke?“

„Bist du sicher? Bis zum Frühstück vergeht noch eine Weile.“ Er öffnete die Packung und fischte nach einem Korb, der unter dem Vordach des Zeltes stand. „Teller und Besteck. Könntest du mir ein Messer herausholen?“

Der Korb erwies sich als außerordentlich gut gefüllt, was mich einen Moment ablenkte.

„Dearie?“

Ich schreckte auf. „Teller?“

„Ja, bitte.“

Meine Finger zitterten.

„Dörrfleisch auf Keks, abgerundet mit einem guten Glas Whiskey." Er reichte mir eine Portion.

„Danke." Es sah aus der Nähe noch schlimmer aus, als erwartet.

„Wo waren wir gleich stehengeblieben? Bei meiner Mutter, nicht wahr?" Er schob sich einen belegten Keks in den Mund. „Sie gibt gerne den Ton an."

Um irgendetwas zu tun, nickte ich bedächtig.

„Und wehe jemand tanzt aus der Reihe."

Vielleicht sollte ich doch essen, allein, um beschäftigt zu wirken, denn er machte mich verdammt nervös. Warum erzählte er mir von seiner Familie?

„Sie kann unangenehm werden." Er lachte auf. „Nein, das ist nicht der richtige Terminus. Sie ist generell unangenehm und wird schon mal bitterböse."

„So?" Was verstand er wohl als bitterböse.

„Meine Schwester Ealasaid hat ähnliche Tendenzen, was ziemlich erschreckend ist. Ihr Sohn …" Er brach ab und schüttelte den Kopf. „Haben Sie Neffen oder Nichten?"

„Nein." Schnell klappte ich den Mund zu. War das seine Taktik? Wollte er mich so zum Reden bringen? Warum? Was sollte das?

„Und eigene?"

Ich stopfte mir einen weiteren Keks in den Mund und kaute sorgsam. „Nein."

„Ich habe nun zwei Neffen und eine Nichte. Keine eigenen Kinder – soweit ich weiß."

„Ah." Netter Nachsatz – soweit er wusste. War es bezeichnend für ihn? Dass er solch entscheidende

Dinge nicht wusste. Oder es nicht für wichtig erachtete?

„Der Sohn meiner Schwester ist ein verzogener, kleiner Bengel, vielleicht hat er Ealasaid als Mutter verdient." Er schenkte sich Whiskey nach. „Vielleicht ist er aber auch schlicht das Produkt seiner Erziehung? Wie stehst du dazu?"

Mir fehlten die Worte.

„Denkst du, dass die Erziehung Einfluss auf Menschen nimmt, oder sind sie bereits mit all ihren Fehlern geboren?"

Herrlich, er wollte philosophieren? Seit Jahren war ich nicht mehr in der Lage, ein schlichtes Gespräch durchzustehen, ohne den Faden zu verlieren, oder mich im Kreis zu drehen. „Da habe ich keine Meinung."

„Hm, ich werde es wohl herausfinden, indem ich ihn mit den Zwillingen vergleiche. Liny ist ganz anders als Ealasaid, weniger rigide, herzlicher. Wenn das häusliche Umfeld eine Rolle spielt, werden die beiden sicher kleine Engelchen."

Musste ich mich dazu äußern? Er wirkte nachdenklich, wie er mich betrachtete und gleichzeitig durch mich hindurchsah.

„Lindsay sieht bereits so aus." Sein Blick senkte sich auf seine Tasse und er grinste zart. „Sie hat so ein rosiges, kleines Gesichtchen, Pausbacken und einen kleinen Rosenknospen ähnlichen Mund. Sie ist süß, auch wenn sie ununterbrochen sabbert."

Irgendwie traf das auch auf ihn zu, auch wenn er nicht sabberte oder Pausbacken hatte. Witzig. Geistesabwesend nahm ich einen Schluck und begann augenblicklich zu keuchen. Die scharfe Note des Whiskeys brannte sich seinen Weg meine Kehle hinab und war auch noch zu spüren, als er längst in meinem Magen verschwunden war. Ich hustete.

„Hartes Zeug, hm?"

„Ja", keuchte ich bemüht, mich einzukriegen. Ich bekam schon bei weniger Hochprozentigem Schnappatmung.

„Vielleicht ist Liny doch nicht so wundervoll, wie es den Anschein hat, wenn Lachlan sich hier betrinken muss?" Er nahm wieder einen Schluck. „Vielleicht liegt es auch an der Ehe?" Seine Augen lagen noch immer auf mir, kritisch nun. „Bist du verheiratet?"

„Nein." Zumindest nicht mehr.

„Ich war es. Kurz. Nur ganz kurz." Endlich sah er fort und auch sein belustigter Unterton war weg. „War eine schmerzhafte Erfahrung."

Meine Zustimmung hielt ich nur zurück, weil ich mir auf die Lippe biss.

„Ich liebte sie."

Ich musste mich räuspern. Herrje, das wurde mir nun wirklich zu viel. Wir kannten uns gar nicht. Warum erzählte er mir so intime Dinge?

„Ich bin auch geschieden."

„Hast du ihn geliebt?"

Unsere Blicke verhakten sich ineinander und einen Moment kamen sogar meine wilden Gedanken zum Stehen. Für einen Augenblick, dann erfasste ich die Frage und die riss mich wieder in den üblichen Strudel, den reißenden Fluss. Hatte ich Jörg geliebt? Vermutlich. Bestimmt. Natürlich. Wie verrückt, dass ich mich fragte, ob ich je etwas empfunden hatte und wann ich die Fähigkeit verloren hatte.

„Ja." War das meine Stimme? Sie klang kein bisschen vertraut, eher wie die eines Aliens. Verzerrt, schwankend, unsicher. Nicht so wie sonst.

„Es schmerzt."

Nein, nur wenn man es zuließ. Trotzdem stiegen mir Tränen in die Augen, so dass sie brannten. Die Tasse wurde zu schwer und ich senkte sie schnell auf meinen Schoß. Urplötzlich spürte ich die Gänsehaut, die sich über meinen ganzen Körper ausgebreitet hatte.

„Tee? Wickeln Sie sich in den Plaid, wenn Sie die Hose nicht tragen wollen."

Die Wolle kratze über meine sensible Haut, als ich sie enger um mich zog. „Danke."

„Meine Ex-Frau war genau der Typ, den meine Mutter verabscheut. Geldgierig, verschlagen und exzentrisch." Er lachte auf, es klang wie ein Bellen. „Immerhin lag sie richtig. Sie hatte sie durchschaut."

Wollte er damit andeuten, seine Ex-Frau sei tatsächlich geldgierig und so weiter gewesen?

„Oder es waren Vorurteile." Wieder dieses fast schon schaurige Lachen. „Es waren Vorurteile. Sie hat Himmel und Hölle in Bewegung gesetzt, um Lachlans Hochzeit mit Liny zu sabotieren."

Was hatte dies nun mit Vorurteilen zu tun? War Liny etwa ebenfalls geldgierig und exzentrisch? Moment, war sie nicht eine Deutsche? Dann war Ians Mutter wohl ausländerfeindlich.

„Sie ließ nichts aus."

Die Mutter oder Ex-Frau?

„Hat böse Omen kreiert und unseren Cousin angestiftet ..." Er brach mit einem unterdrückten Schnaufen ab. „Sie kann auch anders. Gewöhnlich verbietet sie uns alles, was ihr nicht passt. Ich war mal ein begeisterter Polospieler, ritt leidenschaftlich gern, und war auch recht erfolgreich bei Military, aber ich ritt ihr zu zügellos. Es sei zu gefährlich. Ich könnte Schaden nehmen." Seine Stimme bebte vor unterdrücktem Ärger. „Unnötig zu erwähnen, dass ich seit meiner Jugend auf keinem Pferd mehr gesessen habe."

„Das ist doch verständlich", murmelte ich gedrängt. Warum musste ich auch noch Stellung beziehen? „Meine Mutter ... sie macht sich ständig Sorgen. Sie macht mich eigentlich völlig verrückt mit ihrer Sorge, ihren ständigen Nachfragen, ihrer Einmischung in einfach alles." Es war mir gar nicht bewusst gewesen, dass ich es so sah. Überrascht über mich selbst hielt ich inne und starrte in das flackernde Feuer.

„Es ist nervig."

Oh ja, es war nervig.

„Vermutlich ist es so, wenn man Kinder hat. Dann kann man gar nicht anders?"

Dadurch fühlte ich mich nicht besser. Das Verständnis blieb oberflächlich, drang nicht durch, nicht in mein Inneres. Mir fehlte die Einsicht, ich war keine Mutter und konnte nicht nachfühlen.

Schön, dass ich so müßig darüber nachdenken konnte, hatte meine Unfähigkeit schwanger zu werden, mir doch richtig zugesetzt. Dann hatte Jörg sich von mir getrennt, ich hatte meinen Halt verloren, meine Gesundheit und dann auch noch meinen Job. Irgendwann war ich fast froh gewesen, kein Kind zu haben, und es mir leisten zu können, *nicht mehr zu funktionieren.*

„Man wird sonderlich, fürwahr." Es gluckerte. „Lachlan vernachlässigt sogar seine geliebten Tiere."

„Vermutlich ist es so", murmelte ich abgelenkt und griff nach meiner Tasse. „Vielleicht versuche ich es doch noch mal mit dem Schnaps."

„Slàinte mhath."

„Prost." Wir stießen an und nahmen beide einen Schluck von unserem Alkohol. Wieder brannte die Flüssigkeit sich durch meinen Körper, aber es war nicht so schrecklich, wie beim ersten Mal.

„Ihre Mutter macht sich Sorgen? Hat sie Grund dazu? Ist Ihr Lebensstil so ausufernd?" Seine Stimmung hob sich hörbar.

„Nein, eigentlich nicht." Abgesehen davon, dass ich nicht gerade vor Lebensfreude sprühte.

„Kein Partygirl?"

Ich lachte auf. „Ich weiß nicht einmal, wie man das schreibt!"

„Oh, da kann ich aushelfen, ich kenne eine Spitzenautorin, die wird buchstabieren können." Er konnte wieder lachen und mir war es recht. Als Miesepeter war er unheimlich. Natürlich, schließlich war er ein Berg von einem Mann. Riesig, muskelbepackt, dazu das schwarze Haar und der Anflug eines Bartes, der wie ein Schatten über seinem Gesicht lag. Wenn er die buschigen Brauen zusammenzog, war er schon fast unheimlich.

„Ah, mein Retter." Schon fast ein Schnauben, aber ich wollte schließlich ablenken. Von dem plötzlichen Humor, der in der Luft hing, von der scheinbaren Leichtigkeit.

„Gern geschehen." Er prostete mir zu. „Also, wie hast du deine Mutter zur Verzweiflung getrieben? Was hast du angestellt?"

„Was hast du angestellt?"

„Ich bin geritten wie der Teufel." Er wiegte den Kopf. „Gut, das war nicht alles."

Ich spürte es, meine Lippen kräuselten sich, bogen sich fast in ein Lächeln. Welch ungewohntes Gefühl.

„Vielleicht habe ich es hin und wieder übertrieben", räumte er ein, ein reuiges Grinsen zierte seinen Mund. „Aber, wenn es nach meiner Mutter gegangen wäre, hätte ich mein Dasein im goldenen Käfig gefristet, brav in der Ecke kauernd und lernend. Wie Lachlan." Er verdrehte die Augen. „Kein Wunder, dass er Mutters Liebling ist."

„Ich dachte, er hätte die falsche Frau geheiratet", hakte ich nach. Es war kein Interesse, sagte ich mir dabei, es war lediglich Zeitvertreib. Er betonte es ja ständig, die Nacht war lang, warum sollte ich sie also schweigend verbringen und mich von meinen Gedanken quälen lassen?

„Oh ja, seine einzige Verfehlung, während meine alle Register sprengen." Wieder prostete er mir zu und leerte dann seinen Becher. „Auf meinen folgsamen, perfekten Bruder."

„Perfekt ist wohl Ansichtssache." Ich sagte es nur, um ihn aufzuheitern. „Wer ist schon perfekt?"

„Ansichtssache." Er zwinkerte. „Und höchst personengebunden."

Wie wahr.

„Wie sähest du dich perfekt?"

Oh, das war einfach. „Funktionierend."

„Was bedeutet?" Er griff wieder nach der Flasche und füllte meinen Becher auf.

„Meinen Job hervorragend erledigend, als Tochter und Schwester einwandfrei, die begehrte Partnerin und Freundin, der man sich jederzeit anvertrauen kann, den Haushalt mit einem Wisch schmeißend, während ich nebenbei noch die ein oder andere Auszeichnung für meine Dekotorten einheimse und meine Bestleistung beim Marathon unterbiete." Okay, so aufgezählt klang es irgendwie idiotisch.

„Ah ja, der Job, das altbekannte Lied."

„Beruflicher Erfolg ist wichtig." Auch wenn man die Bedeutung erst erkannte, wenn der ausblieb. Wenn man bei Beförderungen übergangen wurde, das Arbeitsumfeld zunehmend bedrückender wurde oder beschränkt durch neue Regularien. Wann hatte ich den Anschluss verloren, wann den Überblick? Wie hatte ich so ins Schwimmen geraten können, dass mich der nächste Wellengang mitriss?

„Höre ich immer wieder. Allerdings ist das wohl Einstellungssache."

„Findest du Erfüllung im Job etwa nicht wichtig?" Es gab Menschen, die es anders sahen, das wusste ich. Meine Mutter fand Erfüllung in ihrer Rolle als Mutter und Hausfrau und bedachte man, wie viele Erwerbslose es gab ...

„Nein."

„Oh." Sollte ich fragen, was er tat? Andererseits, wenn er Zeit fand, für seinen Bruder Schafe zu hüten, wie wahrscheinlich war es da, dass er in Lohn und Brot stand?

„Allerdings räume ich ein, dass ich es auch noch nicht versucht habe. Mein Cousin Islay ist Feuer und Flamme für sein neues Betätigungsfeld. Hm. Oder für seine Freundin."

Mutter, Cousin, Bruder. Offenbar wollte er mir seine ganze Familiengeschichte erzählen.

„Allerdings grüble ich bereits seit einiger Zeit darüber nach, was ich tun könnte."

„Reiten." Keine Ahnung, wo das herkam und vermutlich war es auch eine dumme, undurchdachte Idee. Die ihm jedoch gefiel. Er lachte und streckte die Hand aus, um mein Knie anzustupsen.

„Eine Aufwieglerin, wie passend."

„Gar nicht!", verteidigte ich mich. Eigentlich bevorzugte ich Harmonie und hasste Streitereien.

Er dachte noch über meine Worte nach. „Es würde meine Mutter auf Hundertachtzig bringen, ganz sicher." Er grinste begeistert. „Polo! Ich bin sicher total aus der Übung!"

„Vielleicht sollte man es langsam angehen? Zuerst wieder in den Sattel kommen und üben, bevor man es mit den gefährlichen Sportarten versucht?" Sonst brachte er sich noch um.

„Ich war mal richtig gut."

Seine Freude war schon putzig. „Dann wird es dir sicher nicht schwerfallen."

„Danke, für deine aufbauenden Worte, dearie. Nun fühle ich mich dir verpflichtet. Was kann ich für dich tun?" Er rutschte näher. „Raus damit, warum gefährdest du so leichtsinnig dein Leben, indem du unnötig nahe an Klippen spazierst?"

Oh nein! „Äh." Tausend Möglichkeiten schossen durch meinen Kopf. Wieder einmal.

„Komm schon, vielleicht ist eine Einschätzung von außen hilfreich." Er streckte die Arme aus. „Bei mir hat es funktioniert."

Ich verbiss mir ein weiteres *Äh*.

„Nimm noch einen Schluck, entspann dich."

„Es ..." Zu oft hatte ich *darüber* geredet, ohne dass es irgendetwas geändert hätte. Ich wollte einfach nicht mehr, ich war es leid. Müde.. So war es halt. Objektiv mochte es nur ein Splitter sein, der sich in die Haut bohrte, aber ich empfand es als dicken Pfahl, der direkt durch mein Herz gerammt worden war. Depression in seiner feinsten Ausprägung, leider half es nicht, zu wissen, was vor sich ging. „Ist kompliziert."

„Mit Sicherheit."

„Ich bin krank." Das verstand jeder, auch wenn das generelle Verständnis für geistiges Ungemach leider ungleich geringer war, als bei körperlichen Gebrechen.

„Sterbenskrank?"

Das war wohl Ansichtssache. „In gewisser Weise."

„Ohne deine Nachhilfe?"

Der Kloß in meinem Hals nahm gigantische Ausmaße an. „Das Leben ist tödlich, Ian, das ist doch allgemein bekannt." Offenbar hatte ich bisher unentdeckte

Fertigkeiten, denn ich brachte diesen Mann ununterbrochen zum Lachen.

„Richtig! Dearie, du bist mir eine!"

„Vanessa." Jetzt hatte ich auch noch gequatscht, ohne darüber nachzudenken. Ich biss mir auf die Lippe und ließ im Stillen eine Salve Verschmähungen auf mich selbst ab.

„Vanessa, ein schöner Name."

Ich zuckte linkisch die Achseln. Ich fand meinen Namen eher gewöhnlich. Langweilig, jedenfalls keinen, den ich für meinen Nachwuchs ausgewählt hätte. Ich war da amerikanisch eingestellt. Summer, Halo, Apple, das waren Namen, die ich schön fand, und nicht Vanessa, Mareike oder Christa.

„Aus?"

„Recklinghausen."

„Ah. Schön, Sie kennenzulernen, Vanessa aus Recklinghausen." Ian streckte mir die Hand entgegen, um meine zu schütteln. „Also, was ist es? MS? Soll scheußlich sein. Oder vielleicht Krebs? Mit den nötigen Mitteln ist da einiges zu machen. Natürlich nur, solange sich die Verbreitung der Metastasen in Grenzen hält und man auch der Behandlung zustimmt." Ian legte die Arme um die Beine. „Meine Tante starb vor einer Ewigkeit an Krebs, deswegen habe ich mich darüber informiert."

„Oh, mein Beileid." Egal wie lang es her war, ein toter Familienangehöriger ging einem immer nahe. Bei uns waren es bereits fünf Abwesende am Festmahltisch. Meine Großeltern mütterlicherseits, mein Vater, mein kleiner Bruder und die Schwester meines Vaters, wodurch unsere Familie dermaßen dezimiert war, dass wir locker um einen Tisch passten.

„Danke, aber du lenkst ab. Was hast du, dass du einen schnellen Tod dem langsamen vorziehst?"

Ich wollte es nicht sagen. Es war peinlich. Ich kannte die Reaktion, die auf die Eröffnung folgte. Es war immer dieselbe. Unglaube, Ärger, Genervtheit. Krebs, Aids und Multiple Sklerose waren tragisch, Depressionen nur lächerlich. Nervös zuckte meine Zunge über meine spröden Lippen und ich konnte auch meinen Po nicht stillhalten und rutschte auf meinem Sitzplatz herum. „Ich bin nicht so krank."

„Was bedeutet?"

„Es ist nur in meinem Kopf." Hitze schoss mir in die Wangen. Musste ich noch deutlicher werden?

„Depressionen? Die Scheidung war erst kürzlich, hm?" Er klang sanft und mitfühlend, was mich irritierte.

„Drei Jahre." Also alles andere als kürzlich und es war auch nicht die Trennung, die mir die Beine weggezogen hatte, sondern das komplette Paket, das das Schicksal für mich bereitgestellt hatte.

„Bei mir auch. Trotzdem kommt es mir manchmal vor, als ..."

„Ja. Whiskey?"

Ich brauchte dringend Nachschub. An Jörg zu denken, machte mich nur noch schwermütiger, denn mit ihm verband ich so viel Hoffnung und Zuversicht, dass mich die Erinnerung an meine frühere Naivität – ich war tatsächlich davon überzeugt gewesen, das alles gutwerden würde – fast umwarf. Als wir heirateten, hegte ich die wilde Fantasie, bald ein Haus voller Kinder zu haben und für immer glücklich und zufrieden zu sein. Nun, es hatte sich anders entwickelt. Nicht ganz so Zuckerwatte gefüllt, wie ich es mir ausgemalt hatte, schließlich hatte ich zehn Jahre Martyrium hinter mich gebracht, bevor die Scheidung allem ein jähes Ende setzte.

„Man kommt darüber hinweg. Es hilft an die schlechten Seiten des Partners zu denken. Cheyenne ...“ Er schüttelte den Kopf. „Hatte davon im Überfluss.“

„Jörg nicht.“ Natürlich hatte es nicht nur rosige Zeiten gegeben und einige seiner Eigenschaften waren auch nicht angenehm gewesen. Er hatte sich angewöhnt, nach der Arbeit die Füße hochzulegen und mit einem Bier abzuschalten. Dadurch hatte er zusehend an Form verloren, womit ich durchaus hatte leben können, dass er zu Rauchen begann und immer mehr Zeit mit jungen Kollegen in Gaststätten verbrachte, war schwerer zu akzeptieren gewesen. Seine nächtlichen Ausflüge waren zunehmend exzessiver geworden, wodurch wir häufiger in Streitereien gerieten.

„Tatsächlich? Ein Tugendbold.“ Es klang höhnisch und irgendwie auch nicht, als wäre er davon angetan.

„Kommt wohl drauf an, wie man Tugendbold definiert, aber im Großen und Ganzen konnte ich nicht klagen.“ Ich hatte ein tolles Leben gehabt. Eine guten Job, einen Partner, der in Ordnung gewesen war und ein Heer an Freunden, die immer versucht hatten, mich durch die zeitweiligen Tiefen meines Lebens zu dirigieren. Eigentlich unfassbar, wo mich mein Weg hingeführt hatte. In die Isolation, an den Abgrund.

„Was ist passiert?" Sein sinnender Blick lag noch immer auf mir, wie ich mich schnell versicherte. Den Kontakt halten konnte ich nicht. Seine Augen hatten etwas bezwingendes, besonders da das flackernde Lagerfeuer sich in ihnen spiegelte. Sie waren blau, was mich irgendwie fesselte. Ich mochte den Kontrast, das Ungewöhnliche, und bei so dunklem Haar, waren so funkelnd blaue Augen besonders.

„Nichts." Es war zu schnell, das wusste ich gleich.

„Eine andere?" Irgendwie klang es wie eine Feststellung. „Ist er gegangen?"

„Nein." Warum brachte ich mich immer in so unschöne Situationen? „Wir haben uns entschieden, zukünftig getrennte Wege zu gehen."

„So. Klingt sehr abgeklärt. Es ist bewundernswert, irgendwie, aber ich kann mir das schwerlich vorstellen. Es geht immer von einer Person aus und die andere ist gezwungen zuzustimmen." Ian erhob sich ächzend und streckte sich. „Wir sollten Holz nachlegen." Er kam ums Feuer herum, häufte Brennholz auf und verschwand dann in der Dunkelheit. Schafe blökten. Lagerfeueridylle pur.

4

Ein kleines Geschäft gefällig?

Es war noch immer dunkel, aber die Nacht schon fast vorbei, zumindest wenn man Ian glaubte. Zwei Stunden, dann sollte seine Ablösung da sein und er wollte mich zu meiner Unterkunft bringen. Da ich kein Geld hatte, war es meine einzige Möglichkeit zurückzukommen, und damit fingen meine Probleme erst an. Mein Zimmerschlüssel war ebenso verloren, wie mein Ausweis und mein Handy. Abgesehen davon, dass ich meinen Plan noch nicht ad acta gelegt hatte, trotz Ians enthusiastischer Versuche, mir das Leben schmackhaft zu machen.

„Entschuldige, Vanessa, aber ich verstehe es immer noch nicht."

„Das bin ich gewohnt." Ich nahm die Tasse mit dem Kaffee entgegen, den er mir aufgedrängt hatte, nachdem ich zugab, müde zu sein.

„Es ist doch nur ein Gefühl. Kann man sich nicht ablenken? Es muss doch etwas geben, was man dagegen tun kann."

„Sicher, die Frage ist doch, wie hilfreich es letztlich ist. Ich bekomme Medikamente, habe Gesprächstherapiesitzungen und allerlei gute Tipps, die ich befolgen soll." Ich hob die Schultern, bemüht, meinen Verdruss zumindest abzumildern.

„Was genau macht dich unglücklich?"

Er verstand es nicht. Seufzend steckte ich eine Strähne hinter mein Ohr und blies in meinen Kaffee. „Alles und nichts. Es ist nicht so einfach zu erklären."

„Mich hat Cheyennes Verlust traurig gemacht, aber mit jeder neuen Information, was genau passiert war, wurde ich nur wütender."

„Die gesunde Variante", räumte ich ein. „Aber mir fehlt die Energie um irgendetwas zu fühlen. Es ist wie ein Schlund, der alles absaugt und übrig bleibt nur eine riesige Leere." Es klang nicht verständlich, nicht einmal für mich. Wieder seufzte ich, nur noch betrübter, weil mir nun auch noch die Worte fehlten, um mich auszudrücken. Mein Leben war einfach Mist.

„Dann sollten wir daran arbeiten."

„Bitte?"

„Gefühle entfachen. Wie lang ist dein Aufenthalt in Alba?"

Mir klappte der Mund auf.

„Ich wette, meine Mutter bringt dich innerhalb weniger Stunden zur Weißglut." Er fand es deutlich lustiger, als ich.

„Das glaube ich nicht."

„Dann gehst du davon aus, dass ich übertrieben habe."

Mein Kaffee gab mir einen nötigen Augenblick, um mich zu sammeln. „Nein, selbstverständlich nicht."

Er hob seine Brauen. „Wir sollten es ausprobieren, meinst du nicht? Dich als meine Braut ausgeben und meine Mutter mit einer für sie völlig unpassenden Verlobten so weit reizen, dass sie explodiert." Er rieb die Hände aneinander und grinste mich begeistert an. „Das wird ein Spaß."

„Bitte?" Er konnte es unmöglich ernst meinen.

„Umso länger ich darüber nachdenke, umso mehr gefällt mir die Idee."

Was mich nur noch nervöser machte. Meine Hand bebte und es fehlte nicht viel und mein Kaffee wäre übergeschwappt. Ich legte die zweite Hand zur Stabilisierung an die Tasse.

„Ich habe dir doch erzählt, wie voreingenommen meine Mutter ist, wie herrisch und wie sie uns stets herumkommandiert."

Und damit war sie eine Person, die ich nicht in meinem Leben brauchte. Sogar ganz besonders nicht.

„Sie braucht einen Dämpfer. Lachlan kann ich nicht dazu bringen, sich zu positionieren, und von Catriona kann ich es nicht verlangen. Sie ist ... sie macht Fortschritte, aber man sieht ihr auch an, was es sie kostet. Sie ist häufig fahrig und angespannt. Abwesend und stellt sich nur, wenn es keinen Ausweg gibt. Ich möchte sie eigentlich nicht in meine Fehde mit hineinziehen." Er rutschte näher. „Vielleicht klingt es herzlos, aber ich sehe es als Vorteil an, dass sie dir gar nicht weiter zusetzen könnte."

Wow. Aber natürlich war es schwer, mir mein Leben noch weiter zu vermiesen.

„Ich weiß, dass ich dich nicht fragen sollte." Er hob die Hände. „Ich sollte dich da raus lassen."

Nannte man dies nun Honig um den Mund schmieren? Zugegeben, ich war so was von raus aus dieser zwischenmenschlichen Geschichte. Es gab Tage, da konnte ich nicht einmal einschätzen, was mein Gegenüber dachte, geschweige denn fühlte.

„Aber für mich ist es wie eine Vorsehung, dass wir uns hier trafen." Seine Finger strichen über meine Fingerknöchel. „Endlich habe ich ein Werkzeug, ich muss es nur richtig einsetzen." Ian rutschte noch ein Stück näher und umschloss meine um die Tasse liegenden Hände mit seinen. „Hör dir meinen Plan an, bitte."

„Ich bin etwas überfordert", murmelte ich angestrengt. Es war noch untertrieben, eigentlich konnte ich ihm nicht einmal richtig folgen. Die Müdigkeit mochte daran schuld sein, oder auch meine geistige Verfassung, das ließ sich nicht immer deutlich trennen.

„Wir spielen alles vorher durch, damit du weißt, worauf du dich einlässt. Womit du es zu tun haben wirst." Seine Worte kamen nun schneller und auch ihm fiel es schwerer, ruhig sitzen zu bleiben. „Wie wäre es, wenn wir es mit etwas Wellness für dich verbinden? Wenn wir irgendetwas tun, was dir guttut? Was könnte das sein?"

Herrlich, die Frage hatte ich noch nie beantworten können, weder im Krankenhaus, dem tagesstrukturierten Angebot oder bei meiner Therapeutin. Also zuckte ich die Achseln.

„Was machst du gern?"

Ich hasste diese Fragen. „Nichts."

„Ach, komm schon."

Zur Abwechslung war mein Hirn mal leer. Was sollte ich sagen? „Früher habe ich gerne gelesen."

„Ich kann für unendlichen Lesestoff sorgen."

Was ich nun wirklich nicht gebrauchen konnte.

„Ein paar Tage, wir treiben es auf die Spitze. Ich will, dass sie einfach ihr Gesicht verliert."

„Warum?" Ich brauchte einen Moment, um das Wort formulieren zu können.

„Rache vermutlich." Er zuckte die Achseln. Es machte ihm nichts aus, wie er mit diesem Geständnis vor mir wirken könnte, was auch irgendwie imponierend war. „Ich möchte ihre Klauen aus meinem Nacken lösen, Vanessa. Ich will endlich frei sein. Frei, meine eigenen Entscheidungen zu treffen, meine eigenen Fehler zu machen und mein Leben so zu leben, wie ich es möchte." Er kniete nun vor mir und war mir damit verdammt nah. Er war warm eingepackt in seinem Parker, ganz sicher wärmer als ich mit den beiden Plaids, und doch rötete seine Nase sich leicht durch die Kühle der Morgenstunde.

„Ich kann mir schwer vorstellen, dass sie dich immer noch einengen kann. Du bist ein erwachsener Mann, wenn dir nicht gefällt, wie sie mit dir umgeht, meide sie." Zumindest wäre das mein Weg.

„Leichter gesagt, als getan", murrte er. Seine Hände verließen meine und schoben sich höher, über meine Arme. „Ich bin finanziell von meinen Eltern abhängig und mein Vater hört leider auf sie."

„Dann mach dich unabhängig." Das sollte doch nicht schwer sein. „Oder spricht etwas dagegen?"

„Leider ja. Ich muss eingestehen, dass ich mein Studium eher mit gutem Zureden abgeschlossen habe. Ich habe nie gearbeitet, noch wüsste ich, wie ich es anstellen sollte."

„Wo ein Wille ist, ist auch ein Weg." Jetzt verfiel ich schon in Phrasen? „Es muss doch Alternativen geben." Schon besser. Konnte ich eine anbieten? „Du kommst doch mit den Schafen zurecht, wäre das etwas für dich?" Damit überraschte ich ihn. Einen Moment sah er mich bloß an, dann brach er in Gelächter aus.

„Ich soll Schafhirte spielen?"

Ich hob die Schultern. „Sein, nicht spielen. Du musst dir darüber Gedanken machen, womit du dich beschäftigen willst. Gut wäre es, wenn es genug einbringt, aber das sollte nicht im Vordergrund stehen."

„Ach nein? Und ich dachte, darum ginge es bei dieser Sache." Wieder lachte er.

„Ja, schon." Sortiere dich! „Letztlich ... ach warum hörst du überhaupt auf mich? Ich bin nicht klar im Kopf!" Ich bekam mein eigenes Leben nicht geregelt, da konnte ich mir eine Lebensberatung für andere sparen.

„Lachlan hat es versucht. Er wollte sich hier ein eigenes Standbein einrichten, um dem Unbill unserer Mutter nicht mehr ausgeliefert zu sein. Nun hat er ein

Anwesen, um das er sich kümmern muss, und Unmengen an Geld verschlingt, neben einer Gattin mit Ambitionen und zwei Babys, für die es Vorsorge zu treffen gilt." Er ließ mich los und stand auf. „Er hat es versucht und ist gescheitert."

Die ersten Sonnenstrahlen fanden ihren Weg, trafen auf Tautropfen und brachen sich in tausend Farben. Das Feuer war niedergebrannt, schwelte gerade noch vor sich her. Neben dem Rauschen des Meeres und der Weide um uns herum war nichts weiter zu hören, als unserer beiden Stimmen. Als gäbe es nur uns auf der Welt.

Ein merkwürdiger Gedanke.

„Ich habe keinen Ort, an den ich mich zurückziehen könnte, wie Lachlan hier. Ich besitze ein Loft in der Stadt, aber es zu unterhalten, kostet mich ein Vermögen. Außerdem hat man dort nicht viel mehr zu tun, als dem Amüsement zu frönen, auch eine kostspielige Angelegenheit, und offen gestanden eine, die zunehmend den Reiz verliert." Er seufzte, was mich zu ihm aufsehen ließ. Er sah in die Ferne, Richtung Meer, aber seine Gedanken waren noch viel weiter entfernt.

Meine waren genau hier. Ich konnte ihn mir sehr gut in Clubs vorstellen, wie er die Ladys bezirzte. Mit seinem Grinsen, diesen Augen ...

„Immerhin ist es ein Vermögenswert, nicht wahr? Wenn du weißt, wie es weitergehen soll, hast du da schon einmal die finanzielle Basis." Das konnte nicht jeder von sich behaupten.

„Das mag ich an euch deutschen Frauen, ihr denkt so stringent."

„Keine deutsche Tugend", murmelte ich errötend. „Und auf mich trifft es schon gar nicht zu. Ich bin froh, wenn zwei Gedanken, die nacheinander kommen, auch irgendetwas miteinander zu tun haben." Was selten genug der Fall war.

„Und bescheiden ist sie auch noch." Er streckte mir die Hand hin. Komm, lass uns nach der werdenden Mutter sehen."

Bevor ich noch darüber nachdenken konnte, stand ich neben ihm und ließ zu, dass er den Arm um mich legte und mir so den Weg vorgab.

„Ich glaube, ich stelle dich als Beraterin an, was meinst du? Was bekommt man als Managementassistentin?" Er schob mich weiter. „Ich muss mein Leben ändern und habe keine Ahnung, wo es hingehen soll."

„Da bin ich nicht die Richtige, Ian. Ich bekomme mein eigenes Leben kaum auf die Kette ...", wollte ich mich rausreden, schließlich war ich mehr als nur ungeeignet, ich war uneinstellbar. Herrje, ich wollte so schnell wie möglich über die Klippe gehen und mir nie wieder Gedanken über Jobs, Geld und nervige Familienangehörige machen müssen.

Ian krümmte sich vor Lachen und zwang mich, an seiner Seite ebenfalls in die Beuge.

„Wie war das?", keuchte er. „Kette?"

„Auf die Kette", wiederholte ich irritiert. Was war daran komisch?

„Zu gut! Was bedeutet es?" Ian drehte mich zu sich. „Eure Aphorismen sind *zum Schießen.*"

„Auf die Reihe bekommen, ordnen." Ich sah wirklich nicht, was daran komisch sein sollte.

„Interessant. Du kannst mir eine riesige Hilfe sein."
Er grinste mich an. „Bitte."

Oh, toll.

Es hupte in meinem Rücken und ließ mich aufschrecken.

„Die Ablösung", frohlockte Ian und winkte. „Aber den Blick gönnen wir uns noch, komm." Wieder zog er mich weiter. Er war definitiv ein Mann, der gerne bestimmte, wo es langging, umso unverständlicher war es, dass er Rat bei mir suchte. Konnte er diesen überhaupt annehmen?

Die Schafdame lag in einem Bett aus grünem Gras, kaute genüsslich und sah zufrieden zu mir auf.

„Die Lady sieht entspannter aus, als Liny zu ihrer Zeit", stellte er belustigt fest.

Hinter mir blökte ein weiteres Schaf und stupste mich an.

„Ah, Sheamus, du schon wieder. Vanessa, darf ich dir den Herrn des Harems vorstellen? Sheamus. Alter Bock, hier steht mein Weg in eine bessere Zukunft." Das machte ihn deutlich zufrieden und bereitete mir dadurch Unbehagen. Er glaubte das doch nicht?

„Vanessa, möchtest du nicht *Hallo* sagen?"

„Zu einem Schaf?"

„Ah, ist die Lady erhaben über Vierbeiner?", mokierte Ian sich leise, wobei er mir zuzwinkerte. „Das solltest du dir aber nicht anmerken lassen, wenn ich dich meinem Bruder vorstelle. Er ist leicht vernarrt in diese wolligen Biester."

Der Bock leckte an meiner Hand. Ich schrie auf, machte einen Hopser und landete an Ians Brust.

„Er sieht gefährlicher aus, als er ist, ist es nicht so, oller Bock?" Ian griff in das dicke Vlies des Tieres und zottelte es. „Er ist so sanft wie ein Lämmchen." Er ging in die Hocke und tätschelte auch das andere Schaf. „Wie lange willst du uns noch auf die Folter spannen, dearie?"

Er bekam eine gedehnte Antwort.

„Ian, alles klar?"

Ich sah mich um. An dem Lagerplatz stand ein Mann in dunklem Parker und stemmte die Hände in die Körpermitte.

„Doug, du bist spät dran, Mann!" Ian legte die Hand in meinen Rücken und schob mich weiter, zurück zum Feuer. „Ich hoffe, du hast dir Verpflegung mitgebracht, Lachlan spart an uns. Dröges Dörrfleisch mit lausigen Crackern."

„Delikatessen!"

„Wenn du meinst, ich werde auf bessere Verpflegung pochen. Also, Missy geruht sich noch nicht, etwas von ihrem Ballast abzustoßen, bekommt es nicht auf die Kette." Ian zog mich näher an sich. „Jetzt benötigen wir zunächst ein ausgiebiges Frühstück, nicht wahr, a ghràidh?"

Die dunklen Augen des Neuankömmlings legten sich auf mich, die buschigen Brauen hoben sich in dem wettergegerbten Gesicht.

„Vanessa." Ian klang stolz und grinste auch breit, als dieser Doug einen Pfiff ausstieß. „Ich gehe nun, pass mir auf Lachlans Goldstücke auf."

„Aye, viel Vergnügen. Miss." Doug fasste sich an die Stirn und senkte den Kopf.

„Frühstück, nichts weiter." War es eine Versicherung für mich oder wies er Doug in die Schranken?

„Und Schlaf. Herrje, ich bin vielleicht müde."

„Ich auch." Mein Gähnen bewies dies eindrücklich.

„Dann mal los, einverstanden?"

Der Wagen war ein klappriger Geländewagen in grünen Tarnfarben. Die Ledersitze waren rissig und eisig kalt.

„Das nächste Dorf ist nicht zu empfehlen, schließlich gibt es noch einiges, was wir zu besprechen haben und man kennt mich hier." Ian startete den Wagen. „Aber ich kenne ein verschwiegenes kleines Örtchen die Küste runter. Ideal für uns."

„Meinetwegen." Mir war alles gleich – generell – aber auch momentan, ich war einfach nur noch müde. Ob es genügend Kaffee auf diesem Planeten gab, um daran etwas zu ändern?

„Warst du schon mal in den Highlands?"

Meine Antwort bestand in einem Kopfschütteln. Meine Lider wurden schwer und ich ließ sie zufallen.

„Dann solltest du die Augen offenhalten, dearie."

„Keine Chance", murmelte ich belustigt. Es fühlte sich an, als hingen Bleigewichte zwischen meinen Wimpern.

„Was hältst du von Sightseeing? Es gibt unendlich viel zu sehen."

„Ich bin nicht der Typ für soetwas."

„Wie wäre es mit Shopping? London ist berechtigterweise eine Metropole, sie vibriert vor Lebendigkeit. Oder vielleicht ist Edinburgh besser geeignet?" Er warf mir einen abschätzenden Blick zu. „Geschäfte gibt es genügend, es ist näher und weniger überlaufen."

Eine schauderhafte Vorstellung, gleich wie rum. Shopping war das eine, was absolut nicht ging. Ich hasste es. Die vielen Leute, das dadurch entstehende Gedränge, das Herumgeschleppe, ganz abgesehen davon, dass ich mir in letzter Zeit ohnehin nichts leisten konnte.

„Wir müssen dich auf jeden Fall ausstatten, damit es glaubhaft ist." Er lachte auf, kurz und dröge. „Mutter würde es mir nicht abkaufen, dass ich plötzlich Interesse an ... natürlichen Frauen habe."

Ich überging die implizierte Beleidigung, schließlich war es nicht wichtig, ob er mich attraktiv fand oder nicht. „Ich brauche nichts."

„Dearie, das sehe ich anders." Wir fuhren in stetiger Schlangenlinie an der Küste entlang.

„Dir gefällt mein Kleidungsstil nicht?" Tja, genau genommen hatte ich keinen Stil, denn gewöhnlich griff ich blindlings in den Schrank und trug auch schon mal völlig unzusammenpassende Dinge. Karos mit Streifen und gepunktet obendrein.

„Ich habe noch nicht viel gesehen, aber ich stelle in Zweifel, ob es besser wird."

„Oh, danke." Ich nuschelte es eher. Zum Glück verstand er es und ließ mich dösen, bis wir das abgelegene Lokal erreichten.

Dort schob Ian mir den Stuhl zurecht.

„Danke." Ich lächelte zu ihm auf, obwohl ich Schwierigkeiten hatte, die Augen offenzuhalten. „Ich habe gar keinen Hunger mehr."

„Kann ich mir denken. Aber jetzt sind wir schon mal hier und sollten uns zumindest eine Kleinigkeit gönnen." Ian schob mir die Karte zu. „Kontinentales Frühstück?"

„Gehört ein Bett und eine Mütze voll Schlaf dazu?" Ich meinte es ernst, leider brachte ich ihn wieder zum Lachen.

„Ich wusste nicht, dass ihr das unter einem Frühstück versteht."

Dazu sparte ich mir jeden Kommentar, aber innerlich mokierte ich mich darüber, dass offenbar nicht nur seine Mutter Vorurteile hatte.

Ian bestellte für mich gleich mit, da ich von der Frage bereits überfordert war, was ich wünschte. Die junge, weibliche Bedienung störte es nicht, warf sie mir ohnehin nur flüchtige Blicke zu, und konzentrierte sich ansonsten ganz darauf, Ian schöne Augen zu machen. Er genoss es sichtlich und es war ebenso offensichtlich, wie schwer es ihm fiel, sich zurückzuhalten und nicht auf den Flirt einzugehen.

„Wenn Sie noch einen Wunsch haben ...", gurrte sie mit eindeutigem Augenaufschlag und einem Lächeln, das versprach, jedem seiner Wünsche gerne nachkommen zu wollen. Ich war mehr verärgert, als verwundert. Ihre Finger streiften scheinbar zufällig Ians Schulter und er drehte sich, um ihr nachzusehen. Er bemerkte meine Irritation, als er sich mir wieder zudrehte.

„Entschuldige, Catriona weist mich stets darauf hin, wie unhöflich es ist, sich von Kellnerinnen ablenken zu lassen." Ian seufzte gedehnt und fuhr sich durchs

Haar. „Ich bemühe mich, aber alte Gewohnheiten lassen sich nur schwer ablegen."

„Möchte ich dann wissen, wie diese Gewohnheiten aussehen?" Sicher nicht, und es war auch absolut gleich, ich fragte nicht aus Interesse, obwohl ich mich dabei ertappte, wie ich die Ohren spitzte.

„Solltest du. Schließlich muss es aussehen, als kennen wir uns schon eine Weile. Außerdem brauchen wir eine passende Geschichte zu unserem Kennenlernen. Dass ich dich den Klauen des Todes entrissen habe, wäre für Mutter nur gefundenes Fressen." Das Thema schon wieder. „Passender wäre es, wenn ich dich davor bewahrt hätte, überfahren zu werden. In London, vor meiner Abreise nach Farquhar." Seine Begeisterung war nicht nur sichtbar, er strahlte sie geradezu aus. „Du hast vor lauter Tüten nichts gesehen." Sein Grinsen wurde noch breiter. „Ich habe sogar deine schicken Schuhe von Valentino gerettet, wofür du mir einfach dankbar sein musstest. Ein Abendessen, und uns konnte nichts mehr trennen."

Klang unglaubwürdig.

„Ich besitze unter Garantie keine Schuhe von diesem Valentino." Dabei sollte ich darauf hinweisen, wie idiotisch sein Plan war, den ich nur rudimentär erfassen konnte. Welche Aufgabe hatte er mir nun zugeteilt? Was tat ich als sein Werkzeug? Herrje, dachte ich tatsächlich daran, mich an seinem Spiel zu beteiligen?

„Deswegen müssen wir dringend einkaufen."

Das Frühstück bestand aus einer riesigen Portion Spiegelei, Würstchen und Bohnen, also nicht kontinentales, sondern englisches Frühstück.

„Ich brauche dich erlesen chic." Seine Augen wanderten langsam über mich. „Nicht leger, zumindest nicht, wenn du meiner Mutter unter die Augen kommst." Er griff über den Tisch hinweg nach meiner Hand. „Obwohl sie sicher erst recht aufgebracht wäre, erschienest du so zu Tisch."

„Und das wäre das Ziel, nicht wahr?" Ich entzog ihm die Finger. „Für maximale Aufregung zu sorgen."

„Richtig, aber wichtig ist es, glaubhaft zu sein und normalerweise sind meine Partnerinnen äußerst attraktiv." Er betonte es so deutlich, dass ich nicht drumherum kam, mich zu fragen, ob er mir etwas damit sagen wollte. Ich hielt mich nicht für sexy, bestimmt nicht, hatte ich noch nie und in den letzten Jahren hatte ich mich eher wie Aschenputtels hässliche Stiefschwester gefühlt.

„Wir sollten glaubhaft sein, weshalb ich auch meine Geschwister nicht einweihen werde." Er feixte, wieder nach meinen Finger fischend. „Das macht es authentischer, weil wir sicher auch Irritation bei den anderen hervorrufen werden, schließlich wird alles aus heiteren Himmel über sie hereinbrechen."

„Ich kann nicht behaupten, dass mir dein Plan gefällt, oder dass ich davon überzeugt bin, dir helfen zu sollen." Gar nicht, und die Liste an Gegenargumenten war endlos.

„Sieh es als gute Tat, die dir vergolten wird." Ian zwinkerte mir grinsend zu. „Du kannst von mir haben, was immer du dir wünschst", lockte er. Er griff wieder nach meinen Fingern. „Hast du keine Liste mit Dingen, die du noch tun möchtest?"

Er hatte ein Talent, mich sprachlos zu machen. Das Peinliche daran war, dass ich ihn einfach anstarrte, wodurch ich meine Sprache nicht zurückfand. Eher im Gegenteil, meine Gedanken wanderten unweigerlich ab in bewundernden Feststellungen. Das faszinierende Blau seiner Augen, der Schwung seiner Lippen, der Schalk in seinem Blick. Nicht hilfreich!

„Was möchtest du?"

Nicht schon wieder diese Frage! Ich senkte den Blick auf meinen vollen Teller.

„Außer schlafen."

Meine Lippen kräuselten sich von ganz allein. „Dabei ist dies das Einzige, was ich wirklich will."

„Mach es mir nicht ganz so leicht, dearie. Also schön, schlafen wir, dann fahren wir die Nacht durch, leeren Londons Nobelboutiquen und sind morgen Abend pünktlich zum Dinner auf Farquhar." Seine Begeisterung war ansteckend, aber selbstverständlich durfte ich mich davon nicht beeindrucken lassen. Ich war nicht hergereist, um dominante Mütter in die Schranken zu weisen. Herrje, ich wollte Selbstmord begehen!

„Äh."

„Wir sind im Geschäft!" Er klopfte auf den Tisch. „Also, da du nicht einen Bissen zu dir genommen hast, schließen wir unser Frühstück ab und finden ein gemütliches Plätzchen. Ich schau mal, ob man uns hier eine Unterkunft empfehlen kann." Er erhob sich. „Wenn du etwas brauchst, sag es. Kaffee, Tee, Müsli, alles. Okay?"

„Ein Bett, sonst nichts." Und nicht einmal dafür konnte ich bezahlen. Ich legte die Hände vor die

Augen und stützte meinen Kopf ab. Ausweglos. Ich lebte von meinem kargen Krankengeld, hatte mir diesen Urlaub erbettelt, es war unmöglich, das Geld meiner Mutter zurückzuzahlen, wenn überhaupt. Es ging mir nicht gut, ich hatte keine Hoffnung auf Besserung, und war bereit, meinen Suizid durchzuziehen. Aber es musste ein Unfall sein. Meine Mutter sollte nicht auf all den Unkosten sitzenbleiben, das hatte sie nicht verdient. Ich wollte einen sauberen Schnitt.

„Stell dir vor, wir können hier Zimmer bekommen."

Ich war sogar zu müde, um zusammenzuzucken, selbst mein Murmeln war undeutlich.

„Na, komm. Ich steck dich in ein Bett und lass dich schlafen, so lange du willst." Ian half mir auf die Füße, die eigentümlich schwer waren und sich kaum anheben ließen. „Dearie, müde ist gar kein Ausdruck, hm?" Er nahm mich auf den Arm. Eigentlich wollte ich protestieren, aber es war viel zu angenehm, mich einfach an ihn zu lehnen und es zuzulassen. Einfach die Führung abgeben, wie verdammt angenehm.

5

Die Hölle lässt grüßen

„Keine Sorge, Vanessa, es wird wundervoll", versicherte Ian nun zum tausendsten Mal, ohne dass es irgendetwas bewirkte. Ich glaubte ihm nicht. Mann, was tat ich denn hier?

„Ein paar Tage."

„Ich halte es für eine dumme Idee." Meine Finger verknoteten sich ineinander und verkrampften. „Ich weiß gar nicht, wie ich mich verhalten soll."

„Sei du selbst."

Ich warf ihm einen verzweifelten Blick zu.

„Nur etwas frecher."

Ich stöhnte langgezogen.

„Was hast du zu verlieren?"

Sehr komisch. „Was habe ich zu gewinnen?"

„Ah, jetzt sprichst du genauso, wie ich dich haben will." Wir bogen ab und stoppten vor einem riesigen

Tor. „Gierig. Vergiss nicht, so häufig wie möglich deinen Verlobungsring zu zeigen."

Ein riesiges Monstrum vollgepackt mit Steinen prangte an meiner Hand. Ein großer Saphir, der von zwölf Brillanten umkränzt wurde. Ein sehr bezeichnendes Teil, wenn man mich fragte.

„Ich habe es verstanden. Ich mag es nur nicht!" Und das war noch untertrieben. „Es bringt doch gar nichts."

„Möchtest du diese Diskussion noch einmal führen?"

Wir hatten schon einige Runden hinter uns, zugegeben, aber mir wollte einfach nicht in den Kopf, wie er sich den Ausgang dieser Geschichte vorstellte.

„Schau mal, alles worum es mir geht, ist Aufruhr." Ian ließ die Seitenscheibe des Wagens herunter und drückte auf einen roten Knopf in einem Kasten an der Mauer. „Culnacnoc."

Ein Codewort?

Die Scheibe fuhr wieder hoch, während das Tor langsam aufschwang. „Du darfst dir die Worte meiner Mutter nicht zu Herzen nehmen, versprochen? Rede mit mir, äußere deine Wünsche."

Ich drehte meinen Kopf und starrte aus dem Fenster, wo die Landschaft an mir vorbeizog. Hügel, Gras, in einiger Entfernung eine Mauer aus großen, nicht zusammenpassenden Steinen.

„Mein Leben ist furchtbar."

„Nein. Du empfindest es so, das akzeptiere ich, aber, es ist nur eine Empfindung und du hast selbst gesagt, dass die derzeit nicht zuverlässig sind."

Wir wurden langsamer, drehten ab und hielten dann vor einem riesigen Gemäuer.

„Sieh es als einen Kurzurlaub von deinem Leben. Vielleicht bekommst du eine andere Perspektive." Der Motor ging aus. Es gab wohl keinen Weg, der mich hier herausführte.

„Das wird nicht funktionieren", murmelte ich nur für mich. Es konnte gar nicht funktionieren. Ich war nicht gut im Theaterspielen. Gar nicht.

Warme Finger fuhren über meine Wange. „Mach dir keine Gedanken darum. Es ist ein Versuch, ich erwarte nichts und werde dir nicht böse sein, wenn etwas nicht nach Plan verläuft. Schau mal, ich könnte niemanden sonst fragen, weil jede andere Frau, besonders jede Schottin, befürchten müsste, sich ernsthafte Probleme einzuhandeln."

Herrlich, aber natürlich war da was dran. Egal womit seine Mutter drohte, da ich nicht weiterleben wollte, konnte sie mir nicht in die Suppe spucken. Trotzdem hörte es sich widersinnig an. Wer war seine Mutter? Die Patin, Kopf der schottischen Mafia? Gab es sowas?

„Wie das?"

„Sie hat ihre Verbindungen, aber soweit ich es weiß, steht sie nicht mit dem Teufel im Bunde. Du solltest demnach völlig sicher sein, solltest du dich doch noch für den drastischen Ausweg entscheiden." Er nahm meine Hand, drückte sie und strich dann mit dem Daumen über meine Knöchel. „Und wenn nicht ... finden wir eine Lösung. Obwohl ich nicht davon ausgehe, dass ihre Fänge bis nach Deutschland reichen."

Als hätte ich keine anderen Sorgen.

„Bitte, Vanessa."

„Schon gut! Ich glaube nur nicht, dass es funktionieren wird." Um es abzukürzen und mir nicht weiter seine gegenteilige Ansicht anhören zu müssen, stieß ich die Wagentür auf.

Aus dem Wagen rutschend bemerkte ich, dass wir vor einem riesigen Anwesen standen. Eine breite Treppe führte zu einem Plateau, einem Balkon gleich mit halbhohen, säulenartigen Mauern, die links und rechts einen Halbkreis zogen. In der Mitte führten Stufen zu einem riesigen Portal hinauf.

„Schön, nicht wahr?"

„Wo zum Teufel sind wir?" Nicht beim Haus seines Bruders.

„Willkommen auf Farquhar." Ian blieb neben mir stehen und legte seine Hand in meinen Rücken.

„Was ist Farquhar?" Ich drehte mich zu ihm. „Warum stehen wir vor einem Schloss?"

„Das ist Farquhar. Es gehört nun meinem Bruder, fast bedaure ich es." Er seufzte, überwand den Moment der Melancholie aber blitzschnell und grinste mich wieder übermütig an. „Allerdings kann es auch ein ganz schöner Klotz am Bein sein. Ein sehr kostspieliger Klotz."

Mir fiel es schwer, den Mund geschlossen zu halten und noch schwerer, den Schock zu verbergen. Seinem Bruder gehörte ein Schloss? Wo genau war ich hier reingeraten?

„Mit seiner knappen Apanage ist es eine Herausforderung, dieses alte Gemäuer instand zu halten, aber er regelt alles scheinbar mühelos." Er zog mich an sich. „Verrate es ihm nicht, aber ich bewundere ihn. Also, dann wollen wir mal." Er schob mich sanft vorwärts. „Auf in die Höhle des Löwen."

Mit jeder Stufe wurde es schwieriger den Fuß erneut zu heben. „Was hast du verschwiegen, Ian?"

„Nichts. Lächle, a ghràidh, und sei ganz die fröhliche zukünftige Braut."

Noch bevor wir das Plateau vor der Tür erreichten, schwang ein Teil des Tores auf und eine kleine, pummlige Frau mit leicht ergrautem Schopf und funkelnden Augen begrüßte uns.

„Mylaird! Wir waren schon in Sorge!"

Ihr Blick glitt über mich und blieb an meiner Hand, bevor er in mein Gesicht zuckte und dann rüber zu Ian.

„Mrs McCollum, werden Sie uns hereinlassen?" Er wartete aber nicht darauf, dass ihm Platz gemacht wurde, sondern trat vor. Da ich in seinem Arm untergehakt war, fand ich mich Angesicht zu Angesicht der älteren Dame gegenüber. „Vanessa, a ghràidh, das ist Lachlans Haushälterin Mrs McCollum. Meine Verlobte. Gönnen Sie mir den Spaß der Eröffnung, seien Sie so gut."

„Wie meinen?" Sie riss die Augen auf, wich aber endlich zurück.

„Meine Braut. Wir brauchen kein zusätzliches Schlafzimmer und lassen Sie bitte das Gepäck hochbringen."

„Aye, Mylaird. Darf ich Ihnen eine Tasse Tee auf Ihr Zimmer bringen – zwei selbstverständlich." So klein und rund, wie sie war, so wieselflink erwies sie sich, denn sie war schneller um uns herum, als ich gucken konnte und eilte vor uns her.

Ian schob mich feixend weiter. „Sehr freundlich, nicht wahr, a ghràidh? Nach der Fahrt täte dir ein heißer Aufguss sicher gut, wie wäre es, wenn du ihn im Bad genießt? Können wir vielleicht einen Snack bekommen?" Wir folgten ihr durch die riesige Halle, die alles in allem sehr dunkel war, trotz des gewaltigen Leuchters, der in der Mitte von der Decke hing. Ich musste zweimal hinsehen, um die Täuschung zu erkennen. Es waren gar keine Kerzen, die dutzendfach aus dem Halter herausragten, es war ein Faksimile. Ein riesiges metallisches Konstrukt, und wog sicher mindestens eine Tonne. Wir gingen direkt darunter entlang und mit jedem Schritt baute sich in mir eine Art Widerstand auf. Wenn die Halterung versagte, und der Leuchter herunterfiel, bliebe nicht viel übrig von denen, die dummerweise darunter standen. Wie gut war das Teil in der Decke verankert? Wie lange hing es da schon und wurde alles regelmäßig überprüft, um dumme Unfälle zu vermeiden?

„A ghràidh, du bekommst doch keine kalten Füße, oder?", raunte Ian mir zu. Sein Atem wusch über meinen Hals. Ein merkwürdiges Gefühl. Irgendwie vertraut und doch ganz anders.

„Ich fürchte schon", wisperte ich, schaffte es aber endlich, den Blick von dem lichtspendenden Monstrum zu nehmen. Sein Lachen war ebenso leise, fast intim, weil er mir immer noch zugewandt war.

„Du kannst das, ich habe vollstes Vertrauen in dich."

Ein Lippenbekenntnis.

„Mach dir keine Gedanken."

Die erste Stufe brachte mich fast zu Fall. Ich schwankte. Ian fing mich ab.

„Vorsicht, ich brauche keine invalide Braut, sondern eine höchst agile."

Wie zweideutig.

„Komm, du ruhst dich in der Wanne aus." Er behielt mich im Arm, hob mich bei jedem Schritt fast die Stufen hinauf. „Mrs McCollum, wann findet sich die Familie vor dem Dinner zusammen?"

„Ich hoffe auf sieben Uhr, Mylaird, aber Sie wissen ja wie wir es hier handhaben."

„Ich bin immer wieder überrascht, Mrs McCollum, das wissen Sie doch. Ich erwarte stets, alles wieder beim Alten vorzufinden, wenn ich durch das heilige Tor trete." Ein Scherz, aber es klang anders, als ich es bisher von ihm gewohnt war. Aufgesetzt.

„Miss ..." Sie drehte sich zu uns und schnitt uns damit den Weg ab. Ihre wachen Augen glitten über mich und ihre hellen Brauen hoben sich in stummer Frage.

„Vanessa", half Ian jovial aus. „Miss Vanessa genügt völlig. Nicht, dass Sie sich noch an einen Nachnamen gewöhnen. Miss Vanessa und bald schon Lady Vanessa."

Ich stolperte erneut. Ich hatte mir nicht viel bei der Bezeichnung *Mylaird* gedacht, sagte sie mir doch nicht wirklich etwas, aber *Lady* schon.

„A ghràidh, du scheinst müder zu sein als angenommen." Seine Hand rutschte von meiner Taille
wieder in den Rücken. Fürsorglich, oder schlicht
antrainiert? Ich folgte der Haushälterin in Gedanken,
die sich um die Bezeichnung drehten. Adel? Mein
Blick huschte über die Treppe und blieb an der Galerie
hängen, an einem riesigen Gemälde. Es war eine
Jagdszenerie, nicht besonders hübsch, aber gewaltig.
Ein Schloss, ein Titel ... ich steckte in einer ganz dum-
men Geschichte, zumindest erklärte sich nun Ians
Leidensdruck. Langsam bekam ich eine vage Vorstellung. Ich verstand, warum er nicht auf eigenen Füßen
stand, sondern abhängig von seinen Eltern war, und
dies bisher nicht geändert hatte. Man erwartete Dinge
von ihm, von denen ich keinen Schimmer hatte.

Ian grinste mich an und nahm die Hand aus meinem
Rücken, um eine Tür aufzustoßen. „Bitte." Er deutete
hinein.

„Sehr wohl, Lord Ian, ich werde Sie über den genau-
en Zeitpunkt des Dinners informieren." Die Haushälterin knickste, was nur dadurch deutlich wurde, weil
sie noch kleiner wurde und verschwand dann den
Gang hinunter.

„Vanessa? Komm, du solltest dich etwas entspannen.
Das Dinner wird in einer knappen Stunde serviert, bis
dahin ist auch unser Gepäck oben und den besten
Auftritt machen wir ohnehin, wenn wir uns das
Zusammentreffen im Salon sparen und direkt zu
Tisch kommen." Er streckte die Hand nach mir aus,
weil ich immer noch im Gang stand.

Letztendlich half es nicht, hier herumzustehen, also kam ich seiner Aufforderung nach und trat in das Zimmer. Es war kein Schlafzimmer, wie ich es erwartet hatte, sondern ein Wohnzimmer, oder etwas Ähnliches. Schwere Sessel standen nahe dem Kamin und eine weitere Sitzgruppe – ähnlich antiquiert – mittig im Raum. Damast bezogen, mit glänzendem Holz an Lehnen und Füßen. Der Teppich war ebenso wuchtig und alt. An einigen Stellen war er heller, das Muster verblichener, als an anderen. Die Fenster machten den Großteil der gegenüberliegenden Wand aus. Sie waren stockduster, umrahmt von dunkelblauen Vorhängen mit goldenen Quasten.

„Ich mache den Kamin an. Zum Bad geht es dort." Sein Finger deutete zu einer dunklen Tür, zweiflüglig mit goldener Klinke.

„Was hast du mir verschwiegen?" Ich machte mich auf eine Bombe gefasst.

„Nichts." Sein Grinsen sagte mir das Gegenteil.

„Deinem Bruder gehört dieses Schloss? Was bedeutet Mylaird? Warum knickst die Haushälterin vor dir. Ich denke, du hast einige wichtige Fakten unterschlagen!" Meine Fingernägel gruben sich in meine Handballen.

„Lediglich nicht ausgesprochen, Vanessa, nicht unterschlagen." Ian legte die Hände in die Hüften, wodurch sich sein Jackett öffnete und sein Hemd sichtbar wurde. Es spannte über seinem Abdomen. Es lenkte mich ab.

„Ähm."

Seine Hände fielen herab und er schlenderte auf mich zu. Mein Kinn hebend, grinste er auf mich herab.

„Vanessa, locker, in Ordnung? Das schätze ich an euch deutschen Frauen, ihr seid völlig unbefangen und schert euch nicht um Titel und Anstand."

Das war der Hinweis. Hatte es zuvor welche gegeben? Fein, er ging sorglos mit Geld um, das war mir bereits aufgefallen, als er mich durch London getrieben und jede Menge unnötig teures Zeug gekauft hatte. Und damit meinte ich nicht vorrangig diesen schrecklichen Ring.

„Titel."

Er deutete eine Verbeugung an. „Sehr wohl, Mylady. Der Hauptgrund, warum meine Mutter meine Partnerinnen gemeinhin nicht duldet: Ihnen fehlt das blaue Blut."

„Oh, Scheiße!" Ich drehte mich weg und schob meine zittrigen Finger durch meinen Schopf. Es war offen, Ian hatte darauf bestanden. Ein neuer Schnitt, die leichte Krause mal nicht herausgebürstet und radikal blondiert, sah ich mir gar nicht ähnlich.

„Na, wer wird denn da ordinär werden?" Seine Hände legten sich auf meine Schultern und fuhren dann langsam über meine Oberarme hinab. „Hör zu, wir bleiben bei unserem Plan. Alles wird hervorragend laufen."

„Könntest du bitte mit der Sprache herausrücken? Mit wem bekomme ich es zu tun?" Ich musste es wissen. Ich wollte zumindest vorbereitet sein, ganz gleich, was kam.

„Meiner Mutter, meinem Vater, meinen beiden Schwestern Ealasaid und Catriona und meinem Bruder samt Gattin. Vermutlich wird sich mein

Schwager auch einfinden und mein kleiner Neffe befindet sich sicherlich oben in seinem Kinderzimmer."

„Ian!" Spielchen waren nie nach meinem Geschmack, aber nun war mein Geduldsfaden bis zum Zerreißen gespannt und ich brauchte eine klare Antwort, die Wahrheit und nichts anderes. „Titel."

„Marquess."

„Geh davon aus, dass ich das nicht einordnen kann", knirschte ich angespannt.

„Wir haben keine Zeit für eine Abhandlung des schottischen Adelssystems, Vanessa. Jeden Moment kommt der Lakai mit unserem Gepäck und wir müssen uns für das Dinner umziehen." Sein Griff festigte sich kurz. „Lass es uns auf später verschieben. Heute Nacht erkläre ich dir das Notwendige."

Es klopfte.

„Herein."

Wie vorgewarnt, trat ein junger Mann mit Livree ein und verbeugte sich vor uns.

„Mylaird, ich bringe die Koffer der Miss." Er sah mich nicht an, auch Ian nicht.

„Sehr schön, stellen Sie sie ab. Das wär erst einmal alles." Er berührte mich noch immer, stand keinen Schritt weit von mir entfernt und dies alles mit einer Selbstverständlichkeit, die mich nervös machte. Eben weil es so normal für ihn war.

Der Lakai schleppte die Koffer an uns vorbei in den Raum nebenan. Ein Schlafzimmer, wie ich von meinem Standort sehr gut sehen konnte, schließlich dominierte das riesige Bett mein Blickfeld. Es war ebenso blau gehalten wie dieser Raum, und ebenfalls mit Gold abgesetzt. Ein Wappen zierte die zugezogenen Vorhänge rund um das breite Bett.

„Die Zeit wird knapp, a ghràidh, wenn du noch ein Bad nehmen möchtest, schlage ich vor, du tust es jetzt. Ich käme ungern, wenn der erste Gang bereits aufgetragen wird, auch wenn es meiner Mutter sicherlich noch unliebsamer wäre." Er zwinkerte. „Aber das Schlachtfeld muss gut gewählt sein."

Der Lakai kam wieder an uns vorbei, stoppte an der Tür für eine weitere Verbeugung und verschwand dann leise.

„Also gut. Eine Dusche wird ausreichen."

Ich zerbrach mir den Kopf, während ich duschte. Auch noch, als ich geistesabwesend in meine nigelnagelneuen Sachen stieg. Wir hatten diskutiert, fast gestritten, über die Art der Kleidung, die er kaufte. Sie mochte teuer sein, aber absolut nicht mein Stil. Kurze Röcke, hohe Schuhe, fast durchsichtige Blusen und Spitzenunterwäsche. Die Farben des Makeups waren ebenfalls nicht meine. Ich trug den Lippenstift auf und löschte die Überreste mit einem Stück Kosmetiktuch. Zu pink.

Das Pink wiederholte sich auf meinen Lidern, selbst meine falschen Fingernägel hatten einen Streifen rosa. Wie schrecklich.

Es klopfte an der Zimmertür zum Wohnbereich. Ich strich meinen Rock glatt, sah mir einen Moment in die aufgerissenen Augen und sog den Atem ein. „Ja, bitte!"

„Vanessa? Es ist Zeit." Seine Stimme kam näher. Noch einmal fuhr ich mir durch das Haar, zwang die Mundwinkel nach oben und verfluchte im Stillen meine Dummheit. Was tat ich hier?

Ian pfiff in meinem Rücken. „Ich wusste, dass es dir stehen würde, aber es ist kaum der richtige Aufzug für ein familiäres Abendessen, meinst du nicht?" Er grinste breit, als ich ihm einen ungläubigen Blick zuwarf.

„Ich habe wohl kaum etwas, was sich für ein *familiäres Abendessen* in Gesellschaft irgendwelcher Marquesses eignet!" Diese reichen Schnösel waren doch alle etepetete und hatten ihre eigenen Verhaltensregeln. Kleidungsregeln. Beim Abendessen trugen Frauen mit Sicherheit keine Röcke, deren Säume kaum das Knie erreichten, geschweige denn Blusen, durch die man hindurchsehen konnte.

„Vanessa, möchtest du wieder streiten?"

„Fakt, oder?"

„Fakt", gab er zu. „Aber du sollst schließlich herausstechen. Dein Anblick soll meiner Mutter bereits die Galle überquellen lassen. Das ist auch ein Fakt."

Damit hätte ich sicher Erfolg, selbst mir quoll einiges über, wenn ich in den Spiegel sah.

„Urlaub von dir selbst, vergessen?" Er grinste wieder und deutete zur Tür. „Dann lass uns mal Blut in Wallung bringen. Sei unverschämt und arrogant." Er geleitete mich hinaus und die Treppe hinab. Ich war gar nicht richtig da, während ich einen Fuß vor den nächsten setzte und mit meinen Gefühlen kämpfte. Aufregung zuhauf, aber auch eine Spur Ängstlichkeit. Was erwartete mich? Oh, wie gern würde ich zurück in das Zimmer und mich hinter den schweren Vorhängen dieses unmöglich antiken Himmelbetts verstecken. Unter hundert Decken. Mindestens.

„Vanessa, a ghràidh, es geht los. Du schaffst das." Ian flüsterte es in mein Ohr, rüttelte mich damit wach. Wir standen vor einer weiteren zweiflügligen Tür, die plötzlich aufschwang.

„Ah, Lord Ian, Miss Vanessa, gerade rechtzeitig." Mrs McCollum räumte den Durchgang und ließ uns durch. Ians Hand war zurück in meinem Rücken. Ich spürte ihn so deutlich an meiner Haut, als wäre ich nackt. Er schob. Im ersten Moment regte sich Widerstand, meine Panik gewann Oberhand und mein Herz polterte wie verrückt. Warum machte ich da nur mit?

Ein Schritt und ich stand in einem dermaßen hellbeleuchteten Raum, dass mir die Augen wehtaten, und ich sie gerne geschlossen hätte, aber mein Körper spielte nicht mit. In meiner Panik erfasste ich jedes Detail, den riesigen Tisch, umringt mit alten Stühlen, bezogen mit strahlendem Stoff. Es sah aus wie Samt und war das Erträglichste im ganzen Raum, denn auf dem Tisch funkelte es nur so. Silber, Kristall und Bronze reflektierten das Licht des Kronleuchters, der, ähnlich wie der in der Halle, eine Replik eines Kerzenleuchters war, mit dutzenden kleinen, kerzenähnlichen Lämpchen. Dann waren da die Juwelen, die alles noch überstrahlten. Die älteste Dame in der Runde war auch diejenige mit den meisten Steinen. Ihre jüngere Kopie zwei Stühle weiter presste ebenfalls die Lippen zusammen und funkelte nicht nur mit den blauen Augen. Die anderen beiden Frauen am Tisch sahen eher überrascht als missbilligend aus. Beide trugen zwar Ohrringe, Ringe, Ketten und Armbänder, aber sie waren um einiges dezenter als die der anderen beiden.

„Ian!" Die Stimme schnitt geradezu durch die Stille.

„Màthair, guten Abend." Die Pause, die er machte, ließ mich fast aus der Haut fahren. Sie ließ genug Zeit für jedermann, mich in Augenschein zu nehmen, und mir einen ersten Eindruck von der Mutter zu machen.

„Fàthair, verzeiht unsere Verspätung, wir kamen zu einem ungünstigen Zeitpunkt an, und wollten keinesfalls zum Dinner erscheinen, ohne uns zuvor notdürftig erfrischt zu haben." Er klang fröhlich, aber aufgesetzt. Angespannt und ärgerlich. Natürlich war mir klar, dass hier einiges im Argen lag, sonst wäre dieser Auftritt nicht nötig, dennoch war ich überrascht, wie geladen er war. Selbst seine Hand in meinem Rücken bebte. „Darf ich vorstellen? Vanessa." Wieder eine Pause, die noch spannungsgeladener war, als die vorherige. Der Druck seiner Hand nahm zu und er schob mich weiter. „Meine Verlobte."

Nun hätte man sogar eine Stecknadel fallen hören können. Es sirrte in meinem Ohr und das Atmen fiel mir immer schwerer. Sicher stand ich kurz vor einer Panikattacke. Meine Knie zitterten, ich schwitzte und ich wollte überall sein, nur nicht hier.

Ian schob mir einen Stuhl zurecht, auf den ich dankbar niedersank. Noch immer lagen alle Augen auf mir und ich wagte es nicht, einen der Blicke zu erwidern.

„Mein Sohn, ich muss mich verhört haben." Auch dieses Mal schnitt die Stimme der Mutter durch den Raum und peitschte auf mich nieder.

„Dann wiederhole ich es gerne, Màthair, ich entschuldige mich für unsere Verspätung, aber wir sind bedauerlicherweise später angekommen, als erwartet, und wollten uns nicht von direkt der Straße zu Tisch begeben." Ian setzte sich auf den Stuhl neben mir, nahm die Serviette vom Teller und schlug sie aus. „Bestehen noch Fragen?"

„Mäßige deinen Ton, Ian", forderte der Mann am Kopf des Tisches ruhig. Sein schütteres, graues Haar lockte sich um seinen Schädel, die buschigen Brauen hingen tief in seine wässrigen Augen und er blinzelte, als könne er nicht richtig sehen. „Ihre Frage bezog sich auf die Miss, die du in unsere Mitte bringst."

„Vanessa? Oh, ich bin mir sicher, màthair wird viele Fragen haben. Wann der wichtige Tag sein wird, zum Beispiel." Ian griff nach meiner Hand und legte sie mit seiner verschränkt auf den Tisch.

Mein ganzer Körper bebte.

„Darüber werden wir sicherlich zu sprechen haben!", presste die Mutter hervor, ohne den brennenden Blick von mir zu nehmen. „Solche Dinge können nicht übers Knie gebrochen werden."

„Aber natürlich, màthair." Ians friedfertige Antwort zog mir fast den Boden unter den Füßen weg. Was sollte das denn jetzt? Es wäre mir wohl herausgerutscht, wenn sein Griff um meine Finger nicht so fest gewesen wäre.

„Vanessa, ein ausgesprochen schöner Name", sprach mich meine Tischnachbarin an, wobei sie ein kühles Lächeln auf ihre Lippen zwang. Sie hatte ebenso funkelnd blaue Augen wie der Rest der Familie, dem Vater ausgenommen, wobei man bei ihm die Farbe nicht bestimmen konnte, wie es bei alten Menschen häufig der Fall war.

„Aye", ergriff Ian das Wort. „Ich habe mich gleich in den Klang verliebt."

Neben mir tauchte der Lakai von zuvor auf und hielt mir eine Platte unter die Nase. Wieder bekam ich nicht die Gelegenheit, auch nur ein Wort zu äußern, Ian sprang erneut ein.

„Der Fisch ist stets delikat, a ghràidh, ich kann ihn dir nur empfehlen." Er bedeutete dem Bediensteten, mir ein bestimmtes Exemplar zu geben. Es war kein Lachs und damit war ich auch schon raus. Ich konnte Fische ebenso wenig auseinanderhalten, wie Pflanzen oder Huftiere. Natürlich kannte ich einige Arten aus meiner Lehrzeit im Hotel, in der ich auch im Service hatte arbeiten müssen. Einst hatte ich auch sagen können, welcher Fisch Süß- und welcher Salzwasser benötigte und wo sie heimisch waren, aber da ich gleich nach der Ausbildung im Management eingebunden wurde, hatte sich das Erlernte schnell verflüchtigt. Ich wusste aber eines genau: Ich mochte keinen Fisch. Auch nicht, wenn er wie der mir aufgetane, mit einem gefühlten Liter Soße bedeckt wurde. Allerdings war es wohl zu spät für einen Widerspruch.

„Wein, a ghràidh?"

„Bitte", wisperte ich, mit dem Gefühl kämpfend, dass es nur eine Floskel war, keine ernsthafte Frage, denn er winkte einem Dienstmädchen zu, mein Glas aufzufüllen. Ich schnappte es mir umgehend und nahm einen tiefen Schluck. Ich war auch kein Weintrinker, obwohl ich mich da ein wenig besser auskannte. Meine letzte Stelle war in einem alten Kloster gewesen, in dem seit Jahrhunderten Wein gekeltert worden war. Das Hotel hatte den Betrieb eingegliedert und er war zu einem Pilgerort für Weinliebhaber geworden.

Der mir kredenzte war nicht aus Deutschland und schon gar nicht der prämierte Wein von Kloster Eibingen, aber man schmeckte seine Qualität. Er war nicht bitter oder korkig, wie es billiger Wein häufig war, sondern bestach durch einen vollen, wenn auch wenig blumigen Charakter. Er war trocken, aber es zog sich einem nicht gleich die ganze Mundhöhle zusammen. Wenn ich mich aus dem Fenster lehnen wollte, um dem Wein einen Namen zu geben, dann wäre es ein französischer Bordeaux.

„Ich war etwas in Sorge", nahm der letzte Mann in der Runde, ein exaktes Ebenbild von Ian, den Gesprächsfaden wieder auf. „Als du dich vorgestern Morgen nicht einfandest und nicht einmal eine Nachricht überbringen ließt."

„Ich wusste nicht, dass ich mich bei dir abmelden muss, Lachlan."

„Das musst du selbstredend nicht, ich hätte nur gerne erfahren, wie es ..."

„Wo kommen Sie her", unterbrach die Mutter ihren Sohn. Ihr stechender Blick wurde mir erneut bewusst,

106

als ich aufsah. Es schüchterte mich ein, weshalb ich dieses Mal froh war, dass Ian mir das Wort abnahm.

„Màthair, wird das eine Inquisition?" Sein leichter Ton war nur aufgesetzt und das konnte niemand überhören. Die Antwort blieb für mich unverständlich, ebenso die daraufhin einsetzende Diskussion, in die sich nach und nach auch die anderen einmischten. Alle, bis auf die brünette Frau, die neben Ians Doppelgänger platziert war. Sie sah mich lediglich neugierig an.

Das Essen zog sich in die Länge und niemand beachtete seine Mahlzeit. Ich selbst konnte nicht essen, schließlich hielt Ian immer noch demonstrativ meine Hand und zerquetschte sie regelrecht. Ich biss die Zähne aufeinander, bis ich es nicht mehr aushielt.

„Du brichst mir noch die Finger." Es war zu laut. Ich wusste es in dem Augenblick, in dem es mir über die Lippen kam, aber ich hatte nicht mit einer plötzlichen Stille gerechnet. Ian ließ mich augenblicklich los. „Verzeih, geht es?"

Meine Finger ließen sich bewegen, auch wenn sie rot anliefen. Es kribbelte unangenehm, weshalb ich die Lippen schürzte. „Autsch."

„Es tut mir leid, a ghràidh, ich wollte dich nicht verletzen."

Ich sah auf, überrascht, denn sein zuvor angespannter Tonfall war verschwunden. „Schon gut." Mein Lächeln gelang nur zittrig. Ein Spiel, sagte ich mir, wir hatten unsere Rollen, er den des verliebten Galans, ich die der unterprivilegierten Verlobten. Immerhin musste ich nicht verliebt tun, was mir deutlich schwerer fallen würde, als ihm. Nervös senkte ich die Lider und befeuchtete schnell meine Lippen. „Tut gar nicht mehr weh." Ich spürte, wie meine Wangen aufflammten. Wegen der Lüge? Oh, je, die Geschichte war zum Scheitern verurteilt.

Ian hob meine Hand an seine Lippen und küsste sie vorsichtig. „Ich vergesse manchmal, wie zart du bist."

Das war Ansichtssache. Zwar war ich nicht sonderlich groß und kam mir neben ihm wie ein Zwerg vor, aber das lag an ihm, nicht an mir. Er war zu groß, zu breit, zu stark. Oder lag es doch an mir? Natürlich war ich zu klein und regelrecht abgemagert, weil mir Essen nicht mehr schmeckte und ich es darüber hinaus zu oft vergas.

„Ich verspreche, mich zu bessern."

Vielleicht sollte ich es auch versprechen? Unsicher starrte ich auf meinen Teller. Der Fisch schwamm regelrecht in der Soße.

„Du solltest essen, du wirst deine Kraft noch brauchen."

Nicht sicher, worauf er hinauswollte, sah ich zu ihm auf. Er grinste mit einer deutlichen Note. Manche mochten es verwegen nennen, ich fand es eindeutig. Spielte er offen vor allen auf Sex an? Wieder wurden meine Wangen von heißem Blut geflutet. Das wäre auch am Tisch meiner Familie unnötig vulgär, wie kam es dann in Adelskreisen an?

Zumindest seine Mutter klang entrüstet, auch wenn ich ihre Worte nicht verstand.

Ich sah schüchtern in die Runde. Nur die Brünette gegenüber betrachtete mich sinnend. Die dunkelhaarige Schwester an meiner anderen Seite versuchte an mir vorbei zu Ian zu sehen, während die zweite Schwester, jene die ihrer Mutter so ähnlich sah, Ian fast mit Blicken erdolchte.

Plötzlich klirrte Porzellan und ein Stuhl wurde abrupt zurückgestoßen. Die Mutter stand auf, sagte etwas und strebte dann mit starrer Miene und steifen Schultern zur Tür.

„Mairi." Ihr Mann warf die Serviette auf den Tisch, richtete sein Wort noch einmal an Ian, bevor auch er aufstand, langsamer als seine Gattin zuvor, und auch mit sichtbar mehr Mühe. Keiner regte sich. Sahen sie nicht, dass er Schwierigkeiten hatte, auf die Füße zu kommen?

Ich stand, bevor ich mir dessen noch bewusst wurde. Ian fing sekundenlang meinen Blick auf, irritiert und alarmiert zugleich, aber das war mir nicht wichtig. Ich musste an beiden Schwestern vorbei, um zu Ians Vater zu gelangen, der zwar auf den Füßen stand, aber aussah, als klappte er gleich wieder zusammen.

„Darf ich Ihnen meine Hilfe anbieten?" Moment. Meine Hände gefroren mitten in der Luft. Wie musste ich ihn anreden? „Mylord?"

Seine buschigen Augenbrauen schossen nach oben und seine undefinierbaren Augen glitten indigniert über mich hinweg. Mir wurde nur zu bewusst, wie ich aussah. Die durchsichtige Bluse, die Spitzenwäsche und der verdammt kurze Rock butterten meine Knie und ließen mich kurz wundern, ob nicht eher ich auf seine Stütze angewiesen wäre.

„Sie sind im Begriff, den Speisesaal zu verlassen, das ist auch mein Wunsch. Da ich mich hier aber hoffnungslos verliefe, wäre es unendlich freundlich von Ihnen, wenn Sie mir den Weg wiesen." Mein Hals zog sich zu. „Bitte?" Ich konnte alle Blicke erneut auf mir spüren und wünschte mir sehnlichst, dass der Boden sich auftäte, um mich zu verschlingen. Hatte das Schloss einen Turm, von dem man sich stürzen konnte? Am besten gleich im Anschluss nach diesem schmachvollen Augenblick.

„Also gut, Missy, begleiten Sie mich. Welche Räumlichkeiten hat die gute Mrs McCollum Ihnen zugewiesen?"

Mein Mund blieb einen Moment offen, aber mir fehlte das Wissen für eine Antwort. Da ich geistig abwesend gewesen war, konnte ich nicht einmal den Weg beschreiben.

„Ians", brachte ich irgendwie hervor.

Wieder sprangen die Brauen nach oben.

„Nun, dann haben wir annähernd den gleichen Weg, Missy." Er hob die Hand, ergriff meine, die endlich auf dem Weg war, wieder herabzusinken, und legte sie sich auf den Arm.

„Das beruhigt mich. Ich hätte mich nicht gut gefühlt, wenn Sie meinetwegen einen Umweg in Kauf nehmen müssten." Ich dirigierte ihn langsam weiter. Er war nicht gut zu Fuß, trotz seiner Gehhilfe, die ihm von der Haushälterin gereicht wurde, als wir uns gerade zur Tür drehten. Er war einst ein kräftiger Mann gewesen, doch nun mitergrautem Haupt, und mit den Schwierigkeiten beim Gehen wirkte er nicht fit. Es strengte ihn an, aber das unterdrückte Stöhnen und Zucken führte ich eher auf Schmerzen zurück, als auf seine Konstitution.

„Ich hoffe doch, wir können uns die Treppen sparen." Es war wohl eine Hoffnung, die sich nicht erfüllte, denn wir nahmen den Weg, der zur Halle führen musste.

Der alte Herr blinzelte auf mich herab. Also gut, ich war klein!

„Meine Pumps sind noch nicht eingelaufen und drücken unangenehm", schob ich vor, weil Männer nicht gut damit zurechtkamen, Hilfe anzunehmen. Das hatte ich am eigenen Leib erfahren, als mein Großvater zum Pflegefall geworden war. Fünf Jahre hatten wir ihn gepflegt, wobei meine Mutter den Löwenanteil übernommen hatte, da mich sowohl mein Job, wie auch meine Pläne schwanger zu werden, vereinnahmt hatten.

„So Missy, raus mit der Sprache." Ging er etwa absichtlich langsam, um Zeit für ein Gespräch raus zu schinden? Was hatte ich mir nur dabei gedacht, meine Hilfe anzubieten?

„Ich trage die Highheels nur Ian zuliebe."

Damit hatte er nicht gerechnet. Er stockte im Schritt und ich passte mich ihm automatisch an.

„Ein Fahrstuhl wäre doch etwas Nettes. Ich weiß noch, als Mrs McCollum uns zum Zimmer brachte, kamen mir die Stufen unendlich vor." Was noch untertrieben war. „Dann dieser ellenlange Gang."

„Es ist ein ausgedehntes Anwesen", räumte er ein und beäugte mich noch intensiver.

„Mit Sicherheit. Es ist beeindruckend, auch wenn es mich doch etwas erschlägt." Wieder eine Untertreibung. „Allein das Gemälde am Kopf der Treppe, oder dieser monströse Leuchter."

„Stimmt etwas nicht mit dem Leuchter?" Seine Stimme bebte. Hatte ich die Lage falsch eingeschätzt und der Spaziergang strengte Ians Vater doch zu sehr an? Allerdings lag ein bekanntes Grinsen auf seinen faltigen Lippen.

„Mir ist das Herz stehengeblieben, als ich darunter stand", gestand ich. „Ich erwartete, dass er jeden Moment aus der Fassung brechen und herabstürzen würde." Ich erschauerte, gefangen in der Erinnerung. „Ich gäbe einiges für einen Fahrstuhl."

„Auch Ian?"

„Ich glaube nicht, dass ihm die Stufen oder der Leuchter etwas ausmachen." Ich hob die Achseln. „Ist vermutlich Gewöhnungssache."

„Hm", grummelte der alte Mann, als wir die Halle erreichten. „Missy, ich habe das Gefühl, Sie weichen mir aus."

Das bewies wohl, dass er geistig auf voller Höhe war, was mir wiederum Probleme bereitete. Ich war es nicht und diese Scharade überstieg meine Fähigkeiten.

„Üben Sie bitte Nachsicht. Wie erwähnt, bin ich ziemlich erschlagen von dem Ambiente."

„Dem Kerzenleuchter und dem Wandgemälde."

„Ich habe nicht mit einem Schloss gerechnet." Ich schalt mich, schließlich hatte ich einen genau definierten Auftrag: Ich sollte gierig wirken, verschlagen und arrogant. „Als Ian sagte, wir besuchen seinen Bruder für einen Abstecher in die Highlands, ließ er einiges unerwähnt."

„Die Etikette offensichtlich." Wir erreichten die Treppe und ich verfolgte ihren Aufstieg mit den Augen, Stufe um Stufe. Das war Wahnsinn. „Sie sehen besorgt aus. Sie werden sich doch nicht vor dem Leuchter fürchten?"

„Doch." Eigentlich war es der lange Weg nach oben, der mich schreckte. Dieser Mann hatte bereits Schmerzen auf ebener Strecke, wie sollte er da die Treppe erklimmen?

„Dann kann ich Sie beruhigen, Missy. Es gibt tatsächlich einen Lift. Wir müssen in den hinteren Bereich der Treppe." Einen Bereich, der nicht von dem Kandelaber über uns beleuchtet wurde, weshalb ich dort nichts erwartet hatte.

„Wundervoll." Ich drückte den Rufbutton. Die Lifttür glitt auf.

„Bitte, Missy", brummte er und deutete fahrig mit einem Wink in den schmalen Raum.

„Vanessa", korrigierte ich, nicht sicher, ob ich eintreten sollte, oder besser darauf bestand, dass er vorging. „Haben Sie mal über einen Rollstuhl nachgedacht?" Zumindest bräuchte man nicht mehr zu befürchten, dass er jeden Moment umkippte.

„Wie meinen?" Seine Miene verschloss sich.

„Sie haben Schwierigkeiten zu stehen oder zu laufen." Die Tür glitt wieder zu und ich machte schnell einen Schritt vorwärts. „Warum quälen Sie sich?" In der Kabine drehte ich mich zu ihm um. „Warum hilft Ihnen niemand?"

„Was sind Sie? Krankenschwester?", murrte er und kämpfte sich vorwärts. „Mir geht es gut!"

Ich mischte mich in Dinge ein, die mich nichts angingen. Mir blieb nur der Rückzug. „Bitte verzeihen Sie mir. Ich sollte den Mund halten."

„Aye!" Er lehnte sich gegen die Kabinenwand.

Mir blieb nichts, außer den Blick zu senken und den Mund zu halten.

„Darf ich mich erkundigen, wie lange Sie meinen Sohn bereits kennen?"

Die echte Antwort wäre Nein gewesen, aber ich wollte nicht lügen, und mir wäre es bedeutend lieber, man holte sich alle Informationen über uns von Ian. „Eine Weile", murmelte ich ausweichend, weil er mich mit seinem Blick nervös machte. Die ganze Familie hatte es drauf, mich zu einem hibbeligen, kleinen Etwas zu machen. Durch Blicke! Verflixt, ich war so was von ungeeignet bei dieser Scharade mitzumachen!

„Ich habe nie zuvor jemanden getroffen, der mich dermaßen beeindruckt hätte." Meine Stimme brach und ich musste mich räuspern. „Durch schiere Präsenz." Zwar sollte ich das sagen, aber ganz gelogen war es auch nicht. Ich kannte ihn kaum zwölf Stunden, da hatte er mir nicht nur das Leben gerettet, sondern mich gleich für seine Sache eingespannt. Obwohl ich nicht hyperresistent gegenüber Einflüssen von außen war, fand ich es doch erschreckend beeindruckend. Besonders, dass ich nicht einfach weglief.

„Das kann ich mir vorstellen." Endlich nahm er den prüfenden Blick von mir und wechselte den Stock von der rechten Hand in die linke. Die Tür glitt auf. „Nach Ihnen, Missy."

„Vanessa." Es war eine Wiederholung, dessen war ich mir zu deutlich bewusst, aber ich wollte zumindest diesen Punkt klar machen. Bei Missy musste ich immer an das Schaf denken, und mit dem wollte ich nicht verglichen werden.

„Den rechten Flügel hinunter. Es ist der Wohnbereich, der traditionell von der Familie genutzt wird. Ausschließlich." Das war deutlich. Der Ring an meinem Finger gewann an Gewicht.

„Aber Sie beabsichtigen schließlich, sich bei uns einzufügen, nicht wahr?" Er schwankte wieder und ich reagierte, ohne darüber nachzudenken. Ich klammerte mich an seinen Arm, um ihn zu stabilisieren und bejahte dabei ausgiebig seine Vermutung.

„Unbedingt. Nahtlos. Absolut. Ich werde gar nicht weiter auffallen, versprochen. Ich kann mich sehr gut in neue Situationen einfinden und mich anpassen. Eine meiner Stärken." Als wäre das hier ein Vorstellungsgespräch! Den Mund zuzulassen war eine Herausforderung.

„So? Dann lassen Sie sich das eine gesagt sein: Ihre Aufmachung ist hier fehl am Platz." Er verharrte plötzlich, was mich fast das Gleichgewicht kostete, schließlich war ich geistesabwesend im Laufmodus, setzte einen Fuß vor den anderen, ohne darüber nachzudenken, was einen Halt überraschend machte und Zeit brauchte, verarbeitet zu werden.

„Missy, Sie reißen mich noch um!"

„Verzeihung!" Ich löste mich schnell von ihm und sackte unelegant gegen die Wand, wobei ich leider einen Schritt zu weit entfernt stand und einen ziemlich dämlichen Eindruck hinterlassen musste. Nur gut, dass ich nicht gut ankommen sollte. Das schaffte ich sogar unbeabsichtigt und ohne große Mühe. „Ich habe nicht damit gerechnet ...", begann ich meine Verteidigung, ohne sie zu beenden. Es war offensichtlich, warum Worte verschwenden?

„Ians Räumlichkeiten." Er deutete knapp mit dem Stock auf die Tür. „Guten Abend."

„Haben Sie es noch weit?" Irgendwann sollte ich mir angewöhnen, die Klappe zu halten. Sein Blick war schneidend und seine faltigen Lippen pressten sich zu einem weißen Strich zusammen.

„Warum fragen Sie, Missy?"

„Äh." Es wäre wohl ratsam, es einfach auf sich beruhen zu lassen, nur leider war es ein Ding, sich etwas vorzunehmen und eine völlig andere Sache, es auch durchzuziehen. „Sie sind nicht gut zu Fuß."

Seine Augen blitzten verstimmt auf. „Ich bin kein Invalide, Missy!"

„Verzeihung, aber das sind Sie wohl." Meine Zähne schlugen aufeinander, als ich den Mund erschrocken über mich selbst überschnell schloss. Erst denken, dann handeln! Allerdings kam ich so gewöhnlich zu nichts.

„Ian", fluchte der alte Mann mit eigentümlichen Groll in der Stimme. „Hören Sie zu, Missy, ich brauche keine zweite Meinung von einem Facharzt! Eine

Operation kommt nicht infrage, das ist mein letztes Wort! Es ist unverschämt, dass Sie mir Ihre Diagnose vorsetzen, ohne dass ich darum gebeten hätte! Richten Sie meinem Sohn aus, dass er gescheitert ist, und diese Scharade abbrechen kann, bevor sich seine Mutter unnötig aufregt!"

Als hätte ich nicht von Anfang an gesagt, dass ich eine fürchterliche Niete im Theaterspielen war.

„Ich bin hervorragend in der Lage, meine gesundheitlichen Belange selbst zu regeln, und brauche keine Bevormundung durch vorlaute Kinder! Ich bin der Duke! Ich bestimme, was hier vor sich geht und niemand sonst, verstanden?!"

Wenn es meine Aufgabe gewesen wäre, den Duke auf hundertachtzig zu bringen, könnte ich nun jubeln und schnell verschwinden. „Es tut mir ..."

Er stapfte schwankend davon. Schneller, als wir zuvor durch die Gänge geschlichen waren, und deutlich getrieben, mich abzuhängen.

Leider schaffte ich es gerade ins Bett, bevor meine Einsamkeit aufgehoben wurde.

„Vanessa?" Ian rief an der Tür meinen Namen, aber ich ignorierte ihn, zog die Decke über den Kopf und rollte mich zu einer kleinen Kugel zusammen. Ich hatte genug von diesem Leben. Der Urlaub von mir selbst erwies sich als noch unerträglicher als mein übliches Sein, wer hätte das gedacht?

„Vanessa." Seine Schritte wurden von dem Teppich verschluckt, weshalb es mich überraschte, als sich seine Hand auf meine Schulter legte. „Alles in Ordnung?"

„Dein Vater hasst mich." Schön, mir war nicht klar gewesen, das mich der Punkt bedrückte, aber warum sonst war es das Erste, was mir über die Lippen kam?

„Unsinn." Er rieb über meinen Oberarm. „Aber ich hätte dich besser vorgewarnt."

Es blieb mir nur zu schnauben, schließlich hatte ich ihn gebeten, mich nicht ins offene Messer laufen zu lassen. „Duke. Der Prince of Wales ist auch ein Duke, nicht wahr?"

„Nun, in dem Punkt kann ich dich beruhigen. Wir sind nicht von königlichem Blut. Zumindest nicht von britischem." Er glückste. „Und die besagte Linie hat den Anspruch auf den Thron schon vor langer, langer Zeit verloren."

Ich sparte mir ein weiteres Schnauben.

„Bleibst du hier?"

„Genau hier." Sollte heißen: Ich verließe das Bett unter keinen Umständen. Vermutlich für Tage.

„Eine kleine Adelskunde gefällig?" Ian setzte sich auf das Bett, seine Hand blieb still auf meinem Arm liegen und er seufzte. „Die Hierarchie ist einfach. Der geringste adlige Titel ist der des Knights. Sie werden mit Sir angesprochen, der Titel ist nicht vererbbar und er ist nicht an Grundbesitz oder Einkommen gekoppelt. Die Frau eines Knights wird mit Lady angesprochen, ebenso wie jede andere Gattin in dem System, abgesehen einer Duchess. Zu der kommen wir noch. Zunächst: Die Kinder haben, wie gesagt, kein Anrecht auf eine Ehrbezeichnung, sie sind Mister und Miss, sofern sie nicht in den Adel einheiraten. Darüber steht der Baronet ..."

„Ian, ich bin zu deprimiert, um mir auch nur ein Wort zu merken." Nichts als die Wahrheit. Die Luft wurde knapp, also hob ich die Decke an für eine frische Füllung.

„Die Reaktion meiner Mutter war vorhersehbar. Ich möchte mich trotzdem entschuldigen."

„Was haben sie gesagt?" Es war wohl eher eine ausgewachsene Familiendiskussion gewesen.

„Unwichtig. Relevant ist, dass du meinem Vater besser nicht zur Hilfe eilst. Er ist auf dem Gebiet sehr empfindlich. Er ist es nicht gewohnt, nicht Herr der Lage zu sein, und sein Zustand setzt ihm zu. Er hört nicht auf uns, wir sind nur dumme Kinder." Ian seufzte schwer. „Es sind die Knie."

„Und er will nicht operiert werden, oder auch nur eine zweite Meinung einholen, habe ich mitbekommen." Ein Seufzen schloss sich an. „Ich hätte mich nicht einmischen sollen."

„Ich fand es herzerwärmend." Seine Hand tappte auf meinen Arm. „Ich hätte es voraussehen müssen."

„Ich bin so müde." Und damit meinte ich lebensmüde. Was hatte ich mir nur dabei gedacht, mich hier involvieren zu lassen? Mir hätte klar sein müssen, dass es nicht nur meine Fähigkeit überstieg, sondern auch meine Reserven restlos aufbrauchen würde. Ich saß verdammt tief in der Klemme. Wie sollte ich nun noch mein Vorhaben umsetzen?

„Ruh dich aus. Ich ordere uns eine Portion des Abendessens, damit du nicht hungrig zu Bett gehen musst. Was hältst du derweilen von Fernsehen?" Ian stand auf.

„Ich möchte hier nur liegen."

„Wirst du dich nicht langweilen?", fragte er überrascht. „Oder wirst du gleich einschlafen?"

„Fernsehen überreizt mich. Zu viele Informationen, die auf mich einstürmen, und die ich nicht auseinander friemeln kann. Es macht mich verrückt." Nicht, dass ich glaubte, er könne es verstehen.

„Also gut. Dann bin ich nebenan, wenn etwas ist ..."

„Danke." Nur geh endlich und lass mich allein. Damit ich vor mich her brüten konnte, bis ich erschöpft einschlief. Morgen in der Frühe oder so.

6

Ein neuer Tag

Es war stockduster, als ich erwachte, und ich glaubte, es sei noch tiefste Nacht, das Fehlen jeglichen Lichtfunkens war zu merkwürdig. Tatsächlich waren nur die schweren Vorhänge des Himmelbettes zugezogen worden. Der Grund wurde offensichtlich, als ich den Fuß hindurch streckte. Es war erschreckend kalt. Noch in voller Montur machte ich mich auf die Suche nach Ian, aber er war weder im Bad noch im Wohnraum. Mein Magen knurrte und das ließ mich hadern. Ich wollte wieder ins Bett, hatte es nur mit ihm absprechen wollen, doch nun war ich uneins über mein weiteres Vorgehen. Ich stand sicherlich nicht vor dem Verhungern, aber der Gedanke an Ian ließ mir doch keine Ruhe. Verflixt. Umziehen müsste ich mich. Meine Finger in meinen Schopf schiebend, stellte ich fest, dass auch eine Dusche angeraten war, man wusste nie, wer einem über den Weg lief. So viel Aufwand, nur um etwas zu essen? Mein verzweifeltes Stöhnen blieb innerlich. Ich schleppte mich ins Bad, duschte und suchte nach etwas, was erträglich war, im Pool meiner von Ian bereitgestellten Kleidung. Tja. Die Wahl war schwierig. Wieder in den unerträglichen Pumps stöckelte ich durch das Haus und nahm den Fahrstuhl. Erst als der anfuhr, kam mir in den Sinn, dass ich mir sehr gut den Hals hätte brechen können, bei dem Versuch die Stufen herabzukommen. Verflixt, verpasste Gelegenheit! Mürrisch stapfte ich weiter und stand viel zu schnell vor der riesigen Tür zum Speisesaal. Sollte ich anklopfen? Unschlüssig starrte ich das uralte Holz an.

„Miss?"

Und schreckte auf. Vor mir stand eines der Hausmädchen.

„Oh, hallo, ich wollte Frühstücken." Natürlich, was sonst!

„Aye, Miss. Bitte folgen Sie mir." Sie strebte hinaus und durchquerte das halbe Haus in Windeseile. „Der Frühstücksraum, Miss." Sie öffnete mir und trat hinter mir ein.

„Die Lady, Mylord."

Ian saß am Tisch, ließ die Zeitung sinken und runzelte die Stirn. Ich hob die Hand zum Gruß und verzog die Miene.

„Morgen", murmelte ich und zwang mich vorwärts.

„Guten Morgen." Er klang ernster als sonst. Vermutlich war ihm aufgegangen, welch schrecklicher Klotz ich am Bein war und so gar nicht hilfreich dabei, seine Ziele zu erreichen. „Gut geschlafen?"

„Nein." Die Stühle hier waren nicht so pompös wie jene, auf denen wir am Vorabend gesessen hatten und auch wesentlich leichter zu bewegen. Seufzend ließ ich mich neben ihm nieder, stemmte die Ellenbogen auf den Tisch und versteckte mein Gesicht in den Handflächen. „Wärst du oben gewesen, hätte ich um eine Pause gebeten. Ich will eigentlich nur zurück ins Bett."

„So." Einen Moment beschäftigte mich sein Tonfall. Er war merkwürdig. Distanziert. Oder? Ja, er war sicher dahinter gekommen, dass er besser auf mich gehört hätte. Von wegen, ich schaffe das!

„Dieses Haus ist ein Eisschrank."

„Vielleicht liegt es an der unpassenden Bekleidung."

Oh, nett! Ich hob den Kopf, um ihm eine nonverbale Replik zu geben.

„War nur ein Vorschlag. Die Raumtemperatur lässt sich am Display einstellen. Jedes Gesellschaftszimmer hat eines. Mit den Schlafzimmern sind wir hier leider im Rückstand." Sehr informativ und so gar nicht wie Ian. Ein dummer Gedanke, schließlich kannte ich Ian gar nicht. Moment. Schock durchrieselte mich. Hatte er nicht gesagt, er könne sich gerade mal in meiner Muttersprache vorstellen? Aber wir sprachen doch die ganze Zeit über Deutsch! Oder nicht? Ich war total durcheinander.

„Hast du nicht gesagt ...?" Ich hatte am Vortag kurz mit meiner Mutter telefoniert, um den Anschein aufrechtzuerhalten, bei mir wäre alles in bester Ordnung. Hatte Ian jedes Wort verstanden? Ich hatte maßlos mit seiner Attraktivität übertrieben und behauptet, Hals über Kopf verliebt zu sein. Eben, um einen absolut zukunftsorientierten Eindruck zu machen. Alles sollte aussehen, als sei ich wahnsinnig glücklich. Wie peinlich, wenn er jedes Wort verstanden hatte!

„Was habe ich gesagt?", griff er auf. Seine hübschen blauen Augen verengten sich und auch der Zug um seine Lippen wirkte zunehmend angespannter.

„Dass du kein Deutsch sprichst", vollendete ich also. Meine Handflächen schwitzten und ich ließ sie unauffällig unter den Tisch gleiten, um sie an meiner kurzen Hose abzuwischen. Ich trug eine Art Jumpsuit, den ich nur ausgewählt hatte, um die durchsichtigen Blusen zu vermeiden.

„Hm, an das Gespräch erinnere ich mich gar nicht."

Alles klar. Er erwiderte mein Starren ungeniert und absolut ernst. Zumindest ging mir dadurch ein Licht auf. „Verzeihung, das ist eine Verwechslung. Sie sind Lachlan! Ich nahm an, Sie seien Ian." Verzeihlich bei Zwillingen, oder? Trotzdem machte ich mir gleich die schwersten Vorwürfe. Wie dämlich war ich eigentlich? Wie unvorsichtig? Ich hätte Ians Plan völlig ruinieren können!

Seine Augen verengten sich noch weiter. „Wir sind Zwillinge."

„Ich weiß." Auf dem Hosenboden herumzurutschen ließ sich nicht vermeiden, um es zu kaschieren, streckte ich schnell die Hand aus. „Vanessa."

Mein Gegenüber nickte bedächtig, ergriff aber nach kurzem Zögern meine Hand. „Carolina vermutete bereits, dass du Deutsche sein könntest."

„Ja." Mehr wollte ich nicht sagen. Sollte Ian das übernehmen. Alle Erklärungen, die nötig waren, dann bräuchte ich mir wenigstens keine Gedanken darum machen, mich zu verplappern.

„Willkommen auf Farquhar."

„Danke." Nervös sah ich zur Tür in meinem Rücken. Verflixt, warum kam Ian nicht und rettete mich?

„Darf ich fragen ..."

Das Stöhnen war heraus, bevor ich es zurückhalten konnte. Er hob die Brauen. Keine Frage, er durchschaute mich.

„Ich nehme an, Ian hat dich davor gewarnt, zu viel auszuplaudern."

Wie konnte er das wissen? Ich war zutiefst schockiert, was man mir leider ansah.

„Seid ihr wirklich verlobt?" Zumindest driftete seine Aufmerksamkeit von mir ab. Er nahm seine Zeitung wieder auf und schüttelte sie sacht, um die Seite zu entknittern. Obwohl er mich nicht mehr ansah, hob ich die schwere Hand mit dem protzigen Ring.

„Ja."

Ein schneller Blick, sich wieder hebende Augenbrauen und ein Brummeln waren alles, was es an Reaktion auslöste. „Morgens ist hier Selbstbedienung, Vanessa. Ich möchte dich noch warnen. Meine Mutter wird dich nicht mit offenen Armen empfangen."

Kein Ton dazu, wie er zu dem Thema stand. Nun, vermutlich ebenfalls ablehnend. Immerhin war die

Befragung beendet. Zittrig stand ich auf und umrundete den Tisch, der gut zwanzig Leute beherbergen konnte. Es standen zwei Kannen bereit, aber beide beinhalteten Tee, was für eine Enttäuschung. Ansonsten ließ das Buffet kaum Wünsche offen.

Leider war mir einmal mehr der Appetit vergangen. Mit einer Tasse Tee setzte ich mich wieder, nicht sicher, ob es zu unhöflich war, einfach zu verschwinden. Allerdings war Lachlan in seiner Zeitung vertieft und bemerkte es ohnehin nicht. Unruhig rutschte ich auf meinem Stuhl herum.

„Fühlst du dich unwohl?"

Mein Zucken sagte alles. Die Zeitung sank und ich war wieder voll in seinem Fokus. „Wenn du etwas sagen möchtest, bitte."

Mit Sicherheit nicht! Herrje, ich wusste gar nicht, was ich sagen sollte, geschweige denn, dass ich es wagen würde ...

„Wie muss ich Sie ansprechen? Und Ihre Eltern?" Immer schön mit seinen Schwächen hausieren gehen! Wütend presste ich die Lippen aufeinander. Ich hasste mich!

„Lachlan genügt. Bei unseren Eltern wäre Euer Gnaden angebracht." Er musterte mich eingehend. „Er hat dich ins offene Messer laufen lassen?"

Ich wusste, ich hätte den Mund halten sollen.

„Tut mir leid."

Den Kopf schüttelte ich eher für mich.

„Er hätte dich nicht herbringen sollen, wenn er es nicht ernst meint."

Lachlan faltete seine Zeitung zusammen. „Ich spreche mit ihm, keine Sorge."

Oh je!

„Wir feiern am Freitag Catrionas Geburtstag, deswegen ist es ungünstig. Wir werden ein volles Haus haben und glaube mir, meine Mutter wird sich zu helfen wissen." Nun klang er genau wie Ian.

„Verzeihung, ich möchte nicht stören", murmelte ich hibbelig.

„Bis zum Mittag bist du sicher." Was auch immer er damit meinte, blieb verborgen. Er erhob sich, bereit zu gehen. „Guten Tag."

„Guten ..." Der Rest kam mir nicht über die starren Lippen. Damit hatte ich wohl Nummer zwei gegen mich aufgehetzt. Zumindest, wenn ich seinen Rat in den Wind schlug und blieb. Bingo. Lief hervorragend. Wieder versteckte ich mein Gesicht in den Händen. Meine Augen brannten und ein Kloß saß in meinem Hals fest, nur war ich zu erschöpft zum Weinen.

„Guten Morgen. Verzeihung, störe ich?" Diese Familie hatte ein Talent, sich anzuschleichen. Aufgeschreckt stieß ich beinahe meine Tasse um, als ich mich umdrehte, und rettete sie noch gerade ebenso. Tee spritzte dennoch auf die weiße Decke und ich bat stumm bei dem Hausmädchen um Verzeihung, die sich der Flecken würde annehmen müssen.

„Ich fürchte, ich habe Ihren Namen vergessen." Es war die jüngere Schwester, jene, die nicht nach ihrer Mutter kam, auch wenn sie ihre Augen geerbt hatte.

Mein Räuspern schmerzte und auch mein Lächeln kostete mich einiges an Beherrschung. „Vanessa." Ich streckte die Hand aus und fragte mich zugleich, ob es angemessen war. Oder hatte ich zu warten, bis sie mir die Hand gab? Verflixt!

Auch sie zögerte ebenso, wie ihr Bruder zuvor. Oh ja, ich hätte darauf warten müssen, dass sie mir die Hand gab. Schön, haken wir doch Nummer drei ab. Easypeasy! Wenn es so weiter ging, hatte ich die gesamte Entourage lange vor Freitag gegen mich aufgehetzt und die elende Mutter feuerspeiend an meinen Hacken.

Tja, ein sehr außergewöhnlicher Weg zum Selbstmord. Gegrillt von der Schwiegermutter in spe.

„Catriona, willkommen auf Farquhar." Sie nahm meine Hand.

„Danke." Ein Wunder, dass ich es herausbrachte. Ihre Finger waren eisigkalt und der Druck minimal.

„Haben Sie bereits gefrühstückt?"

„Ich habe nach Kaffee gesucht, aber es steht nur Tee bereit." Obacht! Erst denken, dann reden, und im Zweifelsfall Klappe zu!

„Die Kaffeetrinker reisen erst noch an. Wenn Sie dem Personal Bescheid geben, wird man Ihnen Kaffee bereitstellen. Anweisungen geben Sie über die Wandpaneele." Sie deutete in Richtung Tür. „Die Bedienung ist selbsterklärend."

„Danke."

Catriona umrundete den Tisch und bediente sich am Buffet. Als sie Platz nahm lächelte sie mir kühl zu. „Sie erlauben?"

„Natürlich."

Sie rührte die Zerealien unter ihren Joghurt. „Ich muss gestehen, ich bin neugierig."

Mein Stöhnen blieb innerlich, so wie mein Lächeln falsch.

„Ich habe bisher nie eine von Ians *Freundinnen* kennengelernt." Zufrieden mit ihrem Müsli warf sie mir einen Blick zu. „Selbst seine Ex-Frau kannte ich nur flüchtig."

Zu viel mehr käme es bei mir auch nicht, und dabei war ich nicht einmal Ians Freundin, aber das auszusprechen verkniff ich mir gerade noch rechtzeitig.

„Äußerlich gleichen Sie ihr, das ist offenkundig." Und jetzt wollte sie wissen, ob ich ebenfalls gierig und was auch immer war?

„Tatsächlich?" Ich räusperte mich, wobei sich mein Hals noch weiter zuzog. „Leider kenne ich auch keine von Ians Freundinnen und kann mich schlecht mit ihnen vergleichen. Allerdings sprach er von Cheyenne." Und zwar nicht besonders schmeichelhaft.

„Ich weiß nicht, ob mich dies nun beruhigt. Erzählen Sie von sich."

„Lieber nicht." Ich schimpfte mich sogleich bitterböse aus. „Ich bin absolut langweilig."

„Hm." Ihr Blick durchdrang mich. „Das würde mich wundern."

„A ghràidh, hier bist du!" Dieser Teppich trieb mich noch in den Wahnsinn! Ich drehte mich so schnell, dass ich mir einen Zug holte und mein Nacken zu stechen begann. War das nun Ian? Zumindest strahlte er mich an und kam auch auf mich zu, um mir einen

Kuss auf die Wange zu hauchen. Fast wäre ich zurückgezuckt.

„Catriona, madainn mhath."

„Madainn mhath."

Ians Hand blieb auf meiner Schulter liegen, streichelte sie sogar sacht. „Ich habe uns Frühstück geholt und als ich nach oben kam, warst du verschwunden."

Das konnte nicht die ganze Geschichte sein, denn ich hatte mich nicht beeilt, aus dem Zimmer zu kommen. Trotzdem spielte ich mit. „Oh, entschuldige, als ich erwachte, war ich allein."

„Unverzeihlich." Er zwinkerte mir zu und beugte sich mir wieder entgegen, um mir einen Kuss auf den Mund zu drücken. Zum Glück blockte er den Blick seiner Schwester auf mich, so dass sie mein Erschrecken nicht mitbekam. „Ich gelobe Besserung."

„Hat dein Bruder dich erwischt?"

„Lachlan?" Dieses Mal war er es, den ich überraschte.

„Ich habe euch verwechselt." Hitze schoss mir in die Wangen. „Das war peinlich."

„Kaum mit mir verlobt und schon knutscht du fremd?" Er lachte auf. „Na, na!"

Ich schmiss mich bestimmt niemanden an den Hals. „Nee."

„Ich hätte es dir verziehen, schließlich ist Lachlan ungemein attraktiv." Wieder zwinkerte er.

„Das klingt schon sehr nach Eigenlob, meinst du nicht?" Ich schob ihn von mir. „Ich habe dich gesucht, weil ich eigentlich im Bett bleiben wollte." Zu spät erinnerte ich mich daran, dass wir nicht allein waren.

„Ah, jetzt weißt du, was mich so an dir fesselt!"

Alles klar. Man brauchte nicht viel Fantasie, um sich Ians Gespielinnen auszumalen. Schön, eigentlich bestand an seinem Geschmack auch kaum eine Frage, denn er hatte mich seinem Geschmack entsprechend geformt. Meine Kleider, mein Schmuck, selbst meine Frisur, hatte er bestimmt. „Ja, das hatte ich befürchtet."

Ein Laut erinnerte mich erneut an Catriona. Es war irgendetwas zwischen Lachen und Schnaufen. „Bràthair ..." Sie sprach Ian an, wenn ich seine Reaktion richtig deutete, aber ich verstand einmal mehr kein Wort. Er richtete sich auf und schüttelte den Kopf.

„Du Kleingläubige." Zumindest blieb er dieses Mal im Englischen. „Sie ist der Traum meiner schlaflosen Nächte." Nicht wahr, a ghràidh? Vanessa?" Er berührte mich, hob mein Kinn an, wodurch ich in die Gegenwart zurückfand.

„Bitte?"

„Alles in Ordnung?" Seine Brauen zogen sich über seiner Nasenwurzel zusammen.

„Ja." Nicht, dass ich es verständlich herausbekam.

„Also gut, zurück zu Plan A. Frühstück im Bett, so wie du es liebst." Was er natürlich gar nicht wissen konnte. Sein Daumen fuhr zart über mein Kinn, während sein Blick meinen gefangen hielt. Er hatte wahnsinnig hübsche Augen, umkränzt mit dicken schwarzen Wimpern. Sein Blick glitt ab, nur für einen Sekundenbruchteil, aber selbst der bereitete mir eine Feuersbrunst in meinen Eingeweiden. Woppa! Am besten ich lenkte meine davongaloppierenden Gedanken in eine andere Richtung.

„Reiten." Stopp, was? Das Feuer sprang in mein Gesicht, während sich der Rest meines Körpers eher anfühlte, als wäre er in Eisschollen gepackt. „Ausreiten. Auf einem Pferd."

Ich konnte nur hoffen, dass er mein Gequieke entschlüsseln konnte, denn auf weitere Worte wollte ich zukünftig verzichten. Ein Schweigezölibat. Nannte sich das so? Gelübde? Ach verdammt!

„Noch ein Grund, warum ich verrückt nach dir bin." Immerhin nahm er die Hand von meinem Kinn, so dass ich ihm nicht mehr so peinlich intensiv in die Augen sehen musste. Im nächsten Moment, ich hatte mich noch nicht darauf eingestellt, geschweige denn etwas in der Richtung erwartet, zog er mich auf die Füße. „Du brauchst Stiefel, mit diesen Monstern erstichst du die armen Tiere nur."

Da hatte er etwas Entscheidendes missverstanden.

„Bitte entschuldige uns, Catriona, mein Herzblatt möchte etwas unternehmen." Wieder überrumpelte er mich, bevor ich noch ein Wort herausbekam, geschweige denn, es in meinem Hirn bereitgelegt hätte. Ian zog mich mit sich, legte mir nach zwei Schritten den Arm um die Mitte, um mich schneller vorwärts schieben zu können. „Ich muss gestehen, ich kann es kaum erwarten." Ian geleitete mich in die Halle. „Ich steige schnell in meine Stiefel. Warte hier auf mich."

Gestrandet drehte ich mich im Kreis, in der Hoffnung irgendetwas zu finden, was mich beschäftigte, solange ich warten musste. Die Halle war eines der älteren Bauwerke des Gebäudekomplexes. Sie war majestätisch, riesengroß, oder besser verdammt hoch.

Zwei, vielleicht drei Etagen. Die beiden Fenster zu beiden Seiten der Eingangstür waren ähnlich verziert wie jene, die gemeinhin in Kirchen zu sehen waren. Auch das alte Klostergemäuer von Bad Eberdingen hatte einige dieser kunstvoll gefertigten Bleiglasfenster. Das Licht spielte auf dem kalten Marmorboden ein prächtiges Farbenspiel. Es reichte nicht bis zur Mitte der Halle oder zur Treppe. Merkwürdig. Es gab mehrere Türen, drei Durchgänge in drei unterschiedliche Richtungen, aber keine weiteren Fenster. Mein Blick glitt über die Wand gegenüber, in dem ein riesiger Kamin eingelassen war. Auf beiden Seiten hingen prächtige Wandteppiche, die mir letzte Nacht gar nicht aufgefallen waren. Die Farben waren verblichen, trotzdem konnte man so etwas wie ein Wappen erahnen.

„Komm, a ghràidh", rief Ian mir schon von der Treppe aus zu und warnte mich damit, nicht mehr allein zu sein. Er zog die Tür auf. „Raus mit dir, mein Goldstück."

„Wir fahren, nehme ich an."

„Aber ja." Auch auf der Treppe blieb ich in seinem Arm, dann erst ließ er mich los. „Darf ich dir die Tür aufhalten?" Eine rhetorische Frage, hastete er doch bereits vor, um vor mir an der Beifahrerseite anzukommen. Es war nicht der Jeep, mit dem wir bisher unterwegs gewesen waren.

„Danke." Die Sitze waren aus hellem Leder, die Armaturen glänzten metallisch und alles roch künstlich und neu. „Noch ein Vermögenswert?" Ich hatte nicht auf die Marke geachtet und konnte es nicht einschätzen.

Ian schlug seine Wagentür zu. „Wenn man so will." Er schüttelte den Kopf, während er sich anschnallte. „Du wirst mir doch einen Wagen gönnen, oder?" Er fuhr an. Kiesel flogen hoch, als die Räder durchdrehten und Staub wirbelte auf. „Also, sind wir eine geübte Reiterin?"

Seufzend schüttelte ich den Kopf. „Ich hatte nie die Gelegenheit."

„Es ist spielendleicht."

Oder ein guter Weg, sich ins Jenseits zu katapultieren. „Ich hoffe, sie haben auch kleine Pferde." Und gutmütige, alte, absolut handzahme Tiere.

„Shetland Ponys?", unkte Ian amüsiert. „So, dass du mitlaufen kannst?"

„Hey!"

„Ich bringe dir das Reiten bei." Zunächst bog er jedoch erst einmal auf die Hauptstraße ab.

„Ach? Vorgestern warst du nicht einmal sicher, ob du es nicht eventuell selbst verlernt haben könntest." Schon lustig der Kerl.

„Ich bin zuversichtlich. Ich werde mich besonders anstrengen, um mich nicht vor dir zu blamieren."

Interessant, wie sich seine Stimmung hob, sobald er Abstand zu seiner Familie bekam. „Hast du früher ein eigenes Pferd gehabt?"

„Ja. Orpheus. Er war riesig, furchteinflößend, aber auch ein verdammt folgsames Tier." Offensichtlich konnte auch ich ihm die Laune verhageln. „Er wurde verkauft."

„Oh."

„Nach meinem Reitverbot beschloss meine Mutter, dass wir ihn nicht unterhalten mussten, wenn er keinen Zweck erfüllte." Seine Lippen bogen sich zu einem melancholischen Lächeln. „Eigentlich wollte sie nur verhindern, dass ich heimlich ausritt."

„Das ist gemein." Aber natürlich konsequent. Er bog ab. Ein Schild hieß uns Willkommen und wenige Meter weiter formte sich die Ortschaft. Kleine, urige Cottages mit winzigen Vorgärten, dann neuere Häuser, die sich aneinanderreihten, aber noch fern vom aktuellen Baustil lagen, trotzdem blieb der Boden holprig.

„Mutter." Ian zuckte die Achseln. „Jeder Weg ist ihr recht, um sich durchzusetzen."

„Weißt du, ich bekomme immer mehr das Gefühl, dass du mir hier keinen Gefallen tust." Eigentlich war es mir von vornherein klar gewesen.

„Da hast du sicher recht."

7

Ein zweiter Versuch

für den ersten Eindruck?

Es klopfte. „Vanessa?"

„Einen Moment", rief ich zurück und betrachtete meine Reflexion im Spiegel. Nach meiner ersten Reitstunde, die ich zeitlich länger neben dem Pferd verbrachte, als auf ihm, hatte ich eine Dusche dringend nötig gehabt. Ein Bad wäre ideal gewesen, denn der Fußweg in meinen hohen Schuhen war ein Alptraum gewesen, so wie ich es befürchtet hatte.

„Wir werden wieder zu spät sein." Er blieb vor der verschlossenen Tür zum Bad stehen, die ich im Spiegel im Blick hatte.

„Nur noch einen kleinen Moment", wiederholte ich und pikste mir mit dem Kajal ins Auge, das zu tränen begann. Herrlich, aber ich war einfach aus der Übung. Ich hatte seit Jahren kein Makeup mehr benutzt, wozu auch, ich sah ohnehin schrecklich aus, wozu also die Anstrengung?

„Dearie, ich habe mir überlegt, dass wir subtiler vorgehen sollten."

Wenn er damit meinte, ich sollte aufhören, jeden um mich herum vor den Kopf zu stoßen, konnte ich nur zustimmen, dabei tat ich es nicht einmal mit Absicht. „Wie stellst du dir das vor? Bekomme ich etwas Vernünftiges zum Anziehen?"

Er lachte auf. „Du bist angezogen und gefällst mir darin ausnehmend gut."

„Damit ist mein Lebenszweck erfüllt." Dummerweise verdrehte ich die Augen, wodurch ich wieder abrutschte. Scheiß drauf. Den Stift in den Beutel werfend, drehte ich den Kopf hin und her. Haare zottelig, Farbe zu grell, Bluse nicht deckend.

Aber genau so wollte Ian es. Die Bestätigung dieser Annahme bekam ich, als ich das Badezimmer verließ. Er sah an mir herab und mit jedem Zoll, den sein Blick tiefer sank, wurde sein Grinsen breiter.

„Perfekt."

„Weißt du, ich zweifle ernsthaft an deinem Geschmack." Meine verhassten Schuhe erwarteten mich bereits. Meine Füße schmerzten und meine Laune sank noch weiter ab. „Ich möchte ins Bett."

„Wir machen es kurz, versprochen. Schade, dass ich nicht an den Familienschmuck komme." Seine Finger strichen über den Verschluss meiner Kette – eigentlich gehörte sie natürlich ihm und ich trug sie nur, um den richtigen Eindruck zu hinterlassen.

„Warum? Sind die Perlen nicht ausreichend?"

„Für den Ball wäre mir eine Tiara lieber und vielleicht ein Saphir-Set." Ian ergriff meine Hand und führte sie sich an die Lippen. „Schade, mit blauen Augen ständen sie dir bedeutend besser und Topase stechen sich mit dem blonden Haar."

„Glitter", stellte ich trocken fest, die Hand nach der Klinke ausstreckend. „Wollen wir?" Schließlich hatte er bisher gedrängt, wir müssten uns beeilen.

„Natürlich."

Er musterte mich schweigsam auf dem Weg zum Salon. Beunruhigend, aber was beunruhigte mich dieser Tage nicht? Ich sollte es lockerer angehen. Was scherte es mich?

„Mein Rückflug ist am Freitag."

„Wir buchen dich um." Wäre es nicht zumindest erforderlich, mich zu fragen, ob es mir recht war? Er verfügte unverfroren über mich und meine Zeit.

„Ohne deine Papiere kommst du nicht nach Hause und selbst die Vorläufigen werden wohl nicht bis Freitag vorliegen."

Zugegeben, wenn er nicht daran gedacht hätte, am Montag bei der deutschen Botschaft in London vorzusprechen, hätte ich am Freitag ziemlich dämlich aus der Wäsche geguckt, denn etwas zu wissen – wie zum Beispiel, dass ich meinen Ausweis zum Einchecken am Flughafen brauchen würde – und es zu realisieren – dafür zu sorgen, dass er auch vorzeigbar ist – waren zwei völlig verschiedene Dinge.

„Wohl nicht."

„Du wirst deine Verlängerung genießen, Vanessa. Welches Mädchen träumt nicht davon, an einem richtigen Ball teilzunehmen?", neckte er mich, als wir im Gang stoppten und uns zur der dem Speisesaal gegenüberliegenden Tür wandten.

„Dieses hier."

Wieder lachte er auf, lauter als nötig, wohl, um uns anzukündigen, denn fast gleichzeitig stieß er die Pforte auf und schob mich vorwärts. Der Salon war klein und heimelig. Im Kamin loderte ein künstliches Feuer, die Möbel sahen zur Abwechslung mal aus, als könnte man es sich in ihnen bequem machen und in der Ecke befand sich eine Art Bar.

Wir waren die Letzten und hatten daher alle Augen auf uns.

„Feasgar mhath!" Ians aufgesetzte Fröhlichkeit nervte, ich bekam sehr wohl mit, dass er von oben bis unten angespannt war. Herrje, ich hing an seiner Seite, spürte ihn deutlich und kannte auch den lockeren, gelösten Ian in dieser Position. Er bebte leicht. Es übertrug sich auf mich.

„Feasgar mhath", erwiderte der Duke, der neben seiner Frau stand, ein Glas in der einen und seinen Stock in der anderen Hand. Unvernünftiger Kerl!

Die Duchess verzog die Miene, die Mundwinkel bogen sich nach unten, während ihr Blick über mich glitt. „Du bist spät!"

„Wie wahr, màthair, allerdings bedeutend früher als gestern. Sollte dies nicht gewürdigt werden? A ghraidh, magst du etwas trinken, bevor wir uns zu Tisch begeben? Einen Madeira?"

„Nein, danke, Ian." Mein Lächeln verkam zur Grimasse.

„Setz dich doch."

Damit ließ er mich stehen. Zu meinem Unglück waren alle Plätze belegt, einzig der neben der Duchess war noch frei und den nähme ich nur, wenn mir die Beine abbrächen. Die Alternative wäre, mich etwas im Abseits zu platzieren. Wie verlockend. Ich beäugte einen Stuhl, der leicht versteckt neben dem breiten Kamin stand und von der anderen Seite mit den Ausläufern eines Vorhangs in Berührung stand. Ein tolles Versteck.

„Bist du dir sicher, a ghraidh?" Ian war zurück, legte den Arm wieder um mich und hielt mir ein Glas unter die Nase. „Whiskey", raunte er mir ins Ohr. „Kann ich dich nicht verlocken?"

Und wie er konnte. Obwohl der erste Tropfen für Atemnot sorgte, kippte ich das ganze Glas in einem Zug hinunter. „Danke."

„Gern, aber vielleicht sollten wir es langsamer angehen, hm?"

Der Alkohol wärmte meinen Bauch, schön, eigentlich versenkte er ihn, aber er tat auch etwas mit meinem Kopf. Benebelte ihn, hielt meine schwirrenden Gedanken zusammen und betäubte sie, so dass das Karussell langsamer wurde. Leider schien meine Zunge ähnlich träge zu werden.

„Gerne auch den Rest der Flasche."

Ian schmunzelte, nahm mir das Glas ab und drückte mir überraschend einen Kuss auf die Nasenspitze. „Nein."

„Pft!" Da mein Mund die Worte nicht hervorbrachte, die mir mein Hirn ohnehin vorenthielten, stapfte ich los und ließ mich auf den Zweisitzer plumpsen – direkt neben die Duchess, die ich dabei auch noch anstieß. Scheiß drauf!

„Guten Abend allerseits!"

„Guten Abend", griff Liny auf. Auch ihr Lächeln war angestrengt, wie eigentlich jedes in der Runde. Nun, außer dem des Elternpaares, beide sahen sauertöpfisch aus der Wäsche. „Wir haben Sie beim Mittagessen vermisst, Vanessa." Sie hob den Blick, dem ich irritiert folgte. Ian hatte sich hinter mich gestellt. „Hattet ihr einen schönen Tag?"

„Oh ja. Vanessa animierte mich, meine alten Hobbys wiederzubeleben."

Ich spürte, wie die Duchess mich mit Blicken erstach.

„Hobbys, Ian? Soweit ich informiert bin, erstreckt sich dein Betätigungsfeld auf Wein, Weib und Gesang."

„Stimmt, aber in einer monogamen Partnerschaft ist zweites nicht angeraten, erstes war noch nie mein bevorzugtes Gebiet, und keiner von euch möchte mich singen hören." Ian lachte auf. Scharf, überlaut und irgendwie unheimlich. Er drückte meine Schulter. „Reiten, màthair. Wir waren reiten. Ich denke, ich werde mir einen Rappen zulegen, einen wie Orpheus. Erinnerst du dich noch an Orpheus, màthair?"

Die Duchess drehte sich zu ihrem Sohn um. „Du hast scheinbar dein Versprechen vergessen."

„Keineswegs." Ian hob einen Mundwinkel, was verächtlich wirkte. „Aber ich dachte mir, dass du Catriona schon nicht wieder auf die Treppe verbannen wirst, nun da wir alle erwachsen sind."

„Hört, hört, bei dir ist ein Versprechen nur etwas wert, bis es dir nicht mehr in den Kram passt." Die giftigen Augen der Duchess legten sich bedeutend auf mich. „Na, dann."

Konnte mir egal sein. Ian gab mir kein Versprechen, das eingehalten werden müsste! Trotzdem fiel es mir schwer, den Blick zu halten.

„Es gibt Versprechen, die nie dazu gedacht waren, gegeben zu werden", beschied Lachlan. Ian atmete auf. Anscheinend bedeutete ihm der Rückhalt seines Bruders mehr, als der Konsens mit der Mutter.

„Ein Versprechen ist ein Versprechen", stellte nun die jüngere Kopie der Duchess fest. Ealasaid, die Schwester? Ich hämmerte mir den Namen in den Kopf.

„Nicht, wenn es gegeben wird, während einem die Pistole auf die Brust gesetzt wird. Ian, ich bin bereit, meinen Teil zur Wiedergutmachung zu leisten. Wenn es Mutter befriedigt, mich die Nacht auf der Treppe verbringen zu lassen, sei's drum!"

Fronten, und sie verliefen quer durch die Familie. Wie stand der Duke hierzu? Mein vorsichtiger Blick fiel auf.

„Ich hoffe, Sie sind zufrieden!", schnarrte die Duchess. „Aber nein, Frauen wie Sie ..."

„Das genügt!", herrschte Ian. Seine Hand auf meiner Schulter verkrampfte sich. Er gönnte sich zwei Atemzüge, um sich zu erden. „Ich dulde nicht, dass du so mit meiner Verlobten sprichst."

Der Fluchtreflex war schier übermächtig, aber ich bezwang ihn, hob sogar das Kinn, auch wenn ich gar nicht wusste, wo ich hinsehen sollte, um halbwegs selbstbewusst zu wirken.

„Mäßige deinen Ton, Ian", grollte nun der Duke. Die Frage, wo er stand, erübrigte sich. Er deckte seiner Gattin den Rücken.

„Und màthair? Soll ich daneben stehen, wenn sie Vanessa bedrängt? Was für ein Mann wäre ich, schützte ich nicht die Meinen?"

Es wäre schon rührend, wenn ich nicht genau wüsste, dass es nur eine Scharade war.

„Deine Mutter ist ebenfalls eine der Deinen, Sohn!"

Carolina räusperte sich vernehmlich. „Ich mag mich ungern einmischen, aber dies hier ist mein Haus und ich mag keinen Streit vor dem Essen." Sie schaffte es wesentlich besser als ich, souverän zu wirken, auch wenn sie ebenfalls den Blick der Duchess mied. „Einigen wir uns doch darauf, dass wir uns höflich und reserviert begegnen, ganz gleich, was wir übereinander denken."

„Dazu bin ich gern bereit, Liny", lenkte Ian betont jovial ein, auch wenn sein Griff noch von seiner Erregung zeugte. Gestern meine Finger, heute meine Schulter. Ich zahlte einen hohen Preis für seine Freiheit, verstand aber umso besser, warum er nicht auf die Frau wartete, die er tatsächlich zu heiraten gedachte. Sicher liefe sie nach der ersten Begegnung mit seiner Mutter schreiend davon.

„A ghràidh?"

„Soll ich nun versprechen, nichts unpassendes mehr zu sagen? Oder, dass ich versuchen werde, niemanden die Augen auszukratzen?" Ich lockerte meine Finger voneinander und hob sie, um ihre Beweglichkeit zu testen. Augenblicklich fing der riesige Stein an meinem Ring nicht nur meine Aufmerksamkeit ein.

„Das ist doch ...", keuchte Ealasaid mit unnatürlich hoher Stimme. „Ian!"

„Sheamus", griff die Duchess eisig auf. „Du hast Ian den Verlobungsring ausgehändigt?"

Aha, also eine geplante Aktion? Oder stand die wahre zukünftige Gattin bereits in den Startlöchern und wartete darauf, dass ich die Bresche für sie schlug? Na vielen Dank auch!

„Du trägst ihn nicht, Mairi, und du musst akzeptieren, dass Ian sein eigenes Leben lebt." Dass ihm die Konfrontation unangenehm war, sah man ihm an, oder ihn brachten seine Knie um. „Ob es uns gefällt, wie er es einrichtet, oder nicht."

„Muss ich das, ja?"

„Wo bleibt Mrs McCollum nur?" Carolina stand auf, offensichtlich nicht gewillt, sich dem Gespräch länger zu widmen.

„Mairi." Der Duke ächzte, als er sich vorbeugte und seiner Frau die Hand auf die Schulter legte. Sie stieß sie von sich und kam ebenfalls auf die Füße, um eine lange Tirade abzulassen. Ja, wo blieb nur die Haushälterin?

Der Disput, der folgte, wurde nicht in Englisch abgehalten, also war ich raus aus der Nummer, mir blieb nur, mich mit mir selbst zu befassen, oder auf die steife Rückansicht der Duchess zu starren. Na, meine Wahl war wohl verständlich. Der Ring war passend, was nicht nur ihn erleichtert hatte, denn so ein teures Schmuckstück hinge mir wie ein Stein im Magen, wenn ich ständig befürchten müsste, ihn zu verlieren, aber er ließ sich gerade eben drehen und rutschte kein bisschen. Perfekte Passform, auch wenn er hässlich blieb. Meinetwegen könnte sie ihn augenblicklich zurückhaben. Ich zog ihn ab, bekam allerdings an meinem Knöchel Schwierigkeiten. Geschwollen?

Ich konnte mich nicht daran erinnern, dass er nach der Dusche nicht problemlos aufzuziehen gewesen war. Tja, da sah man mal, wie gedankenlos man alltägliche Dinge tat. Noch immer tobte der Sturm um mich herum, wobei das genau genommen bedeutete, dass ich zwischen den Fronten stand. Ian in meinem Rücken, die Duchess und der Duke vor mir. Zumindest der Rest der Familie hielt sich raus. Ärger regte sich in mir. Wäre ich Ians Verlobte, ließe ich mir nicht gefallen, dass man in meiner Gegenwart in einer Sprache sprach, von der jeder wusste, dass ich sie nicht verstand. Herrje, wie sollte ich abschätzen, wie über mich gesprochen wurde. Sicher nicht in den besten Tönen. Natürlich nicht, schließlich kannte ich meine Mängel. Stopp. Wenn ich nicht ich wäre ...

Die Duchess fuhr erneut herum, um Ian zu konfrontieren, und ich nutzte den Spielraum, den ich dadurch bekam, und stand blitzschnell auf. Ians Hand rutschte noch über meinen Rücken, konnte mich aber nicht mehr zurückhalten, denn als die Duchess zurücktrat, um eine Mindestdistanz zu wahren, umrundete ich das Elternpaar und strebte zur Bar. Sollten sie sich doch zerfleischen, ich brauchte noch einen Drink, um meine Rolle als arrogante, gierige, was auch immer Verlobte spielen zu können. Also, wäre ich all das, wie reagierte ich dann wohl auf die offene Zurschaustellung der Abneigung meiner zukünftigen Schwiegermutter?

Sicher wäre es mir egal, solange ich Ian – den Goldesel – in der Hand hatte. Solange er mich wollte und Chancen hatte, sich durchzusetzen, brauchte ich vor den Schwiegereltern nicht zu kuschen. Arrogant wie ich war, täte ich es wohl so oder so nicht. Der Whiskey war nicht schwer zu finden, die Gläser standen bereit, und nach dem zweiten klatschte ich das Kristallgebilde mit unnötig viel Wucht auf die Theke. Ich rechnete damit, dass es kaputt ging und ich mir in die Hand schnitt – ich fand es passend theatralisch für eine egozentrische Person und insgeheim dachte ich mir, ich könnte mir dann wenigstens das Abendessen in Gesellschaft sparen. Tja. Wann lief schon mal etwas so, wie ich es plante?

Ich lachte auf, was die Diskussion unterbrach.

„Vanessa?" Ian stockte im Schritt, als ich herumfuhr, die Hände geballt und ähnlich viel Feuer wie die Duchess im Blick.

„Es reicht mir!", röhrte ich, angetan von mir selbst. „Es ist einfach unverschämt, in eine Sprache zu wechseln, die jene, über die Gesprochen wird, nicht verste-

hen! Ich habe ja wohl ein recht darauf, mich zu verteidigen!"

Ian klappte den Mund zu und unterdrückte ein
Schmunzeln.

„Sie wollen diesen lumpigen Ring zurück?" Wieder
zerrte ich an dem Schmuckstück, bereits wissend,
dass ich ihn nicht abbekäme. „Ich habe ihn ohnehin
nur als Platzhalter akzeptiert!"

Die Duchess keuchte.

„Ja, ja, ich weiß, er ist ein Vermögen wert. Pft!" Ich
warf die Hände in die Luft. „Ein hässliches, unmoder-
nes Monstrum ist es, sonst nichts!"

Ian bedeutete mir mit der rechten Hand, die von den
anderen wohl nicht so gut zu sehen war, mit einer
beschwichtigenden Geste, den Ball flach zu halten.

„Verflixt, er will nicht ab."

„A ghràidh." Ian schlang die Arme um mich, und zog
mich an sich. „Ich versprach dir, dass du dir einen
Ring deiner Wahl aussuchen kannst." Seine Lippen
drückten sich fest auf meine Stirn. „Alles, was du dir
wünschst, soll dein sein!"

Da waren wir wieder. Ein Glück für ihn, dass ich
keine Wünsche hatte.

„Wie wäre es mit Respekt?" Das Schauspiel sollte
noch nicht vorbei sein, also schob ich ihn von mir.
„Ich muss es mir nicht bieten lassen, so behandelt zu
werden, Ian!"

Die Duchess schnaubte und gab wieder etwas Un-
verständliches zum Besten.

„Natürlich nicht", versicherte mir Ian. Seine Fingerknöchel glitten sacht über meine Wange. „Nicht die

zukünftige Marchioness of Culnacnoc." Er grinste. „Mir tut es unendlich leid, a ghràidh. Was hältst du davon, wenn wir morgen einen Ausflug machen? Edinburgh sollte einige Juweliere haben und vielleicht findest du etwas Passendes?"

„Und wovon willst du das bezahlen?", grätschte die Duchess dazwischen. „Vergiss nicht, woher du dein Einkommen beziehst."

Ian sah mir einen Moment in die Augen, es war, als sagte er mir: *Na, sieh mal an.* Dann ließ er mich los und drehte sich voller Entrüstung seinen Eltern zu. „Du drohst mir, meine Apanage zu streichen?"

„Das Dinner ..." Niemand achtete auf Mrs McCollum, die kaum zwei Schritte zu meiner Rechten ins Zimmer getreten war und nun besorgt die Hände rieb.

„Du lässt mir keine Wahl", beschied die Duchess.

„Fàthair?" Ians Fäuste schlossen sich und seine Schultern versteiften sich. „Läuft es so? Stecke ich an ihrem Gängelband unentrinnbar und ihr auf Gedeih und Verderb ausgeliefert?"

Der Duke war bleich, was zumindest mich alarmierte. Er zitterte sichtlich. Verflixt, warum stand er hier herum, wenn er genau wusste, dass er schwache Knie hatte? Unverantwortlich der Bursche!

Aber wie bekamen wir die Kurve? Wie schaffte ich es, dass sich zumindest der alte Herr zu Tisch begab, und sei es nur, um sich endlich zu setzen?

„Das Dinner?", überschrie ich Ian. „Ha, ohne mich! Ian! Komm."

Damit hatte er nicht gerechnet, das sagte mir sein überraschter Blick, als ich ihn am Arm mitriss. Ich stürmte schwankend hinaus, erst auf dem Gang wurde ich wieder langsamer.

„Mann, ist das anstrengend."

„Warum gehen wir? Ich hatte sie genau da, wo ich sie haben wollte."

Da ich in den Schuhen mit den hohen Absätzen schon nicht laufen konnte, wenn ich nüchtern war, kickte ich sie ab, sammelte sie ein und tappte barfuß weiter. „Dein Vater."

„Muss sich entscheiden", beharrte er, den Arm um mich legend. Zumindest lief ich nun nicht mehr im Zickzack. „Er war kurz davor."

„Zusammenzubrechen, ja. Ich wusste nicht, dass das dein Ziel ist."

„Unsinn, er ist stark wie eine Eiche!"

Er glaubte es.

„Sieh genauer hin. Wenn du mich fragst, sollte er einige Untersuchungen machen lassen. Mein Opa ..." Mir ging der Atem aus, weshalb ich kopfschüttelnd abbrach. „Er sollte dringend zum Arzt."

„Dazu bringt ihn niemand."

8

Ist der Ruf erst ruiniert ...

Ian klopfte. Es war bemerkenswert, wie zurückhaltend er war, trotz seiner Playboy Art. Man erwartete von so begehrten Männern – immerhin war er vermögend und auch noch verdammt gutaussehend – dass sie das Interesse jeder Frau im Umkreis als selbstverständlich ansahen. Er machte jedoch, wenn wir alleine waren, keinen Versuch mir näher zu kommen. Natürlich musste ich mir mehrfach sagen, dass dies nicht daran lag, dass ich einfach unattraktiv war.

„Vanessa? Darf ich eintreten?"

Vielleicht sollte ich es von der positiven Warte aus sehen. Er war höflich! Nicht desinteressiert. Er war zurückhaltend und besorgt!

Trotzdem schlug ich die Decke über das Gesicht, bevor ich brummte, er könne eintreten.

„Ich traf Sina."

Mir blieb auch nichts erspart. Ich war ihr am Morgen begegnet und unser Zusammentreffen hatte damit geendet, dass ich heulend weglief.

„Jetzt bin ich besorgt."

„Alles gut", murmelte ich schnell. Natürlich hegte ich nicht die Hoffnung, ihn damit loszuwerden.

„Sehe ich." Die Matratze sackte ein. „Kann ich etwas für dich tun?"

„Mir frei geben." Vermutlich war ich unter der Decke gar nicht zu verstehen, aber ich rechnete auch nicht damit, dass er mich vom Haken ließ.

„Edinburgh hat sich ohnehin zerschlagen." Nichts anderes hatte ich vermutet, nachdem er genau in dem Moment, in dem wir abfahren wollten, zur Duchess gerufen worden war. Trotzdem ... Langsam zog ich die Decke runter, gerade soweit, dass meine Augen freigelegt wurden. Ian grinste, allerdings mit deutlich bitterer Note.

„Ärger."

„Oh ja." Er fuhr sich durchs Haar und seufzte. „Wie erwartet. Ich muss sagen, es läuft viel besser als gedacht."

„Soll ich noch einmal darauf hinweisen, wie idiotisch diese Sache ist?"

Sein Grinsen wurde einen Hauch aufrichtiger. „Ich bin bereit, die Konsequenzen zu tragen."

„Ich glaube, dir sind die Konsequenzen gar nicht bewusst." Sonst würde er nicht so leichtsinnig seine finanzielle Unabhängigkeit auf Spiel setzen. „Du stellst dir das Leben zu einfach vor."

„Vielleicht."

Vergeudete Liebesmühe.

„Darf ich bei dir blieben?"

Im Begriff, die Decke wieder hochzuschlagen, stockte ich. „Was?"

„Lachlan ist auf dem Weg zu Missy, anscheinend geruht sich die Schafdame, endlich niederzukommen. Liny und Sina sind bei den Kindern, und Islay geht mir immer noch aus dem Weg. Vermutlich ist er bei Catriona. Bleibt mir noch Ealasaid, Mutter oder Vater. Mit zweien davon liege ich derzeit im Clinch und Ealasaids Belehrung kann ich wirklich nicht gebrauchen."

„Und sonst findest du nichts zu tun?" Wie schrecklich, ich wollte hier doch in Selbstmitleid versinken.

„Ich habe Hintergedanken." Sein Grinsen wurde deutlich zweideutig.

Aufregung durchrieselte mich. Hatte ich mich geirrt? Gab es doch einen Funken Interesse auf seiner Seite?

„Wenn wir den Tag über im Bett bleiben, wird es nicht unbemerkt bleiben."

Eine Finte, meine Laune sank gleich noch weiter ab.

„Umso mehr Spaß wir haben, umso weniger Freude hat meine Mutter."

Dieses Spiel war so nervtötend. „Du hast da echt ein Problem."

„Ich weiß, aber ich gehe es endlich an." Er streifte die Schuhe ab. „Mach Platz." Sein Hemd folgte. „Ah, wir sollten uns etwas aufs Zimmer bestellen. Wie wäre es mit einem Snack? Tee? Kaffee?"

Ich schlug die Decke über das Gesicht, bevor ich ihm noch beim Ausziehen zuschauen musste. Gut, die

153

Situation war seltsam. Er käme doch nicht wirklich nackt zu mir ins Bett?

„Vanessa? Irgendetwas?"

Lustigerweise war mein Kopf völlig leergefegt. Nur der eine Gedanke, das eine Bild, stand mir vor Augen: Ian auf dem Weg zu mir ins Bett. Ups. Ich konnte gar nicht sagen, was da in mir vorging, es war zuviel auf einmal. Vermutlich sollte ich schockiert sein, oder zumindest erschrocken, oder einfach entrüstet, ach verflixt! Ich sollte den Zweifel beiseiteschieben und endlich meinen Urlaub annehmen. Ich war nicht ich, ich war Ians gierige Verlobte und gerade in diesem Moment verspürte ich einen Anflug von Gier. Sie juckte mir sozusagen in den Fingern.

„Schön, wir nehmen Früchte mit Schlagsahne. Das ist, kombiniert mit dem Bild, das wir abliefern wollen, eindeutig genug."

Ich linste verstohlen und verfolgte, wie Ian das Schlafzimmer verließ. Er brauchte nur einen Moment, dann war er zurück und verdammt zielgerichtet auf dem Weg ins Bett.

„Du bist angezogen."

Tatsächlich war ich schnurstracks ins Bett marschiert.

„Hättest du mich lieber nackt?" Sein Blick war unbezahlbar, dann lachte er auf.

„Vanessa, in dir schlummert eine verführerische Hexe."

Zu freundlich. Ich machte ihm Platz, damit er die Decke wieder sinken ließ und den Anblick annehmbarer machte. Schön, zugegeben, ich wollte nicht beim

Gaffen erwischt werden. Ian war schon angezogen eine verdammt ansehnliche Gestalt, die breiten Schultern, die muskulösen Arme, dann die schmalen Hüften und ... Okay, es war gar nicht nötig, da ins Detail zu gehen – ob nun mit oder ohne Schlüpfer, die Frage der Ausstattung blieb nicht unbeantwortet.

„Hättest du mich lieber nackt?", fragte er zwinkernd und erwischte mich doch beim Starren.

„Nein!" Gott, wie peinlich.

„Die Bluse solltest du ablegen, die ist zu offensichtlich. Ich sehe auch nicht hin, keine Sorge."

Ich begann die Bluse aufzuknöpfen, während er ins Bett rutschte.

„Also, womit beschäftigen wir uns?"

Mein kurzer Blick fiel auf.

„Du hast dir das anders vorgestellt."

„Wenn ich mich im Bett verkrieche, bin ich nicht ansprechbar." Sonst wäre es doch auch nicht nötig, sich im Bett zu verkriechen.

„Catriona war auch immer sehr ... sensibel. Ihr würdet euch gut verstehen." Ian lehnte sich in die Kissen und verschränkte die Hände hinterm Kopf.

Schön dass er mir seinen gestählten Body auch noch unter die Nase reiben musste!

Die Bluse schleuderte ich achtlos aus dem Bett, und weil mir der Rock ohnehin in den Bauch schnitt, wurde ich ihn auch noch los. Nur deswegen!

„Ich bin nicht sensibel."

„Nein." Er zog das Wort endlos in die Länge.

„Ich bin depressiv, das ist was anderes." Grummelig verschloss ich die Arme vor der Brust. Das Vierpfostenbett hatte einen Betthimmel, weshalb ich nicht an die verputzte Decke starren musste, sondern – und das fand ich irre – auf ein Wappen.

„Du nimmst dir alles zu sehr zu Herzen. Klingt für mich gleich."

Wie blöd wirkte es, ihm die Zunge auszustrecken? Ich ließ es bleiben.

„Hast du deine Tabletten genommen?" Für die wir extra bei meiner Pension vorbeigefahren waren. Darauf hatte ich bestanden, er dann darauf, meine Sachen gleich mitzunehmen und auszuchecken. Tja, hier ging scheinbar nichts ohne Opfer.

„Natürlich."

„Und trotzdem ..." Sein Blick ruhte auf mir. Starrte er auf mein Dekolletee? Sollte ich mich vergewissern? Ach, verflixt. Ich zog die Decke bis an mein Kinn.

„Es sind keine Happypills." Noch so ein Punkt, den niemand verstehen wollte. Es waren keine Kopfschmerzen. Nur weil ich meine Medikamente nahm, ging es mir nicht besser. Schön, vielleicht doch, aber nicht gut. Ich funktionierte nicht, nur weil ich Tabletten schluckte!

„Sondern?"

„Puffer. Sie sollen verhindern, dass ich zu schnell abstürze. Extreme Dummheiten begehe und so."

„Also wirken sie nicht."

Verdutzt starrte ich zu ihm hoch.

„Wenn über Klippen zu springen keine extreme Dummheit ist, weiß ich auch nicht, was eine wäre", führte er aus und rutschte endlich tiefer. Zumindest brauchte ich mir seine Brustmuskulatur nicht mehr anzusehen, man, er konnte Herkules Konkurrenz machen. Ian drehte sich und stützte den Kopf auf der Hand ab.

„Vermutlich in die Hand zu beißen, die einen füttert!" Und wenn er so weiter grinste, biss ich gleich zu!

„Dearie, mach mich nicht schwach, ja."

Es knallte. Zusammenzuckend verschluckte ich mich an meinem erschrockenen Aufschrei und rutschte gleich tiefer in die Laken. Ians Reaktion war völlig gegenteilig, er fuhr herum, als wolle er mich vor dem Ansturm, der da kommen mochte, verteidigen.

Die Tür schlug gegen die Wand.

„Ian!"

„Verdammt, Ealasaid, was fällt dir ein, hier reinzuplatzen!" Er brüllte es, was mich erneut zusammenschrecken ließ.

„Es ist gleich Mittag und du ..."

„Vergnüge mich mit meiner Verlobten im Bett, jawohl!"

Mein Stöhnen versackte in der Bettdecke, die ich mir nun noch höher zog. Schön, ich war nicht nackt und Ian hatte genau diesen Eindruck erwecken wollen. Das hatte er von vornherein klargestellt, warum war es mir nun so schrecklich peinlich?

„Das ist widerlich!"

„Und diese Einstellung wird der Grund dafür sein, warum Norris dich nicht begleitet!"

Ealasaid keuchte gekränkt, ihre Hand zuckte und legte sich dann bebend auf ihre Brust. Aber sie erholte sich schnell, hob das Kinn und schaffte es, mit ähnlich verächtlicher Tonlage wie ihre Mutter zu sprechen.

„Norris schätzt meine Klasse, Ian. Er braucht keine Hure, um glücklich zu sein!"

„Raus!"

Mein Hirn ratterte.

„Mutter erwartet dich in ihrem Salon."

„Da kann sie lange warten! Ich bin, wo ich sein will, und du störst!" Er verdeutlichte es, indem er sich zu mir umdrehte, sich herabbeugte und mich küsste. Seine Hand wanderte dabei unter die Decke.

Hatte sie mich gerade eine Hure genannt?

„Ian!", beharrte Ealasaid. „Du kannst sie auch später noch besteigen! Herrgott, was ist in diesem Haus nur los, dass ihr euch alle aufführt, wie notgeile Idioten?"

Er ignorierte sie, schob sich über mich, als wolle er die Botschaft ohne Worte rüberbringen. Er hatte nicht vor, das hier abzubrechen. Moment.

„Ian", nuschelte ich an seinem Mund, hob die Hände, um sie ihm auf die Oberarme zu legen. Schön, ich streichelte ihn, wenn man es genau nahm, aber mein Ziel war natürlich, ihn zu unterbrechen. Er ging in die Offensive. Auf mir liegend konnte ich ihn gar nicht von mir schieben, selbst wenn er mich nicht mit seinem Enthusiasmus völlig überfahren hätte.

Die Tür knallte zu und es war, als ginge das Beben auf das Bett über.

Ian verharrte noch einen Augenblick, den Mund auf meinen gepresst und die Hand in meinem Haar vergraben. Erst als die zweite Tür mit einem lauten Knall geschlossen wurde, stemmte er sich hoch. Sein Daumen rutschte zu meinem Kinn, wischte über meine Unterlippe. „Sorry."

Toll.

„Aber es war deutlich."

Supertoll! Meine Lippen schmerzten, so fest presste ich sie aufeinander.

„Sie wird direkt zu Mutter laufen und es brühwarm erzählen."

Es klopfte zaghaft an der Tür, mein Stöhnen überdeckte es. Schnell drehte ich mich zur Seite, damit ich nicht wieder geküsst wurde, um ein wortloses Statement zu machen.

„Ja bitte?" Ian zog mir die Decke über die Schulter. „Ah, sei so gut und bring sie her. Hm, das sieht lecker aus."

„Haben Sie noch einen Wunsch, Lord Culnacnoc?"

„Oh nein, meine Verlobte macht mich ansonsten wunschlos glücklich!"

Mein Fuß zuckte und stieß gegen sein Bein. Blödmann.

„A ghraidh, es gibt genügend Sahne."

Nette Information, was sollte ich damit anfangen?

„Erdbeere gefällig?" Er zupfte an meiner Decke.

„Ich habe keinen Appetit." Schon gar nicht auf ... Die Frucht strich über meine Lippen.

„Hm, deine Lippen sind genauso rot, wie die Beere."

Wenn er denn Saft darauf verteilte ganz sicher!

„Probier, sag mir, ob sie süß oder sauer ist."

„Ian ..." Er stopfte mir die Frucht in den Mund, mir blieb nichts übrig, als zu kauen, wenn ich sie nicht im hohen Bogen ausspucken wollte.

„Süß?"

Wusste er, wie er wirkte, wenn er so über mir auf-
ragte und mir Erdbeeren in den Mund schob? Wie ein
verfluchter Verführer! Seine Augen hatten diesen
Ausdruck, eine leichte Schwüle, gepaart mit einem
Hauch Versprechen.

Ich verschluckte mich an der Antwort und hustete.
Er musste zurückweichen, weil ich mit einem Ruck
hochkam, um mich vornüberzubeugen und wild zu
bellen.

„An einer Erdbeere erstickt. Ist es dann eigentlich
Mord, Selbstmord oder ein tragischer Unfall?"

Ich japste weiter, noch atemloser als zuvor, obwohl
ich gedacht hatte, das Stück, das den falschen Weg
genommen hatte, bereits wieder los zu sein.

„Okay." Seine Hand landete fest in meinem Rücken.
„Besser?"

„Schon gut!", krächzte ich, wobei ich von ihm fort-
rückte. „Geht schon!"

„Dein Leben hängt wirklich am seidenen Faden.
Hier, ich habe Sekt geordert." Ian drückte mir ein Glas
in die Hand, von dem ich gierig trank. Er prickelte
fürchterlich in meiner Nase und ließ mich niesen.

„Erdbeere?"

Mein bitterböser Blick ließ ihn sich schütteln vor
Lachen. „Wie nannte Sina es noch? Donnerhexe?"

Alles klar, jetzt wusste ich, dass ich völlig falsch gelegen hatte, und Sina wohl auch. Ian war alles andere
als ein Traumkerl!

„Du willst mich doch nicht wirklich mit der ganzen
Schale alleinlassen?"

„Warum hast du Erdbeeren bestellt, wenn du sie nicht möchtest?"

Sein Blick sagte es mir. „Sekt, Erdbeeren, Sahne? Kommt dir da nichts in den Sinn?"

Und ob.

Er winkte ab. „Also, unterhalten wir uns." Die Erdbeere, nach der er fischte, landete in seinem eigenen Mund. „Sina."

„Wie bitte?" Ich war noch bei seiner Anspielung, nun gut, eigentlich war ich dabei, mich auszuschelten, dass ich nicht reagiert hatte. Wenn ich ihn nun geküsst hätte? Ich meine, so richtig? Wenn ich auf seine süße Sauerei eingegangen wäre? Irgendwie tauchte ein Film vor meinem inneren Auge auf, wie ich mir die Schale mit der Sahne schnappte und sie übereifrig auf mir verteilte. Lächerlich.

„Was ist passiert? Sie sagt, du wärst weinend davongestürmt."

Der Streifen ging in Flammen auf, dabei malte ich mir soeben aus, wie er mich von dem geschlagenen Milchprodukt befreite.

Meine Mimik entglitt mir, ärgerlich, denn Fassungslosigkeit war nie sexy. „Nichts. Sie ..." Ich brach mit einem peinlichen Krächzen ab.

„Und weil nichts war, versteckst du dich hier im Bett. Nachvollziehbar."

Ich starrte ihn immer noch an.

„Komm schon, heißt es nicht, dass reden hilft?" Die nächste Erdbeere verschwand zwischen seinen sinnlichen Lippen.

Meine öffneten sich zu einer Replik, aber die Worte verschwanden auf dem Weg zwischen Hirn und Stimmbändern. Mir blieb nichts übrig, als den Mund unverrichteter Dinge wieder zu schließen.

Er seufzte. „Ich bin ein guter Zuhörer."

„Ich wüsste nicht, was ich sagen soll", gab ich nach zwei weiteren Anläufen zu. Ich vergrub mich in meiner Decke und wisperte es gerade so laut, dass er hören konnte, dass ich etwas sagte, ob er meine Worte auch verstand, war eine ganz andere Sache.

„Was hat dich aus der Bahn geworfen?" Auch Ian rutschte tiefer in die Laken, stopfte sich das Kissen zurecht, um mich ansehen zu können, ohne sich den Nacken zu verrenken und machte deutlich, dass er nicht so schnell aufgab.

„Romantik."

Wer hätte gedacht, dass ich Ian sprachlos erlebte? Aber tatsächlich starrte er mich entgeistert an. „Und dann komme ich dir mit Erdbeeren. Ich wollte dich nicht an deinen … wie hieß er noch gleich? Jorn?"

„Jörg." Mein Hals zog sich zu und meine Nase kribbelte heftig, auch ohne von Sektperlen dazu angeregt zu werden. Verfluchte Sentimentalität!

„Du hängst noch an ihm."

„Ich möchte nicht über ihn sprechen." Weder mit meiner Therapeutin, im Krankenhaus oder mit sonst wem. Lediglich meine Mutter akzeptierte dies, aber sie hatte auch genügend andere Themen, die sie gerne wiederkäute.

„Das verstehe ich. Cheyenne – sie lag mir auch lange Zeit quer im Magen, bevor ich die Geschichte verdauen konnte." Er griff nach meiner Hand, um sie zu drücken. „Es funktioniert besser, wenn man abschließt."

„Ich habe abgeschlossen." Zwangsläufig, schön, aber ich hatte akzeptiert, dass meine Ehe vorbei war und es nichts zu retten gab. „Vor langer Zeit schon."

„Lügnerin."

„Er ist wieder verheiratet", offenbarte ich scharf. „Kein Jahr, nach unserer Trennung hat er ..." Ich riss die Hand zurück. „Es ist vorbei."

„Es ist schwer, sich von dem zu lösen, was man sich erträumte und du hast mehr verloren, als nur den Ehemann, nicht wahr?" Seine Hand rutschte oberhalb der Decke näher zu mir, aber er berührte mich nicht. „Mehr als nur die rosige Vorstellung deiner Zukunft."

„Alles", kürzte ich ab, schließlich ließe er doch nicht locker, bevor ich es eingestand. „Aber es begann schon zuvor." Mit jedem Fehlschlag, bei jedem negativen Ergebnis bei den Schwangerschaftstests hatte ich es ein wenig stärker gespürt. Dass es schieflief, dass wir uns voneinander entfernten. Ich sprach nicht darüber, über meine Gefühle, meine Ängste und plötzlich, nach einem Besuch beim Kinderwunschzentrum, bewahrheiteten sie sich auf dramatische Weise. „Ich hätte es stoppen müssen." Irgendwie.

„Das ist kein gesunder Gedanke."

„Nein. Aber das ist, was ich fühle." Ich spürte seinen Blick auf mir, spürte, wie nah seine Hand an meinem Arm lag und wie sich jedes noch so feine Härchen an meinem Körper aufstellte.

„Wenn es nicht kaputtgegangen wäre, wie wäre dein Leben jetzt?"

Das war einfach. „Perfekt."

„Beschreib es."

„Wir wollten ein Haus kaufen, sobald sich der Nachwuchs ankündigt. Irgendwo an einer ruhigen, abgeschiedenen Ecke, wo man seine Kinder noch aufziehen kann, ohne sich ständig Sorgen machen zu müssen." Es schmerzte, daran zu denken. „Auf dem Land oder einem ländlichem Vorort. Recklinghausen ist nicht gerade eine Metropole, aber rundherum gibt es dutzendfach Dörfchen, die sich besser geeignet hätten, und trotzdem eine gute Verkehrsanbindung boten." Tiefer brauchte ich wohl nicht ins Detail zu gehen, obwohl ich es gekonnt hätte. Ich hätte die Orte aufzählen, das Für und Wider abhandeln können, stundenlang darüber schwadronieren können, aber wozu? Es erinnerte mich nur an all die vielen Male, die ich mit Jörg darüber gesprochen hatte, an all die Euphorie und Freude, die mich dabei erfüllt hatte, und die mich nun nur in Bitterkeit ertränken würden.

„Wie viele Kinder hattet ihr geplant?", fragte Ian leise, fast hielte ich ihn für einfühlsam, weil er den richtigen Ton traf, aber so viel Kredit wollte ich ihm dann doch nicht geben. Es passte nicht zu dem Frauenhelden, der er war, so lange es ihm nicht dabei behilflich war, eine Frau ins Bett zu kriegen. Böse Einschätzung? Mag sein.

„Zwei oder drei, das wollten wir uns offenlassen." Und dann hatte ich nicht einmal eines austragen können.

„Ich nehme an, es hat nicht sollen sein. Catriona war auch mehrere Jahre verheiratet, ohne ein Kind vorweisen zu können." Seine Fingerspitzen stießen an meinen Arm. „Torin hat sie deswegen ziemlich unter Druck gesetzt."

Vorsichtig wendete ich mich ihm zu, noch immer unwillig, mich ihm anzuvertrauen, weil ich wusste, dass es mich nur erneut an den Rand der Verzweiflung brachte. Und ich wollte nicht wieder in seinen Armen heulen, wie damals, als wir uns zum ersten Mal begegneten. „Jörg nicht. Ich war es. Ich wollte unbedingt ..." Ich kniff die Augen zusammen, um die Tränen zurückzuhalten, ohne großen Erfolg damit zu haben. Seine Finger fingen die Tropfen ab.

„Aber es funktionierte nicht", wisperte er. „Nicht wahr?"

Ein Kopfschütteln musste als Antwort erst einmal genügen. Ich bekam kein Wort hervor. Ian rutschte näher und legte die Arme um mich.

„Es liegt an dir, deswegen bist du so verzweifelt. Du hast das Gefühl, alles verloren zu haben, und bist davon überzeugt, dass es allein deine Schuld ist."

Da lag er verdammt richtig!

„Aber ..."

„Nein!", unterbrach ich ihn schnell. „Bitte, komme mir jetzt nicht damit, dass ich es falsch sehe."

„Du bist nicht schuld." Das war nur minimal besser. Ich schüttelte den Kopf und gab auf. Keine Diskussion mehr, nie wieder darüber nachdenken, aber natürlich kam es immer wieder hoch, daran würde sich nie etwas ändern.

„Ach, dearie.“

9

Gesellschaftsrodeo

Nachdem wir den Abend im Bett verbracht hatten, konnte ich es Ian nicht ausschlagen, dem Donnerstag zumindest eine Chance zu geben. Liny hatte sich von Sina inspirieren lassen und ein Picknick organisiert – im ummauerten Garten.

Auf der Rasenfläche vor dem See waren Decken ausgelegt und zwei verwaiste Stühle bezeugten, dass auch an die Duchess und den Duke gedacht worden war, die sich wohl nicht zu uns auf den Boden gesellen wollten.

„Herrliches Wetter, nicht wahr?" Liny drückte mir ein Glas in die Hand und sah sich zufrieden um. „Lachlan und Ian holen meine Fotoausrüstung, dann kann ich ein paar Aufnahmen machen. Ian erwähnte, dass sie noch nicht einmal ein Paarfoto haben. Das holen wir nach." Ihre Lippen wellten sich und in ihren

Augen funkelte es geheimnisvoll. „Jeder sollte Pärchenfotos haben."

„Fotos?" Mein erster Gedanke war: Oh Schreck! Mein Blouson war ärmellos, gepunktet und – natürlich – nicht blickdicht. Zwar versuchte ich es zu kaschieren, indem ich wann immer möglich die Arme vor dem Körper verschränkte, aber wie sähe das auf einem Bild aus? Wie könnte ich mich so stellen, dass ich nicht halbnackt abgelichtet wurde, oder ließe sich das Ganze noch stoppen?

„Ich bin Fotografin. Vor unserer Hochzeit habe ich als Grafikdesignerin gearbeitet." Sie legte leicht den Kopf zur Seite und ich wusste, was kommen würde, bevor sie den Mund öffnete. „Und Sie?"

„Assistentin im Management."

„Wie interessant."

„Was ist interessant?" Sina gesellte sich zu uns, pirschte sich von hinten an und erschreckte mich mit ihrem plötzlichen Auftauchen. Der Sekt schwappte über. „Solltest du trinken? Du stillst doch."

„Nicht mehr!" Liny feixte und nahm demonstrativ einen großen Schluck. „Ich hoffe es stört nicht, dass die Zwillinge später hergebracht werden. Mögen Sie Kinder, Vanessa?"

Der Atem entwich mir zischend, aber ich behielt die Fassung – zumindest äußerlich. Innerlich fühlte ich mich wie in einem Orkan und mit den Wassermassen kämpfend, um nicht zu ertrinken. „Ähm, ja."

„Sie sind ein süßes Duo", versicherte Liny.

„Aber ja. Sheamus, der faule Kerl, lässt sich ständig betüddeln, während Lindsay nur auf Papas Arm Ruhe gibt", schnaubte Sina und verdrehte ungeniert die Augen. „Oder wahlweise an der Hand. Sie macht schon die ersten Schritte, während ihr Bruder kaum krabbeln kann."

„Er ist etwas bequem", räumte Liny ein. „Ein klein wenig." Sie leerte ihr Glas. „Kann ich euch noch etwas mitbringen?"

Wir verneinten und sahen ihr beide hinterher. Erst als sie außer Hörweite war, wandte Sina sich wieder mir zu. „Ich sprach deine Reaktion an. Vermutlich hätte ich es auf sich beruhen lassen sollen, aber du warst mir einfach zu aufgewühlt. Hat Ian dich beruhigen können?"

Überraschenderweise. „Ja. Wir haben geredet."

„Gut. Ich weiß, wie du dich momentan fühlen musst, ich war letztes Jahr in derselben Lage und das war nicht lustig. Ich habe ernsthaft daran gezweifelt, dass irgendwer es wert sein könnte, den ganzen Ärger durchzustehen." Es waren nicht die Worte, die meine Neugierde weckten, es war etwas in ihrer Miene. Für einen kurzen Moment glich sie der, die mir gewöhnlich aus dem Spiegel entgegensah. Die Erinnerung an eine Katastrophe, die noch nicht verwunden war. Auch ihr Lächeln wirkte angestrengt und sie senkte den Blick für einen Moment auf ihr Glas. „Ich weiß, wozu Mairi fähig ist."

Alles in mir drängte mich danach, nachzuhaken. Ich sollte nicht, es ging mich nichts an, und vermutlich schürte ich damit nur meine latenten Ängste. „Darf ich fragen …?"

„Hat Ian dir nichts erzählt? Vielleicht sollte ich ihm die Gelegenheit lassen."

Und mich hier wie eine aufgezogene Spieluhr stehenlassen?

„Aber ..." Sie seufzte und sah sich schnell um. „Liny und ich sind nicht nur Freundinnen, wir haben eine Zeit lang zusammen gearbeitet. Wir planten Hochzeiten. Ihre eigene sollte sie aber nicht planen müssen, das wollte Lachlan nicht und ihr war es mehr als recht, es mich übernehmen zu lassen. Das erwies sich als goldrichtig, denn es ging schief, was nur schief gehen konnte. Wir hatten Brände, explodierende Toilettenhäuschen, Überflutungen und Stromausfälle ..." Sie brach ab, in der Erinnerung versunken, die sie noch immer so sehr mitnahm, dass sie an Farbe verloren hatte. „Am Ende wurde ich sogar festgenommen."

„Oh Gott!" Das klang, wie der blanke Horror. „Weswegen?"

„Ich sollte den Brand gelegt haben, der das Festzelt in wenigen Augenblicken in Asche verwandelte." Sie verdrehte die Augen. „Die Polizei fand ein Feuerzeug ganz in der Nähe, auf dem zum einen meine Fingerabdrücke waren, und zum anderen ein Schriftzug in Deutsch. Nun, sie haben auch einen Tipp bekommen." Ihre Pause nutzte sie, um die Lippen zusammenzupressen und ihren offensichtlichen Ärger niederzuringen. „Es kam heraus, dass die Duchess der Polizei gegenüber behauptet hatte, ich wolle die Eheschließung sabotieren, weil ich Lachlan für mich wolle." Ihr Schnauben glich dem eines Drachens kurz vor der

Eruption. Oh ja, die Beliebtheit der Duchess fand hier seinen Tiefpunkt.

„Ich habe auch die Reifen der Shuttle zerstochen und für die Stromausfälle während der Feier gesorgt, dabei hatte sie Islay dazu angestiftet!"

„Das Feuer zu legen?" Welcher Wahnsinn. Brände waren kaum kontrollierbar, wie schnell hätte es zu Verletzten und Toten kommen können!

Sina stieß den Atem aus und winkte ab. „Nein, das war mein irrer Ex gewesen."

„Oh." Und ich dachte, ich hätte Probleme.

„Eigentlich waren wir gar nicht richtig zusammen. Er war mein Boss und ..." Wieder winkte sie ab. „Was soll's, wir haben alle unser Päckchen zu tragen, nicht wahr?"

„So kann man es auch sehen", murmelte ich völlig baff.

Liny gesellte sich wieder zu uns. „Und, worüber habt ihr euch unterhalten?"

„Über deine Hochzeit."

„Ah." Liny nickte gefasst. „Ja, die war denkwürdig." Offenbar dachte sie nicht an Brände und andere Katastrophen, denn sie lächelte verträumt. „Der schönste Tag meines Lebens."

„Ja", schnaubte Sina. „Nur die Woche danach hatte es in sich."

Es trübte Linys Laune kaum. „Ach ja, shit happens, aber hey, wir haben den ersten Platz belegt!"

Bei der Hitparade der Horrorhochzeiten? Ich verkniff mir die Frage, auch wenn sie sich wohl in meiner Miene widerspiegelte.

„Zur Erklärung: Lachlan hat Liny zu Ehren High-
landspiele abgehalten und die Hochzeitsgesellschaft
musste an ihnen teilnehmen. Hast du schon mal einen
Baumstamm geworfen?"

Mein Mund klappte auf. Sina nahm es als Antwort
und deutete mit den Finger auf mich. „Siehste! Wenn
du Highland-Games hörst, lauf weg! Ian entwickelt
einen ungesunden Wettbewerbssinn."

„Oh ja, hat ihn gewurmt, nicht zu gewinnen." Liny
grinste breit.

„Ich bin gewarnt", murmelte ich, obwohl ich bezweifelte, in die Verlegenheit zu kommen.

„Ah, da kommen sie!" Liny winkte. Ich musste mich
umdrehen, um herauszufinden, wem sie ein so freudi-
ges Willkommen zurief. „Dann kann die Party ja
beginnen!"

Ian und sein Zwilling waren nicht allein und hatten
diesen Umstand offensichtlich genutzt, um die Fotoausrüstung in einem Rutsch herzubekommen. Zwei
Kästen im schlichten Alulook wurden von vier Männern, von denen ich nur den einen nicht zuordnen
konnte, herangeschleppt und am Rand der Rasenfläche abgesetzt.

„Hast du deine Kameras durch Bleikugeln ersetzt?",
murrte Lachlan, die Hände aneinander reibend,
während er auf uns zukam. Ich erkannte ihn nur an
der Kleidung, schließlich wusste ich, was Ian trug, der
seinerseits seinen Zwilling stehenließ, um zu mir zu
kommen.

„Unsinn", widersprach Liny, während Sina lachte.
Ian legte den Arm um mich.

„Hast du Islay und Richard bereits kennengelernt, oder hast du dich rechtzeitig aus dem Staub gemacht?"

Fragend hob ich die Brauen.

„Bevor Liny ihren grandiosen Einfall hatte, Paparazzi zu spielen." Merkwürdigerweise glitt sein Blick dabei ab und heftete sich an den mir unbekannten Mann. Der wischte sich die Hände an der Hose ab, bevor er sie Liny reichte und sich für die Einladung bedankte.

„Sie hat vergessen zu fragen, ob es jedem recht ist", knirschte er angespannt, wodurch ich automatisch enger an ihn gedrängt wurde.

„Das tut mir leid", stellte der Unbekannte ruhig fest. „Ich störe Sie ungern, aber meine Möglichkeiten sind begrenzt."

Ian knurrte. Er war so aufgebracht, dass ich ihm die Hand auf die Brust legte, ohne zuvor über meine Geste nachzudenken. Es half. Er sah auf mich herab und der Groll wich aus seinen Augen. Sogar ein kleines Lächeln formte sich auf seinen Lippen. Meine Zehenspitzen protestierten augenblicklich und erinnerten mich daran, dass es dumm war, sie noch zusätzlich zu belasten. Wozu auch? Ich brauchte nicht größer sein, um ihn küssen zu können, weil sich die Überlegung gar nicht stellte. Wir küssten uns nicht – es sei denn ... Ich sah mich um, aber weder Ealasaid noch die Duchess kamen aus irgendwelchen Verstecken gesprungen.

„Sollten wir nicht noch auf die Damen warten", mischte sich Islay ein und nahm seinen Platz an Sinas Seite ein, um ihr ebenfalls besitzergreifend den Arm um die Mitte zu legen. Drei Pärchen in annähernd derselben Pose, nur dass Ian und ich natürlich nur vorgaben, ein Paar zu sein. Meine Hand fiel herab und ich versuchte, etwas Freiraum zurückzubekommen.

„Ealasaid versucht Sheamus zum Laufen zu bewegen. Catriona hält es für aussichtslos, wollte den Kleinen aber nicht allein in der Obhut der Schwester lassen." Islay zuckte die Achseln. „Eine weise Entscheidung."

Sina lachte auf, während Liny eher besorgt wirkte. „Meinst du nicht, wir sollten ..."

„Iwo, Sheamus setzt sich durch. Er hat genau so einen Dickschädel, wie seine Mutter." Lachlan grinste in die Runde. „Gehört zum deutschen Erbe."

„Bist du sicher, dass es nicht britischer Snobismus ist und er sich einfach zu fein ist, um den Hintern selbst zu bewegen?", hielt Sina dagegen und kuschelte sich in die Seite ihres Partners. Der sah nicht amüsiert aus.

„Herrlich, fast wie in alten Tagen, nicht wahr?", unkte Ian, wobei ich spürte, wie er unterdrückt lachte. Er bebte innerlich, aber nicht vor Anspannung, wie ich es schon häufiger erlebt hatte. „Tja, Sina, die Würfel sind jetzt leider gefallen."

Islay zog Besagte etwas aus dem Kreis.

„Beherrsch dich", mahnte sie und kämpfte sich zurück. Es sah zumindest nach einem Kampf aus. Islay ließ sie nicht einfach wieder vortreten und Sina sich nicht zurückhalten. „Die Würfel waren nie im Becher, Ian."

„Autsch!" Ian drückte einen Kuss auf meine Stirn. „Ein Glück, dass ich mich noch besann. Ich ziehe Harmonie vor, Gleichgesinntheit und ..."

„Kontrolle?" Es war raus, bevor ich es zurückhalten konnte.

Der Lacher ging auf mich.

„Da hat man dich wohl durchschaut." Lachlan schlug ihm auf die Schulter. „Also, wollen wir weiter herumstehen und den Damen beim Trinken zusehen, oder uns lieber unsere eigenen Schlucke verdienen?"

Wieder brachen die Menschen um mich herum in Gelächter aus, alle bis auf Richard, der gebannt den Weg entlang starrte.

„Komm, a ghraidh." Ian zog mich betont sanft mit sich. Wollte er meine Worte entkräften? Dann machte er es aber zunichte, indem er mich praktisch umrankte wie der Efeu die Mauern dieses Gartens. „Trau Richard nicht, erzähl ihm nichts." Und schon half er mir beim Hinsetzen, als sei ich eine altersschwache Dame. Lachlan tat es ihm gleich, nur Sina ließ sich betont eigenständig fallen.

„Darf ich dir schon etwas anbieten?"

Ich folgte seinem Hinweis zum aufgestellten Büffet neben dem kleinen Teich, das von Pavillons vor der Sonne geschützt wurde. Unnötig, wenn man mich fragte, denn warm war es nicht. Ich fröstelte in meinem dünnen Blouson.

„Danke, aber ich kann mich selbst bedienen."

Islay seufzte und ich sah ihn zum ersten Mal breit grinsen. Seine Laune hatte sich schlagartig gebessert. Merkwürdige Verhältnisse, aber ich musste hier nichts verstehen. Es konnte alles ein Mysterium bleiben, kein Problem. Ich brauchte mir nicht den Kopf zu zerbrechen.

„Du kannst, aber du musst nicht", flüsterte Ian mir ins Ohr, bevor er es küsste. Langsam wurde er auch mir zu überzeugend. Besser ich wurde ihn schnell los.

„Also schön."

„Ah, ich eile zu deinen Diensten." Zwinkernd sprang er auf, sicherte sich mit einem Blick die Gesellschaft seines Bruders und schlenderte dann los. In Eile war er nicht.

„Männer." Sina feixte. Sie schüttelte den Kopf, als Islay den Mund aufmachte. „Nein, danke, aber es ist fürchterlich lieb, dass du fragst. Mr Oldman, setzen Sie sich doch. Catriona wird früher oder später auftauchen."

Obwohl Richard Oldman größer war als ich, kam er bei Weitem nicht an die anderen drei Männer heran, weder an Höhe, noch an Breite. Er trug eine Art Ziegenbärtchen und eine kleine, aber auffällige Brille.

„Natürlich." Trotzdem konnte er den Blick kaum von dem Weg nehmen, auf dem er Catriona erwartete.

Ian quetschte sich wieder zwischen uns. „Hier, a ghraidh." Den Teller stellte er vor mir ab. Häppchen begrüßten mich.

„Irgendwie habe ich Dörrfleisch und Cracker erwartet." Wie schäbig musste ihm alles bei unserer ersten Begegnung vorgekommen sein? Ich hatte mir nicht viel gedacht, als wir die Nacht in seinem Loft in London verbrachten. Es war karg eingerichtet, für meinen Geschmack zu kalt und nüchtern. Selbst die deplatziert wirkende Kunst hatte amateurhaft gewirkt. Es war so eine Art Möchtegern-Chic, wie ich es aus unserem Hotel gewohnt gewesen war. Schlicht, modern.

Fast schon futuristisch, nichts worin man sich wohlfühlte. Vermutlich waren es schweineteure Meisterwerke gewesen.

Ian lachte auf und legte den Arm um mich. „Ich dachte, ich verwöhne dich lieber mit Horsd'œuvre." Er hob mir auch gleich eines an die Lippen. „Probier."

Gehorsam öffnete ich den Mund. „Fisch?" Man konnte nicht sagen, dass es nicht schmeckte, aber lecker war auch anders.

„Nicht dein Fall? Versuch dies hier."

„Sie hat gesunde Finger", mahnte Sina dunkel, „und du benimmst dich wie ein Volltrottel."

„Verliebter Volltrottel, wenn ich bitten darf!" Ian setzte dem die Krone auf, indem er mich küsste. Es war nur ein Schmatzer auf den Mund, aber mir genügte es, um völlig durcheinander zu geraten. Fein, durcheinander geriet ich bereits durch Worte, aber dies hier ... Nun, es fegte alle Gedanken einfach fort und ließ mich einmal mehr starrend zurück.

„Also gut: verliebter Volltrottel!" Sina bediente sich von meinem Teller, obwohl auch Islay mittlerweile mit einer Auswahl zurück war.

„Ob sie Probleme haben?", murmelte Oldman, was ich nicht einordnen konnte, aber ich war auch noch dabei, die anderen Dinge einzuordnen. Es war zu viel. Dieses Picknick überstieg meine Fähigkeiten bei Weitem.

„Ganz ruhig", raunte Ian mir zu. Er rutschte näher, umhüllte mich fast. „Ignoriere einfach alles. Konzentriere dich auf mich."

Oh, das ließe ich besser! Mein Puls sprang in die Höhe und meine Wangen begannen von innen heraus zu glühen.

Ian brach den Blickkontakt und öffnete auch die Umarmung so weit, dass ich mehr sehen konnte als ihn. Sina und Liny wechselten ein eindeutiges Grinsen.

„Umso schneller, umso besser."

Da ich nicht wusste, worum es ging, hielt ich mich wie angewiesen an ihn. Er sollte es regeln, es war seine Scharade.

„Was alles und nichts bedeutet", griff Lachlan auf. „Pläne schauen anders aus, bràthair."

„Der Feind hört mit, da werde ich doch meine Pläne nicht herausposaunen."

Oldman schnaufte. „Ich habe den Job quittiert! Schon vor einer Ewigkeit! Was muss ich tun ..."

Oh Mann, das war einfach zu viel für mich. Ich lehnte mich an Ian, versteckte das Gesicht an seiner Schulter und schloss fest die Augen. Die Ohren stellte ich dabei auf Durchzug. Nichts sehen, nichts hören, zu sagen hatte ich ohnehin nichts.

Finger streiften meinen Oberarm. „Vanessa?" Linys sanfte Frage drang zwar zu mir durch, aber ich konnte einfach nicht darauf reagieren.

„Es geht ihr gut", übernahm Ian die Beruhigung der Schwägerin. „Nur etwas erschöpft von der Nacht." Immer diese Anspielungen! Wenn wir uns tatsächlich dieser angedeuteten Aktivität hingegeben hätten, wäre es mir zutiefst peinlich, wenn er es überall herumposaunte!

„Ian, wirklich, das ist doch peinlich", rügte Liny für mich.

„Und es nimmt dir auch keiner ab", griff Sina auf. „Männer in deinem Alter verlieren an Beweglichkeit!" Und hier verlor sich das Niveau! Ich drängte mich noch enger an Ian.

„Sie glauben mir nicht, a ghraidh, ist das zu fassen?" Ich spürte sein Lachen. „Wie unerhört!"

„Bleiben wir doch lieber bei eurer Hochzeit", lenkte Lachlan das Thema wieder um. „Irgendetwas Genaueres? Gebt ihr Sina den Auftrag?"

„Danke, aber ich brauche keine Wiederholung deiner Hochzeit, bràthair, sie entsprach nicht ganz meinem Geschmack!"

„Sollte sie nicht Vanessas Geschmack entsprechen", griff Sina auf. „Außerdem weißt du genau ..."

„Frieden!", bat Ian. „Ja, sie sollte Vanessa gefallen, aber ich möchte mir wirklich den ganzen Hokuspokus sparen."

Wie idiotisch eine Planung zu rechtfertigen, die es gar nicht gab. Warum war mir das nicht eingefallen? Warum habe ich nicht darauf bestanden, dass wir die Details klärten. Ich war schrecklich schlecht vorbereitet für diesen Job.

„Das ist kein Hexenkram", beschwerte sich Sina. „Und die Hochzeit ist der schönste Tag im Leben einer Frau! Ihr Männer seid einfach fiese Ignoranten."

„Da haben wir den Fehler bereits", murrte Ian, wobei jedes Wort in seiner Brust vibrierte. „Es kann nur einen schönsten Tag geben, und den hat Vanessa schon verlebt."

„Och, nicht den Tag gestern, oder? Mann, du bist sehr von dir eingenommen!"

„Nein, Sina, ganz und gar nicht. Vanessa war bereits verheiratet." Damit sorgte er für verblüfftes Schweigen.

„Ah, das sind sie ja", unterbrach Oldman die Stille nach einem Moment. „Catriona!"

„Das darf doch nicht wahr sein!", zischte Ealasaid entrüstet. „Was ist heute? Verteufelter Tag der falschen Liebhaber?"

„Wow, da ist aber jemand schlecht drauf, hm?", murmelte Sina, jedoch keineswegs leise.

„Du hättest mich warnen können, Carolina!"

„Verzeihung", griff Liny betont höflich auf, was ich bemerkenswert fand. Ich stand kurz vorm Platzen. „Erwähnte ich nicht, dass die Familie zusammenkommt?"

„Familie", schnarrte Ealasaid. „Islay, wärst du so gut und zögest mir den Stuhl dort heran?"

„Wie lange?", wisperte ich Ian zu.

„So schlimm?"

Ich hob das Kinn, um zu ihm aufzusehen und wiegte bedächtig den Kopf. Meine genauen Worte sollten wohl durchdacht sein, soweit kam ich jedoch nicht. Er küsste mich. Nicht wie zuvor mit einem dicken Schmatzer auf die Lippen, sondern richtig.

„Gott, Ian!", zischte Ealasaid.

War es nicht an mir, entrüstet zu sein?

„Wenn es stört, sollten wir vielleicht gehen?", fragte Ian.

Hätte ich wissen sollen, dass es eine Finte war? Irgendwie war ich enttäuscht.

„Jetzt schon? Ach bitte, wir wissen doch nicht, ob es noch einmal so herrliches Wetter geben wird und wir auch alle zusammenkommen können." Liny klang so traurig, dass ich nicht darauf bestehen konnte, zu gehen. Seufzend hob ich die Achseln.

„Noch einen Moment?", schlug Ian vor. „Bevor ich dich ins Bett bringe?"

Das konnte er sich nun wirklich sparen.

„Dafür gibt es Flitterwochen. Gibt es da schon konkretere Pläne?", fragte Sina.

„Warum?", gab Ian die Frage zurück. „Planst du neuerdings auch den Honeymoon?"

„Nein, aber ich sammle Vorschläge."

„Ach?" Augenblicklich konzentrierte sich das gesammelte Interesse auf Islay.

„Oh, bitte!", schnarrte Ealasaid. „Einen Brautstrauß zu fangen, wird deutlich überbewertet!"

„Keine Sorge, Ealasaid, Islay hat mich nicht gebeten, ihn zu heiraten." Sinas Stimme troff vor Belustigung. „Du kannst also Entwarnung geben."

„Eh", machte Islay, bis zu den Haarspitzen feuerrot angelaufen. „Eigentlich ..." Seine Not sprang ihm aus dem Antlitz.

Catriona lachte auf. „Also gut, dann mache ich den Anfang."

„Nein!", unterbrach Ian rasch, völlig erstarrt an meiner Seite. „Auf keinen Fall!"

„Und was willst du dagegen tun?", forderte seine Schwester ihn heraus.

„Ich sage es Mutter."

Die Runde brach in Gelächter aus, was ich nicht nachvollziehen konnte, und Ealasaid missmutig die Lippen verziehen ließ. Mir kamen Ians Worte in den Sinn: Der Feind hört mit.

„Wenn du vor uns heiraten willst, solltest du dich sputen", versetzte Catriona zuckersüß. „Aber auch von màthair ließe ich mich nicht aufhalten."

„Gratuliere, Catriona!"

Lachlan nahm sie gleich in den Arm, um ihr seine Zustimmung zu demonstrieren. „Wie schön!"

„Du hörst nicht zu, bràthair", murrte Ian. „Wir werden eine Wanze in unserer Mitte haben."

Ian erhielt einen Faustschlag von seiner Schwester. „Lass das! Hier, kümmere dich um deine Nichte."

Die fiel jedoch erst einmal über Ians Knie und landete fast mit dem Gesicht in den Häppchen.

„A ghaoil, nicht so gierig." Er musste mich loslassen, um das kleine Mädchen wieder auf die Füße zu stellen. Ein Finger steckte in ihrem Mund und sie sabberte glucksend. „Möchte meine kleine Prinzessin Hoppe, Hoppe Reiter spielen?"

Sie quiekte und streckte ihm die nassen Finger entgegen.

Es war ein herzerwärmendes Bild, aber es zog mir auch den Hals zu. Keine Frage, dies war ein Mann, der unbedingt Kinder haben sollte. Er ließ die Kleine auf seinem Knie hopsen und sagte dabei den Reim auf, im deutschen Original, auch wenn es stark verunstaltet wurde durch seinen Akzent.

Das zweite Kleinkind quengelte lautstark, bis Liny ihn auf den Arm nahm und ihm leise etwas vorsang. Welch süße Familienidylle, in die ich natürlich so gar nicht passte.

„Das wären dann die zweiten Neuigkeiten. Wir bekommen Nachwuchs", warf Catriona ein, was wieder ein Quieken bei ihrer Schwägerin bewirkte.

„Oh, ehrlich? Ein Baby? Dann werden Sie doch sicher in den Turm ziehen, nicht wahr?"

Ian unterbrach seinen Sermon. „Ach, nein!" Und bekam einen erneuten Boxer.

„Doch! Nächsten Frühjahr, deswegen möchte ich gerne noch in diesem Jahr heiraten." Catriona holte sich mittels eines schnellen Blickkontakts mit Mr Oldman dessen Zustimmung. „Und natürlich auch, uns einrichten. Es kommt etwas überraschend, wie ihr euch denken könnt, und eigentlich habe ich bisher ausgeschlossen … Aber natürlich soll mein Baby nicht Galloway heißen und …" Wieder suchte sie den Konsens mit ihrem Verlobten.

„Ich weiß, man wird es mir falsch auslegen", griff Oldman auf, „aber ich möchte Teil der Familie sein."

Ians Blick war tödlich, weshalb ich es für angeraten hielt, ihn abzulenken.

„Gibt es noch andere Themen als Hochzeiten?" Oder Verlobte, die verdächtigt wurden, nur auf ihre finanzielle Sicherheit zu schielen.

„Sagen Sie nicht, das Thema sei Ihnen unangenehm", zischte Ealasaid auf ihrem Stuhl über uns thronend. „Wie oft waren Sie noch gleich verheiratet gewesen?"

Doch ja, ihre Abneigung machte mich sprachlos.

„Ein Mal, Ealasaid, und mäßige deinen Ton."

Das kam mir bekannt vor.

Ian schob mir das Kind zu, das sich momentan ohnehin nur für meine Kette zu interessieren schien, oder besser für den kleinen Charmeanhänger, den ich zwischen den Perlen befestigt hatte, und legte den Arm wieder fest um mich. Es war schon wie eine kleine Höhle, in die ich mich verkriechen konnte. Allerdings war es durch die Kleine zwischen uns unbequem. Ein nasser Finger landete an meinem Kinn und krabbelte dann an meinem Hals herum, der sich zunehmend zuzog. Das war nicht richtig. Das hier war absolut nicht richtig und das Gefühl brach sich ungewollt seine Bahn. Ich musste weg. Es war schwieriger, das Kind loszuwerden, als Ian, denn sie war verdammt anhänglich. Ich stand auf, sobald die kleinen Finger mir die Chance dazu ließen. Meine gemurmelte Entschuldigung klang panisch und es nahm auch immer mehr Überhand. Meine Augen brannten fürchterlich und ich zitterte vor Anstrengung, mich zurückzuhalten. Es war zu viel und ich stolperte einfach los.

„Vanessa!" Ian hielt mich bereits nach zwei Schritten auf und zog mich in seine Umarmung. „Hey, ganz ruhig."

Meine Nägel bohrten sich in seine Schultern und ich war nahe dran, wild um mich zu schlagen. Er verstand es nicht, wie auch, niemand verstand es!

„Scht", säuselte er. „Ich weiß."

Ich brach in Tränen aus.

„Es tut mir leid."

Er hatte doch keine Ahnung!

10

Immer auf die Kleinen

„Sie sind geschieden." Die Worte der Duchess peitsch-
ten durch das fröhliche Geschnatter der Tischrunde
und ließen keinen Zweifel daran, auf wen die Worte
gemünzt waren, schließlich lag auch ihr Blick nicht
minder schneidend auf mir.

„So wie ich es auch bin, màthair!", übernahm Ian das
Wort, während ich sie noch erschrocken anstarrte. Sie
hatte mich bisher ignoriert, und fast war ich der
Hoffnung verfallen, endlich mal ein Abendessen
durchzustehen. Und das obwohl ich den Nachmittag
in Abgeschiedenheit verbracht hatte, um mich eini-
germaßen zu sammeln.

„Das ist etwas anderes", beschied die Duchess knapp.

„Ich bin ebenfalls geschieden", mischte Catriona sich
ein, wodurch ich zumindest die Aufmerksamkeit ihrer
Mutter loswurde.

„Ja." Ihre Miene verzog sich. „Du auch."

Es beruhigte mich nicht, dass sie nicht nur mich verachtete.

„Mairi", mahnte der Duke, was mich überraschte. Er griff nach der Hand seiner Gattin. „Es genügt."

Davon ließ sich die Duchess leider nicht aufhalten. „Sheamus, du solltest dir mehr Gedanken um die Zukunft deines Namens machen."

„Das tat ich bereits vor über dreißig Jahren und ich habe das Nötige getan, um Erben hervorzubringen. Mehr erwarte ich auch nicht von meinen Söhnen."

„Dann solltest du auf mein Urteil vertrauen, mein Guter." Es versöhnte den Duke, die Härte schwand aus seiner Haltung, aber es hatte die gegenteilige Wirkung auf fast alle anderen am Tisch. Selbst Sina umklammerte ihr Besteck, als müsse sie sich gegen den nächsten Schlag wappnen. „Ich habe nur das Beste für unsere Familie im Sinn, hast du je Grund gehabt, daran zu zweifeln?"

Ian sog scharf den Atem ein. Ein schneller Seitenblick verriet mir, dass er sich mühsam zurückhielt.

„Natürlich nicht, Mairi."

„Aber ich!"

Der Duke wandte sich seinem Sohn zu, gefasst, aber auch am Ende seiner Duldsamkeit. Schon wieder ein Dinner unter Beschuss. Mein Seufzen war leider nicht zu überhören. Ian ergriff meine Hand und drückte sie fest. Ich kam mir vor, wie das Spiegelbild des Herzogpaares. War es gewollt? Oder tat Ian dies völlig unbewusst?

Erlernt oder angeboren? Merkwürdig, dass ich gerade in diesem unpassenden Moment an diese Frage dachte, die er mir vor einer gefühlten Ewigkeit gestellt hatte.

„Ian ...“

„Muss ich es auflisten?“, unterbrach er seinen Vater.

„Vielleicht ist es nicht der richtige Augenblick, es zu diskutieren!“, unterbrach dieses Mal Lachlan. Er hatte sich vorgebeugt, um aller Aufmerksamkeit auf sich zu ziehen. „Können wir einfach in Frieden zu Abend essen?“

„Zu gern, allerdings scheint màthair Vergnügen darin zu finden, für Aufruhr zu sorgen.“

„Da muss ich dich enttäuschen, Ian. Mir ist lediglich daran gelegen, meiner Familie weitere Skandale zu ersparen.“ Die Duchess legte ihr Besteck beiseite und gab den Dienstboten einen unwirschen Wink. „Räumen Sie das ab, es ist ungenießbar.“

„Das ist dein Ziel? Dann frage ich mich, wie du Catriona in diese Ehe hast zwingen können. Warum du alles dransetztest, um meine Ehe zum Scheitern zu bringen oder Lachlans Hochzeit zu ruinieren!“

„Ian!“, herrschte der Duke ihn an. „Es genügt!“ Seine Hand schlug auf den Tisch, dass das Geschirr nur so sprang. „Deine Ehe war zum Scheitern verurteilt, noch bevor sie geschlossen wurde, und weder wurde Catriona zu irgendetwas gezwungen, noch hat deine Mutter etwas mit den Schwierigkeiten von Lachlans Hochzeit zu schaffen!“

Man sah einem Jeden an, dass er gerne etwas gesagt hätte, aber alle schwiegen. Selbst als Ian sie direkt ansah und so dazu aufforderte. Langsam bekam ich einen guten Eindruck, warum wir dieses Spielchen spielten.

„Du wäschst deine Hände in Unschuld, màthair und du ziehst es vor, weiter die Augen zu verschließen, fàthair?"

„Ian!"

Die Duchess lächelte maliziös. „So ist es. Und ich wage zu prophezeien, dass auch diese Verbindung nicht von langer Dauer sein wird."

Das Positive dieser Farce war, dass es mich völlig kalt lassen konnte, was diese Frau von mir dachte. Trotzdem zwickte mich ihre Feststellung. „Ich war zehn Jahre verheiratet." Ich persönlich fand, dass es eine ganz schön lange Zeit war. „Und davor waren wir bereits seit rund sechs Jahren ein Paar gewesen."

Ihre Lippen kräuselten sich. „Richtig." Ihre Augen blitzten auf und hätten mir wohl eine Warnung sein sollen. „Und in all der Zeit waren sie nicht in der Lage, ein Kind auszutragen, das lässt nicht viel Hoffnung, nicht wahr?"

Einen Augenblick herrschte erschrockene Stille, in der so mancher Ealasaid anstarrte. Ich nicht. Ich senkte meinen Blick auf meinen Teller. Er war kaum angerührt, aber ich hatte hier auch ständig das Gefühl, dass mir etwas den Hals zuschnürte.

„Nein."

„Vanessa." Ians Griff wurde fester. „Ist dies nun dein schlagendes Argument, màthair?"

„Es war immer schon ein großer Teil meiner Befürchtungen. Du brauchst Erben."

Es war zum Lachen. Ian empfand offenbar genauso, auch wenn es schroff klang und nicht belustigt. „So Gott will, werde ich Erben haben."

Ich schloss die Augen. Ja. Natürlich könnte er Kinder haben. Jeder, nur ich nicht. Der Schmerz bohrte sich erneut in mich, zerriss mich förmlich. Ich bebte, der Raum gleich mit, wodurch mein Magen schlingerte. Die Hand vor den Mund gepresst, stolperte ich auf die Füße.

„Du solltest langsam erwachsen werden, Ian", schnappte ich noch auf, als ich an der Tür mit Mrs McCollum zusammenstieß. „Und deiner Verantwortung deinem Namen gegenüber ..."

In der Halle überkam mich ein solcher Widerwille, ein solch verzweifeltes Sehnen, alles endlich hinter mich zu lassen, dass ich nach draußen lief, ohne darüber nachzudenken. Die schwere Eingangstür schlug unter meinem Ansturm gegen die Wand, die Treppe wurde mir beinahe zum Verhängnis, aber ich stieß mich gerade noch rechtzeitig ab und übersprang die letzten drei Stufen. Es stach schrecklich in meinem Knöchel, als ich umknickte, und als ich aufkam, ratschte ich mir die Handflächen und Knie auf. Scheiß Schuhe! Tränen tropften auf die kleinen, geweißten Steine.

Toll. Einfach grandios! Schniefend rappelte ich mich auf, streifte die Schuhe ab und humpelte weiter, einfach fest entschlossen, keinen Moment länger mitzuspielen. Urlaub! Das war der schlimmste Urlaub, den ich je verlebt hatte!

Endlich, nach einer gefühlten Ewigkeit, erhielt der Horizont etwas blau. Also kämpfte ich mich weiter, schleppte mich bis zum herrlichen Rand eines wundervollen Abgrunds an der Steilküste. Dort sackte ich auf die Knie, atemlos, kraftlos und völlig fertig. Nicht einmal Tränen konnte ich noch vergießen, geschweige denn, vorwärtskriechen. Der Wind zerrte an meiner Bluse und an den Haaren, blies mir Erde und Grashalme ins Gesicht.

Ich spürte meinen Herzschlag, wie das Blut durch meine Adern pulsierte. Meinen Atem, wie jeder Luftzug meinen Brustkorb weitete. Sogar das Zittern meiner Glieder.

„Vanessa!"

So nah dran und doch noch zu weit fort.

„Mein Gott, was ..." Ian zog mich an sich. „Du bist eiskalt!"

Das Geringste meiner Probleme.

„Komm her." Er rieb fest über meinen Rücken. „Du holst dir noch den Tod." Ian presste mich an sich und schüttelte dabei sein Jackett ab, um mich dann hineinzuwickeln. Dann schlang er den Arm unter meine Knie hindurch und hob mich mit einer fließenden Bewegung auf.

Als ich erwachte, war ich allein in dem riesigen Bett, fest eingewickelt in der Decke und dadurch völlig erhitzt. Die Vorhänge waren an zwei der drei Seiten zugezogen und nur zur Rechten teilte sie ein kleiner Spalt. Das Zimmer war erleuchtet und ein Murmeln wehte zu mir hinüber. Ian und ein weiterer Mann unterhielten sich über meinen Gesundheitszustand. Ich döste weg und schreckte erst wieder auf, als es völlig still und dunkel war.

Es war nicht viel von dem Gespräch hängengeblieben, aber das Nötigste hatte sich in meinen Verstand gebrannt. Ich bräuchte professionelle Hilfe. Ich wusste genau, wozu dies führte. Verzweiflung fraß sich in mich, bis mir der rettende Gedanke kam: Tabletten. Ian saß auf einem Sessel, der ans Bett gezogen worden war, die Füße ruhten auf dem Fußende des Bettes und er schien tief und fest zu schlafen.

Es fiel mir schwer, aber ich schaffte es, mich aufzusetzen. Ian regte sich nicht, also schob ich mich mühsam quer durch das Bett. Ja, ich hätte meine Seite und dann den langen Weg um das Bett herum nehmen können, aber ich musste sowieso an ihm vorbei, warum dann nicht ohne Zeitverlust?

Fast erwartete ich, dass er nach meinem Arm griff, als ich an ihm vorbeischlich und atmete erleichtert auf, als ich unbehelligt zur Badezimmertür gelangte. Tabletten.

Ich könnte alle nehmen. Mein Arm stockte, nach meinem Kulturbeutel ausgestreckt. Die ganze Packung. Es war mitten in der Nacht, Ian schlief, es dauerte Stunden, bis man wieder nach mir sah und selbst dann, ließe man mich vermutlich weiter schlafen, solange man nicht ahnte ...

Meine Finger zitterten, als sie das Plastiktäschchen umfassten und verloren fast den Halt. Ich schloss die Faust und zog sie an meine Brust. Scheiß auf meine Pläne, scheiß auf Mutter und meinen frommen

Wunsch, ihr etwas Gutes zu tun, durch meinen verzweifelten letzten Akt. Scheiß auf meine Schwester, die sehr gut eine Finanzspritze für ihr Studium gebrauchen konnte. Scheiß auf alle!

Der Reißverschluss ließ sich spielendleicht aufziehen, und ich kramte etwas herum, ohne zu finden, was ich so dringlich suchte. Auf die Knie fallend, wobei ich mir einen Schmerzensschrei verkniff, indem ich mir auf die Lippe biss, drehte ich das Kosmetikbeutelchen um, und ließ Schminke und anderen Krimskrams auf den gefliesten Boden fallen. Marmor, weshalb einige Haarklammern sogleich nicht mehr zu finden waren. Die Tabletten konnte die Farbstruktur aber nicht schlucken. Ich schob jedes Teil so weit vom Nächsten fort, dass sie sich nicht berührten, bevor ich einsah, dass sie weg waren.

„Ich muss wohl nicht fragen, was du suchst."

Ian stand an den Türrahmen gelehnt mit verschränkten Armen und beobachtete mich. Ich konnte nicht sagen, wie lange er schon da stand, hatte ihn schlicht nicht bemerkt, aber es war mir auch egal. Er wusste, was ich vorhatte. Er hatte es erneut verhindert und würde mich nun in eine Anstalt stecken. Es brachte nichts, ihm etwas vorzumachen.

„Wo sind meine Tabletten?"

„Cameron hat sie mitgenommen."

„Warum?" Eine dumme Frage, na klar, aber ich war verzweifelt. Es war einfach alles ein riesiges Desaster und langsam gingen mir die Auswege aus. Was sollte ich tun, um das Gefühl loszuwerden, jeden Moment ausrasten zu müssen?

„Er hielt es nicht für angeraten, sie in deiner Nähe zu lassen. Er sagte, die Kombination sei nicht sicher." Ian stieß sich vom Türrahmen ab und kam zu mir, um mir die Hand entgegenzuhalten. „Komm."

„Spinnst du?" Der Staudamm hatte einfach zu viele Risse. Ohne seine Hilfe sprang ich auf die Füße und gab ihm einen heftigen Schubs. „Du kannst nicht einfach ..." Ich hätte auch versuchen können, die Wand zur Seite zu drücken. Stöhnend brach ich ab und barg meine Handgelenke in den Händen.

„Jetzt hast du dich verletzt."

Wenn er nicht den Mund hielt, würde er eine recht intensive Vorstellung davon bekommen, was momentan in mir los war.

„Geht es dir wenigstens besser?"

Abgewendet hatte ich Platz zwischen uns geschaffen, um ihn nicht anzugreifen wie eine wildgewordene Furie, nun schwang ich wieder zu ihm herum. „Nein", brüllte ich. „Ich fühle mich nicht besser! Ich fühle mich scheiße, absolut und erbärmlich scheiße!"

„Du bist wütend."

Wieder brüllte ich, aber eher unartikuliert. „Lass mich in Frieden!" Meine Handflächen brannten, weil sich meine Nägel schonungslos in sie bohrten.

„Boxen wird dir Schmerzen bereiten und laufen wohl auch, bei deinen aufgeschlagenen Knien."

Vielleicht täte es weh, aber ihn zu verprügeln, wäre es wert. Es war doch ohnehin alles seine Schuld! Nach einem Schritt bekam ich mich gerade noch wieder unter Kontrolle.

„Komm." Ian streckte mir wieder die Hand entgegen. „Es ist vielleicht nicht perfekt, aber es sollte genügen, um ordentlich Dampf abzulassen."

Wollte er vorschlagen, ich könnte ihn doch schlagen, bis mir die Luft ausging?

„Komm."

„Was hast du vor?", fragte ich ablehnend und legte die Arme fest um mich. Ich wollte mich selbst davon abhalten, ihm nachzugeben. Es war seine Schuld und ich *wollte* ihm nicht verzeihen.

„Wir erschrecken ein paar Schafe. Komm." Er befreite meine Hand trotz meines Widerwillens und zog mich mit sich. „Wir werden sicher einen warmen Plaid für dich finden. So nett du in meinem Jackett aussiehst, so richtig warmhalten tut es nicht." Ian zog mich quer durch das Schlafzimmer und dem angrenzenden Raum. Erst an der Tür zum Flur blieb er stehen. „Dein Schuhwerk wird unbequem sein."

Mein Schnauben sagte alles.

„Wir finden unten sicher Gummistiefel oder etwas in der Art. Rosalind ist stets auf alles vorbereitet."

Und wer zum Teufel war Rosalind? Nicht, dass es mich interessierte, während ich barfuß hinter Ian herstolperte, den Gang entlang, die Treppe herunter und um sie herum. Wo zum Teufel brachte er mich hin?

„So, mal sehen." Das Licht flammte auf, auch wenn es nicht gerade hell zu nennen war, blendete es mich trotzdem. „Aha, wusste ich es doch. Sie hält uns alle zum Narren." Der Wandschrank war vollgestopft mit allen möglichen nützlichen Sachen. „Rosalinds Trickkiste ist riesig und bestens ausgestattet. Schau, ein Tragegurt für Babys!" Er schüttelte den Kopf, stopfte das Gebilde zurück und bückte sich zu den aufgereihten Schuhen. „Acht. Müsste passen." Gummistiefel. Im nächsten Moment umhüllte mich auch schon ein dicker, wärmender Umhang. „Fein. Wir stehlen uns hintenrum raus."

Ich folgte ihm willenlos, zu verwirrt und durcheinander, für Gegenwehr, oder auch nur den Gedanken. Zwar war mir immer noch, als müsste ich jeden Moment platzen, aber der Druck hatte sich durch meine Irritation abgebaut.

Er setzte mich in seinen Wagen, schnallte mich an und pfiff enervierend fröhlich, als er anfuhr. „Wir sollten Abstand zwischen uns und das Haus bringen, meinst du nicht? Wir wollen doch niemanden erschrecken."

Ich persönlich fand es sinnvoller, in der Nähe von potentieller Hilfe zu bleiben, aber natürlich wäre mir eine Unterbrechung meiner handgreiflichen Wüterei auch nicht recht.

Die Fahrt führte uns ins bergige Hinterland und fühlte sich an, als ginge sie für immer. Als Ian parkte, war es zwar noch stockdunkel, aber bereits vier Uhr in der Früh, so man der Uhr an seiner Armatur Glauben schenken konnte.

„So, hier wird uns niemand hören." Seine Zufriedenheit brachte mich nur noch mehr durcheinander. Wo waren wir und was sollte das? Er kam um den Wagen herum, öffnete die Tür und hielt mir – schon wieder – die Hand entgegen. Ich hatte das Gefühl, ihn ständig an der Hand zu haben, was natürlich dämlich war. Wir berührten uns doch kaum.

„Schrei", forderte er mich grinsend auf. Vor uns wurde die bergige Landschaft durch die Scheinwerfer erleuchtet. „Lass es raus."

Entgeistert klappte mir der Mund auf. „Was?"

„Schrei, es wirkt Wunder." Er machte es vor, weil ich mich immer noch vor Ärger kein Ton hervorbekam und brüllte ohrenbetäubend. „Du bist dran."

Das konnte ich nicht, also schüttelte ich rigide den Kopf.

„Gut, dann schrei mich an. Sag mir, was dir so im Kopf herumgeht, was dich wütend macht." Er machte einen auffordernden Wink. „Komm, ich nehme es dir nicht übel. Schrei mich an. Du kannst mir auch sagen, was für ein Arsch ich bin. Neben Jörg eine absolute Nullnummer. Sag, was immer dir einfällt."

Besser nicht!

„Na komm."

„Ich kann nicht." Was man einmal ausgesprochen hatte, ließ sich nur schwer zurücknehmen und ich hatte den Eindruck, es kämen sehr viele Dinge zur Sprache, die ihm sicher nicht gefielen.

„Auf Deutsch. Es geht nicht darum, dass ich es verstehe, sondern, dass du deinen Frust abbaust. Später können wir in Ruhe reden." Wieder machte er diesen Wink, der mich dazu aufforderte, endlich loszulegen. Schön. Er wollte es so. Meine Hemmungen, ihn mit haltlosen Vorwürfen zu überschütten, die er ohnehin nicht verstand, waren deutlich geringer als angenommen. Trotzdem war es schwer, einen Anfang zu finden.

„Du machst alles schlimmer." Ich befeuchtete meine Lippen, um Zeit zu gewinnen und mir Gedanken über das Nächste zu machen, was ich ihm sagen wollte. „Deinetwegen geht es mir furchtbar."

Oh ja, und das war noch untertrieben. „Ich hasse dich! Dich und deine schreckliche Familie! Ihr seid so verdammt glücklich, dass ich kotzen könnte! Verlobung hier, Baby dort, es ist widerlich, wie gut es euch geht!"

Tja, es war ein Fehler von ihm gewesen, mich dazu aufzufordern, meine bitteren, schwarzen Gedanken auszusprechen, denn sie waren böse, gemein und nicht dazu gedacht an irgendjemandes Ohr zu gelangen. Auch nicht die, die folgten, über meine Familie, meine ehemalige Arbeit und Jörg. Was ich über den lieben Gott zu sagen hatte, konnte gut zur Exkommunikation führen, aber es tat gut. Es tat erschreckend gut, mich mal so richtig, lautstark auszukotzen!

//

Die Ruhe nach dem Sturm

Das Lokal, in das mich Ian nach meiner kleinen Schreiorgie am Rand der Highlands brachte, war uralt, windschief und muffig. Die Decke machte den Eindruck, in der Mitte durchzuhängen, die Wände waren behangen mit Wimpeln, Bildern und Zeug, den ich als typisch schottisch deklariert hätte. Ein Dudelsack, Schwerter und ein karobedrucktes, abgerissenes Stück Stoff, neben einem mir bekannt vorkommenden Wappen.

„Lass uns den Platz in der Ecke nehmen, man ist dort ungestört." Ian dirigierte mich durch den Schankraum und schob mich zuerst auf die Sitzbank, um sich dann neben mich zu platzieren. Er nahm meine Hand und legte sie mit seiner bedeckt auf dem Tisch ab. „Frühstück. Du musst doch einen Bärenhunger haben."

„Nur einen trockenen Hals." Schließlich hatte ich gute zwei Stunden meinen Frust herausgeschrien.

„Ich rate dir zu Tee, aber sicherlich wird meine deutsche Braut auf Kaffee bestehen." Er feixte belustigt und drückte meine Finger.

„Kamille bitte." Er brauchte sich gar nicht so aufzuspielen, nur weil er einmal richtig gelegen hatte. Das Rumgeschreie hatte geholfen. Punkt für ihn, auch wenn ich nun hundemüde war und nur noch schlafen wollte. Das wurde zu einem Dauerbrenner zwischen uns. Moment, es gab kein „Uns". Ich musste aufhören, idiotische Gedanken zu hegen.

Seine Augen strahlten, es war mehr als bloße Lebensfreude, die ihn so enthusiastisch machte, so anpackend, und doch war dies der Aspekt, der mich immer wieder von Neuem fesselte. Wie war es wohl, so zu empfinden?

„Madainn mhath, Ian", gurrte es hinter ihm. Ich konnte nicht sehen, wer ihn ansprach, seine massige Gestalt blockte den Ausgang dieses Alkovens. Ian warf schnell einen Blick zurück, der mit einer Erwiderung begleitet wurde. „Wir brauchen eine große Tasse Kamillentee, alles weitere steht noch nicht fest. Danke."

Seine Augen legten sich wieder auf mich und ein kleines Lächeln formte sich auf seinen Lippen. „Möchte ich wissen, was du so von dir gegeben hast?"

„Nein."

„Schön. Immerhin bist du nun ruhiger, nicht wahr?"

Die Antwort darauf konnte ich mir sparen, schließlich versteckte ich regelmäßig mein Gähnen hinter vorgehaltener Hand.

„Müde."

„Hundemüde", stellte ich klar.

„Hm", brummte Ian, den Blick auf meine Finger gerichtet, mit denen er zu spielen begann. „Es gibt ein paar dringende Dinge, die wir besprechen müssen. Cameron ist der Meinung, du solltest eingewiesen werden." Er sah auf. Sein Unwillen war deutlich. „Grundsätzlich vertraue ich auf seine fachliche Meinung." Trotzdem hing eine Spur Unzufriedenheit im Schwung seiner Lippen nach, etwas Trotziges, Determiniertes. „Und wir brauchen uns nichts vormachen, wir wissen, wie nah du dran bist und dies von Anfang an. Es ist nicht richtig von mir, dich abzuhalten, die Einmischung steht mir nicht zu."

Mit der Auffassung stand er sicher allein da.

„Sie ist egoistisch. Absolut eigennützig, dessen bin ich mir bewusst." Sein Griff um meine Hand wurde schmerzlich fest. „Aber ich will es nicht bleibenlassen."

Oh toll, warnte er mich soeben, dass er mir auch zukünftig den Weg in den Tod abschneiden wollte? Bisher war er verflucht erfolgreich dabei gewesen.

„Anfangs dachte ich, es liegt daran, dass du mich an Catriona erinnerst." Er schüttelte bedacht den Kopf. „Du siehst manchmal so verloren aus wie sie damals."

Oh schön, sprich doch weiter in Rätseln!

„Irgendwie habe ich wohl das Gefühl, sie im Stich gelassen zu haben, und kann es mir bei dir einfach nicht erlauben. Ich weiß, es klingt dumm."

„An tì agad." Ein kleines Tablett wurde auf dem Tisch abgestellt und tiefer hineingeschoben.

„Tabadh leibh."

Die Bedienung fragte etwas, Ian gab abgewendet Antwort.

„Oder weißt du bereits, was du frühstücken möchtest?" Er schob den Tee weiter. „Hier ist schon einmal dein Kamillentee."

„Am liebsten gar nichts", schlug ich aus. „Ich bin nicht hungrig."

„Eine Kleinigkeit. Rührei? Ein Käsebrötchen? Müsli?", bot Ian an. „Nur eine Kleinigkeit, bitte."

Unwillig gab ich nach. „Ein Brötchen." Das sollte ich herunterbekommen.

Er gab die Order weiter. „Schön. Das beruhigt mich."

„Weißt du, wie langwierig es ist, zu verhungern?" Keine Option für mich.

„Nein, darüber habe ich mir noch keine Gedanken gemacht." Ian seufzte gedehnt, rutschte näher und legte den anderen Arm hinter mich auf die Rückenlehne. „Gestern Abend ..." Er senkte den Blick, was mich aufatmen ließ. Dieser Moment war zu intensiv. „Ich ging nur vor die Tür, weil ich dich nicht weinen sehen wollte." Er räusperte sich, mit einem schnellen Check, ob ich ihm auch zuhörte. Als er weitersprach, lagen seine Augen wieder auf unseren Händen auf dem Tisch. „Ich wollte mir einige Minuten erschleichen, das muss ich zugeben."

Es klang fast wie eine Beichte.

„Es ist nicht leicht, dir beim Weinen zuzusehen, aber als ich dann die Schuhe entdeckte ..." Seine Stimme brach und er kniff die Lippen zusammen. „Es ist schwer zu erklären."

„Ich wollte dich nicht erschrecken."

„Ich weiß, du gibst dein Bestes." Ian rutschte noch näher. „Ich sehe, wie du dich anstrengst, wie schwer dir alles fällt, glaube mir."

Das war eher schwer anzunehmen. Niemand verstand es, so war es halt.

„Es war egoistisch, dich einzuspannen und letztlich habe ich auch mit dieser Reaktion gerechnet. Irgendwie." Seine Stirn runzelte sich und nun konnte er den Blick nicht mehr auf unsere Hände gerichtet lassen. Er wandte sich ab. „Es ist abscheulich, das in Kauf zu nehmen."

„Deine Mutter treibt jeden in den Selbstmord, Ian, das hast du doch selbst gesagt." Da war es verantwortungsvoller, eine ohnehin lebensmüde Person einzuspannen, als jemanden, der generell dem Leben zugewandt war.

„Ja, es kam nicht infrage, jemanden dieser Gefahr auszusetzen. Ich weiß nicht, was ich mir dabei dachte ... vermutlich habe ich gar nicht gedacht, und einfach die Chance ergriffen, die sich mir bot. Daingead!"

Die Bedienung stellte klappernd die Teller vor uns ab und rauschte von dannen, nach einem letzten Versuch, ein Gespräch mit Ian zu beginnen und einem giftigen Blick in meine Richtung.

„Es ist schwer", räumte ich ein, weil die Stille lastend wurde. „Sie ist richtig giftig."

„Ja, und sie versteckt es nicht einmal mehr", griff Ian auf. „Früher machte sie wenigstens noch den Anschein, alles zu unserem Besten zu unternehmen. Es ist, als sei ihr gleich, dass sogar unser Vater ihre Kaltherzigkeit sieht." Er hob den Blick, vorsichtig, prüfend. „Ich habe nicht erwartet, dass es so offen ausgetragen wird. Ich habe mehr Schein erwartet, mehr Zurückhaltung."

„Es ist, wie es ist." Und es war zwecklos, darüber zu lamentieren.

„Es sollte aber so nicht sein!", beharrte er fest und ballte die Faust um meine Finger. „Daingead, es war unnötig das Thema bei Tisch aufzugreifen, schließlich muss Ealasaid ihr von deiner Reaktion berichtet haben. Daingead!" Seine Augen zuckten unruhig über mein Gesicht. „Ich kann das so nicht stehenlassen. Was ist das Problem?"

Ich konnte nicht folgen, wessen Problem bei was?

„Warum bist du kinderlos?"

Ich zuckte zusammen. Ja, ich war emotional absolut ausgelaugt, aber dieser Punkt saß mir wie ein Stachel im Fleisch, jede Berührung schmerzte, ungeachtet davon, wie taub alles drumherum war. Meine Lippen bebten, als ich sie befeuchtete. Es ging ihn nichts an, ich wollte nicht darüber sprechen, und doch formulierte ich im Geiste die passenden Worte. „Meine Eier reifen nicht, wie sie sollten."

„Gut, da lässt sich sicher etwas machen." Er klang erleichtert, was mich eher verstimmte.

„Nein. Ich habe fünf Jahre Hormone genommen, drei künstliche Befruchtungen hinter mir, es ist aussichtslos." Letztlich hatte mir mein Arzt davon abgeraten, es weiterhin zu versuchen und unendlich viel Geld in einen Wunsch zu investieren, der nie in Erfüllung ginge.

„Hm", brummelte Ian gedankenverloren. „Wir fragen Cameron. Es gibt bestimmt etwas, was wir tun können."

Erwähnte ich, dass mir enthusiastische Menschen ein Graus waren? Nicht alles war möglich, es gab Träume, die erfüllten sich nie. So war das Leben, es ließ sich nicht austricksen! Auch nicht, wenn man Ian McDermitt, Träger eines dämlichen Titels mit hässlichem Eigentum in London war!

Die Rückkehr nach Farquhar ließ sich nicht verhindern, das war mir klar. Wohl war mir trotzdem nicht, als wir in die dunkle Halle traten und uns Mrs McCollum einen schönen Tag wünschte.

„Sollte Doktor Cameron vorsprechen, vertrösten Sie ihn bitte."

„Oh", säuselte die Haushälterin um uns herumtippelnd. „Dr Cameron ist zur Duchess gerufen worden."

Ians Hand in meinem Rücken wurde starr. „Fein, vielen Dank, Mrs McCollum."

„Benötigen Sie die Plaids noch? Und die Stiefel? Ansonsten lasse ich sie von einem der Mädchen abholen." Sie knickste und wies uns den Weg. „Mylord." Sie bog ab, während Ian mich die Stufen hinauf bugsierte.

„Ian", beschwerte ich mich auf dem ersten Absatz. „Bitte!"

„Wir sollten uns sputen." Er ließ nicht locker. „Pack nur das Nötigste."

Packen? Als ich stolperte, hob er mich von den Füßen und stellte mich erst am Kopf der Treppe wieder ab.

„Die meisten Sachen sind ohnehin nicht nach deinem Geschmack."

Da hatte er recht. „Ian ..."

„Sie wird Cameron ausquetschen und dann genau wissen, wie es um deine Gesundheit steht. Er kennt auch deinen Namen. Sie hat damit noch mehr Waffen in die Hand bekommen, die sie nicht scheuen wird, einzusetzen." Ian schob mich zur Seite und stopfte etwas in eine Tasche. Er war in Eile, fahrig und unkonzentriert, warum ein Großteil neben der Tasche landete und nicht in ihr. „Wir sollten keine Zeit verlieren." Er verschwand im Bad, fluchte und kam wieder zurück. „Was soll's." Nach meiner Hand greifend hastete er weiter und stoppte in der Tür zum Nebenzimmer ruckartig. Es blieb nicht lang im Dunkeln, warum.

„Cameron."

„Culnacnoc, Verzeihung, ich bin früher als erwartet hier." Ich erkannte die Stimme wieder, jene von letzter Nacht, die Ian eindringlich geraten hatte, mich einsperren zu lassen.

„Ja."

„Darf ich mit meiner Patientin unter vier Augen sprechen?"

„Nein."

Meine Knie wurden weich und ich lehnte mich in seinen Rücken.

„Leider ist es nötig."

Ich hörte, wie Ian die Zähne knirschte, spürte unter meiner Stirn die Spannung in seinem Körper.

„Sie ist erschöpft." Selbst sein Ton trug seine Stimmung.

„Davon gehe ich aus."

„Sie hat keine Papiere." Seine Finger zerquetschten meine. „Für eine Einweisung wirst du Papiere benötigen. Vanessa hat zugestimmt, professionelle Hilfe in Anspruch zu nehmen. Wir werden die nötigen Papiere besorgen und ... welche Einrichtung schlägst du vor?"

Entsetzen lähmte meine Zunge. Welch unverschämte Lüge!

„Darüber kann ich erst entscheiden, wenn ich mit Miss Vanessa gesprochen habe. Culnacnoc, dir ist bewusst, dass du mich nicht von meiner Patientin fernhalten kannst, nicht wahr?" War es eine Drohung? Ich fasste es so auf, keine Frage.

„Ich sagte bereits, dass wir kooperieren werden und ja, du hast mir gestern deutlich gemacht, dass ich als Verlobter keinerlei Einfluss auf ihre Behandlung habe."

Das musste ich verschlafen haben.

„Gut, dann lass mich jetzt bitte mit Miss Vanessa sprechen."

„Moment", gab Ian nach und knallte dem Arzt die Tür vor der Nase zu, um mich zum Bett zu schieben.

„Wir nehmen den anderen Weg", wisperte er mir ins

Ohr, während er mich vorwärtsdrängte. „Es wird dunkel sein und ich hoffe, du fürchtest dich nicht vor Spinnen."

Wie bitte? Das Rätseln konnte ich mir sparen. Auf der zum Fenster gelegenen Seite des Betts ließ er mich los und tastete die Wand ab. Mein erster Gedanke war: Oh nee, damit wusste ich wohl, was mich erwartete, trotzdem sackte mehr als nur mein Magen ab, als die Wand aufklappte. Ian fischte nach meiner Hand, umschloss mich in seiner Umarmung und schob mich wieder mit seinem Körper weiter, wie er es zuvor getan hatte.

„Einen Moment noch, Cameron, Vanessa möchte sich etwas überziehen, bevor sie dich empfängt." Hinter uns ging der Verschlag zu und wir standen in völliger Dunkelheit. „Vorsicht", flüsterte er. „Die Stufen beginnen direkt vor dir. Soll ich vorgehen?"

„Du spinnst doch."

„Vermutlich." Er drängte sich an mir vorbei, ohne meine Hand loszulassen und begann den Abstieg in die absolute Finsternis. Wobei mir keine Wahl blieb, ich musste folgen, so sehr auch alles in mir rebellierte. Mein Herz, mein Verstand, mein Magen, selbst die Augen spielten mir Streiche!

„Wir sind gleich da."

„Wo?" Bemerkenswert, dass ich zu verstehen war, angesichts meines Zustandes.

„Im Erdgeschoss. Wir kommen auf Höhe des Vorratslagers raus."

„Aha." Ich lief gegen ihn.

„Pst." Es quietschte leise, dann fiel ein dünner Streifen natürlichen Lichts in die absolute Dunkelheit um mich herum. „Daingead!", grummelte Ian, dann verlor ich den Kontakt zu ihm, als er sich gegen die versteckte Tür warf. Es polterte laut. „Komm schnell." Mit einem Schritt war er über die umgestoßenen Sachen gestiegen, ich brauchte mehrere Schritte, was mich natürlich aufhielt. „Rasch." Er hob mich von den Füßen. „Ich möchte vermeiden, Cameron k.o. zu schlagen, um wegzukommen."

Was übertrieben wäre. „Ich bezweifle, dass er mich ohne meine Zustimmung tatsächlich einweisen kann. Er hat nur Verdachtsmomente." Und die ließen sich entkräften.

„Du hast keine Papiere und niemanden, in dessen Obhut man dich entlassen könnte. Die Bürokratie hat sicher ihre Prozedere in Fällen wie deinen, aber wollen wir herausfinden, wie viel Zeit die in Anspruch nehmen?"

Wir hasteten durch den engen Dienstbotengang zur Küche, bogen ab und erschreckten zwei tratschende Hausmädchen fast zu Tode.

„Hier hinaus." Wir landeten in einem kleinen Nutzgarten, durchquerten ihn rasend schnell und rannten dann um das Haus herum zu dem Wagen, den wir erst vor einer halben Stunde hier abgestellt hatten.

Einsteigend fragte ich mich, wer von uns beiden nun wirklich verrückt war.

Die Fahrt nach London hatte Stunden in Anspruch genommen, da die Hauptverkehrsadern, nicht zuletzt

die M6, die durch Mittelengland führte, völlig überlaufen waren. Wir kamen so spät an, dass wir es uns
schenkten, bei der Botschaft vorzusprechen. Ein
Fehler, wie sich am Folgetag herausstellte, denn an
diesem Samstag wollte man sich nicht mit unserem
Anliegen beschäftigen, da konnte Ian noch so drängen. Damit saßen wir den Sonntag über untätig herum, was mir mehr als gelegen kam. Das Bett rief und
ich hatte keine Kraft – und zum Glück auch keinen
Grund – dagegen anzukämpfen. Ian ließ mir die
Freiheit, sah regelmäßig nach mir, schleppte dabei
immer Essen an und versuchte es mit einem Gespräch.
Hin und wieder ließ ich mich darauf ein, zumindest
für einige Minuten.

Am Montag standen wir uns in der Botschaft erneut
die Beine in den Bauch, ohne auch nur einen Schritt
weiterzukommen. Schließlich, nach einer erzwunge-
nen persönlichen Vorsprache, wurde uns zumindest
versichert, dass man uns verständigt, sobald die
Papiere eingingen.

Mein Wunsch, ins Bett zurückzukehren, wurde leider nicht erfüllt, stattdessen ergab sich Ian einem
wahren Kaufrausch!

12

Änderung der Pläne

„Was nun?" Ian sah auf seine klobige Armbanduhr. „Gleich vier Uhr." Und bisher war kein Anruf erfolgt. Nach dem Mittagessen in einem Restaurant, von dem er behauptet hatte, es würde mir mit Sicherheit gefallen, waren wir noch im Park spazieren gewesen, wobei wir uns nicht allzu weit von der Botschaft entfernten.

„Wir können weiter hoffen, oder einsehen, dass mein Ausweis heute nicht in der Post war." Viel mehr blieb uns nicht übrig. Er konnte stundenlang den Mitarbeitern in den Ohren liegen, dadurch tauchten meine Papiere nicht von Geisterhand auf.

„Und ins Bett gehen, nehme ich an", murrte Ian. Er war stehengeblieben und sah sich nun, mit der Hand durch die schwarze Mähne fahrend, um. „Das gefällt mir nicht."

„Du möchtest lieber den Leuten in der Botschaft auf den Sack gehen", stellte ich genervt fest. „Hast du vor, ihnen auch nach Hause zu folgen?"

„Auf die Idee ..." Ian feixte und schüttelte erneut den Kopf. „Nein, wohl nicht. Schön, zurück in mein Apartment und ab ins Bett." Er hob den Finger. „Unter einer Voraussetzung."

Wollte ich die hören? „Na los, diktiere mir deine Bedingungen." Drumherum kam ich nicht und ich war es leid, herumzuwandern. Fein, die Luft war deutlich wärmer, als in Schottland, man konnte es fast mild nennen, die Sonne schien und nur die schieren Menschenmengen machten den Tag anstrengend. Selbst hier, im Hyde Park, der riesig war, tummelten sich die Menschen, belagerten die Rasenflächen, stürmten die kleinen Cafés und ruderten selbst auf dem See herum, um ja keinen Zentimeter auszulassen. Schrecklich beengend für jemanden wie mich. Oder nur für mich, das sollte man vielleicht nicht so verallgemeinern.

„Ich darf mit ins Bett und wir unterhalten uns." Er fasste mich scharf ins Auge, warnte mich fast, es nicht auszuschlagen, was mich irritierte. „Bitte."

Ich schlief in seinem Bett, während er es sich auf der Couch gemütlich gemacht hatte. Zumindest nahm ich an, es sei gemütlich – ausprobiert hatte ich es nicht. Er war sicher niemand, der an Unbequemlichkeiten gewohnt war, schon eher das Gegenteil, und prinzipiell sprach auch nichts dagegen, dass er bei mir im Bett schlief. Wir waren erwachsene Menschen, er nicht an mir interessiert und selbst wenn er es wäre ... Die

Vorstellung machte mich gelinde nervös. Es war einige Zeit her, dass ich zuletzt mit einem Mann zusammen gewesen war, und mein allgemeiner Zustand war nicht gerade top. Wenn man bedachte, was er für seine Form tat. Mein Blick huschte über ihn. Seine breiten Schultern, die schmale Hüfte, die Kraft, die in jeder seiner Bewegungen offensichtlich wurde – und wenn er mich mal wieder von links nach rechts stellte. War er ähnlich dominant im Bett? Ich konnte mir förmlich vorstellen, welche Akrobatik da vonstattenging. Verdammt anstrengend, schweißtreibend. Offenbar hatte die Sonne nun doch noch einen Gang hochgeschaltet und garte mich nun in meinem eigenen Saft.

„Um zu reden, Vanessa", bat er sanft, wobei er meine Wange streichelte. „Zum Zeitvertreib."

„Also gut." Solange er mich nun nur nicht mehr ansah, während ich in meinen abwegigen Phantasien schwelgte. „Obwohl ich nicht weiß, worüber du schon wieder reden willst."

„Mir fallen da aus dem Stand gleich dutzend Dinge ein, die ich dich fragen könnte. Es wundert mich, dass es dir nicht auch so geht." Seine Finger glitten ab, strichen hauchzart über meinen Hals, wobei sein Blick ihnen folgte. „Du bist ungewohnt desinteressiert, wenn ich es recht bedenke."

„Na, da kann ich helfen", schnarrte ich und trat zurück. Fantasie plus Berührung war dann doch zu viel für meine Haltung. Nicht, dass ich ihm noch um den Hals fiel. „Einer der Merkmale der Depression ist zunehmendes Desinteresse an seiner Umwelt und sich selbst." Trotz der steigenden Sorgen. Eigentlich war es eine total verrückte Angelegenheit. Zum einen machte man sich um jeden Mist Gedanken, aber so richtig scheren tat einen nichts mehr. Schon formuliert machte es kaum Sinn, danach zu leben, brachte nur Konfusion.

„Hm, ich kann nicht behaupten, dass ich das verstehe."

„Ich auch nicht." Mein Achselzucken war hilflos und zeugte nur zu deutlich von meiner Verfassung.

„Da hätten wir doch schon ein Thema."

„Depressionen?" Auch das noch.

„Ja. Ich denke, ich sollte wissen, was in dir vorgeht."

Zwar erschloss sich mir nicht, warum er es wissen müsste, aber ich wollte es auch nicht ausdiskutieren. Nachgeben war immer die Variante, die weniger anstrengte, zumal ich selten einen Disput mit Argumenten gewann – die zu finden kostete meist zu viel Energie – und am Ende doppelt so fertig war, als hätte ich gleich zugestimmt.

„Brauchen wir noch etwas?" Ian nahm mir die Tüten mit den Einkäufen ab und schlang den anderen Arm um meine Schulter, um den Weg wieder aufzunehmen. „Bevor wir uns bis morgen im Bett verkriechen?"

„Warum fragst du mich, wenn du es letztlich doch allein entscheidest?" Schließlich hatte ich von vornherein den Standpunkt vertreten, nichts zu benötigen, und doch hatte ich nun nicht nur ein Ballkleid mit passenden Schuhen, Tasche und Stola, sondern auch diverse Pullover und einen albernen Einhorn-Onzie, den ich gleich zu tragen beabsichtigte.

„Da hast du den falschen Eindruck gewonnen, dearie, ich frage dich nach deiner Meinung, um meine Entscheidung treffen zu können." Er drückte mich an sich. „Was hältst du von Champagner?"

„Eigentlich sollte ich keinen Alkohol trinken." Was ich nicht immer beachtete, zugegeben. „Er verträgt sich nicht mit meinen Medikamenten."

„Leichtsinnig", murmelte er wohl für sich, denn er sah dabei angespannt zur Seite.

„Ja", räumte ich trotzdem ein. „Unverantwortlich leichtsinnig."

„Schön, dass wir da einer Meinung sind."

Das Schöne an einem Apartment in der Innenstadt war eindeutig, dass man es nicht weit hatte. Im Nu standen wir vor seinem Haus und fuhren mit dem Lift in seine Etage. Noch immer hielt er mich im Arm, was zunehmend merkwürdig wurde, ihn allerdings nicht weiter beschäftigte, wenn man seine gelöste Miene betrachtete.

„Da wären wir, ich rufe noch schnell Catriona an, um ihr für heute Abend abzusagen."

„Gratuliere ihr bitte von mir." Ich übernahm die Taschen.

„Wie meinen? Ach! Sie hatte letzte Woche Geburtstag." Er zwinkerte, als er zum Telefon griff. „Meiner Mutter fand die Feier nicht standesgemäß und bestand auf einen Ball." Er hob die Schultern. „Catriona weigerte sich, dazu nach Skye zu reisen, also machte es sich màthair auf Farquhar gemütlich. Der eigentlich Grund, warum ich den Schäferdienst angetreten bin."

Herrlich, wenn ich das gewusst hätte, hätte ich seiner Schwester noch nachträglich zum Geburtstag gratulieren können. Ian warf sich auf die Couch, legte den Arm auf die Rückenlehne und streifte die Schuhe ab. Sie purzelten zu Boden. Männer.

Aber es war nicht meine Baustelle. So schwer es mir auch fiel, ich war hier zu Gast. Es war weder meine Wohnung, noch meine Arbeitsstelle, ich musste nicht für Sauberkeit und Ordnung sorgen, ich konnte es einfach übersehen! Leider war es einfach gedacht, aber verdammt schwer auch durchzuhalten. Selbst im Schlafzimmer, als ich das Kleid aus der Papiertüte holte und ausschüttelte, beschäftigten mich seine Schuhe.

„Hey!", rief Ian enthusiastisch und ich vermutete schon, er spräche mit mir, als er fortfuhr. „A ghaoil, ich habe schlechte Neuigkeiten." Seine Stimme war samtweich. Wusste er, wie sie wirkte, dass sie einem einer Liebkosung gleich über den Leib glitt? Einen umhüllte und automatisch seufzen ließ? Sicher, schließlich bekam ich diese Tonlage nie zu hören. Die Tüte riss unter meinen Fingern beim Zusammenfalten.

„Ganz richtig. Es tut mir leid, aber es lässt sich nicht einrichten. Nein, nicht nur, obwohl màthairs unmögliches Verhalten ein Grund unserer Abreise gewesen ist." Er lachte. „Tatsächlich? Vanessa hat sich schon so auf den Ball gefreut, dass sie sich extra ein wundervolles Kleid ausgesucht hat. Nun wird sie es nur für mich tragen müssen."

Träum weiter! Ich hängte es auf und legte die Stola ebenfalls über den Bügel.

„Ich wünsche dir sehr viel Spaß heute Abend. Mit deinen unerwarteten Verehrern. Wer weiß, vielleicht gefällt dir einer von ihnen?" Er lachte. *„Schön, ich überlasse dir gerne auch meine Auswahl."* Wieder lachte er auf. Ein sehr amüsantes Gespräch offensichtlich. Die zweite Tüte enthielt die Sandalen, die ich ebenfalls auf den Bügel hängte. Eine wacklige Angelegenheit, aber ich wollte sie nicht aus Versehen verlieren und einen spezifischen Platz hatte ich für die Kleidung nicht. Damit war ich bei meinem nächsten Problem angelangt: Wohin mit den anderen Sachen?

„Ich bin auf deine Wertung gespannt, oder besser noch, ich frage einfach Kenny, ob sie ansprechend waren. Oh nein, das glaube ich nicht, das weiß ich."

Ohne Hilfe war ich an diesem Punkt wohl gestrandet. Durch die Tüten gehend, fand ich den Onezie und holte ihn raus. Er war weiß, hatte ein pinkes Horn und regenbogenfarbene Mähne. Mit einem Blick versicherte ich mich, dass Ian noch beschäftigt war, dann stieg ich fix aus meinen Sachen und in den kuscheligen Overall. Wundervoll.

„Es wird sicher ein denkwürdiger Abend. Kopf hoch, Kleine."

Telefongespräche meiner Mutter mit meiner kleinen Schwester, die mittlerweile gut hundert Kilometer entfernt studierte, dauerten gewöhnlich Ewigkeiten, konnte ich da von Ian anderes erwarten, zumal er es sich gemütlich gemacht hatte.

„Wann willst du unseren Eltern deine Pläne mitteilen? Aha. Möchtest du ... Nein, kein Problem, ich spreche es mit

Vanessa ab, aber ich denke, einen klitzekleinen Zwischen-
stopp können wir noch einlegen.“

Ich räumte noch die Tüten vom Bett und stand dann
recht dumm in der Gegend rum. Sollte ich ins Bett
gehen? Mich zu ihm setzen? Seine Schuhe wegräu-
men? Nein, ich hatte keinen Sauberkeitszwang und
nein, ich spielte hier nicht die Putzfrau. Die Arme um
mich gelegt, wanderte ich im Kreis herum. Bett?

„Die ändern sich läufig.“ Ian seufzte. „Ich kann mit
Sicherheit sagen, dass wir London bald verlassen werden.
Tatsächlich? Nun, dann wäre es nett, wenn du nieman-
dem gegenüber verlauten ließest, dass wir miteinander
sprachen. Nein, nichts Schwerwiegendes, nur Unstimmig-
keiten. Das ist übertrieben.“

Das konnte dauern, also setzte ich mich aufs Bett
und wackelte mit den Zehen. Selbst Füße hatte das
Ding, ich kam mir vor wie in einem Strampler.

„Und màthair? Ja, das dachte ich mir.“

Unruhig kam ich wieder auf die Füße und tapste
vorsichtig zur Tür, um mich in den Rahmen zu lehnen.

„Cameron hat nur einen sehr kleinen Einblick gewon-
nen, a ghaoil, und so sehr ich seine Expertise schätze, halte
ich seine Meinung in diesem Punkt nicht für das Non-
plusultra. Er ist letztlich nur Mediziner und nicht spezia-
lisiert auf ...“ Er wechselte die Sprache. Hatte er mich
bemerkt? Die Couch stand mit dem Rücken zu mir,
aber davor gab es einen großen Fernseher. Sah er dort
meine Reflexion?

Tja. Was nun? Doch ins Bett? Ich entschied mich für
die zweite Option und schlenderte durch den Raum

zur offenen Küche. Obwohl ich Kaffeevollautomaten bedienen konnte, war dieser für mich ein Rätsel mit sieben Siegeln. Modern, chromglänzend und mit einem aufwendigem Menü. Wasser bekam ich aber aufgebrüht – dank der Herdplatte und einem herkömmlichen Topf. Peinlich, aber das Ergebnis zählte. Mit zwei Tassen englischen Frühstückstee – er hieß so und war die einzige Alternative – schlenderte ich betont langsam zurück und fing seinen Blick auf, als ich an ihm vorbeikam. Die Tasse hob ich, dann beugte ich mich vor, um sie vor ihm abzustellen.

„Tabadh leat, a ghraidh." Ian lächelte mich an. Sein Blick glitt mit offener Belustigung über mich, also wieherte ich. Albern, ja, aber es brach einfach so aus mir hervor.

„Catriona, a ghaoil, hier ist ein Füllen, um das ich mich dringend kümmern muss, bevor es mir noch abhandenkommt. Ich rufe wieder an. Tìoraidh an-dràsda." Ian legte auf und ließ die Hand in den Schoß sinken. „Alles was mir in den Sinn kommt, sollte ich besser nicht aussprechen."

„Dabei fehlt dir doch der Rundumblick." Ich drehte mich, damit er auch meinen Schweif bewundern konnte. „Und ich bin herrlich kuschelig."

„Ja, das kam mir auch in den Sinn. Unter anderem." Er grinste schief. „Also, du hast den Tee und was bringe ich mit?"

„Hm." Zugegeben, meine Gedanken waren auch nicht dazu gedacht, ausgesprochen zu werden. „Das kommt wohl drauf an."

„Auf?" Ian stand auf und legte das Telefon auf dem niedrigen Tisch ab.

„Worauf du Appetit hast." Ich ließ ihn stehen, bewusst, wie zweideutig meine Worte waren. „Ich habe keinen Hunger."

„Ah, mein kleines Füllen, will spielen?" Er folgte mir schnell. „Vanessa?"

„Klein!" Na, jetzt wurde er aber frech. Ich setzte mich auf die Bettkante. „Und wer redet hier vom Spielen? Ich habe dir lediglich freundlicherweise einen Tee gebracht, während du telefoniertest. Was dir so durch den Kopf geht … liegt nicht an mir."

Auflachend stellte er seine Tasse ab. „Stimmt. Du bist deutlich." Er sah zu dem aufgehängten Kleid. „Darin hätte ich dich gern gesehen, stattdessen bekomme ich das Kuscheleinhorn."

„Ich bin flauschig", hob ich hervor und rutschte tiefer ins Bett. „Und was ist dein Attribut?" Mir fielen auf Anhieb einige ein: sexy, stark, anziehend, dominant, fürsorglich. Die Liste ließ sich fortführen, aber die wichtigen Dinge hatte ich wohl aufgeführt. Moment! Wohin drifteten meine Gedanken nur ab? Unsinn, absoluter Quatsch. Er war hilfsbereit, freundlich und zuvorkommend. Mein Lebensretter und Puppenspieler.

„Neugierig?"

Passend. Ich schnaufte belustigt und schüttelte die Kissen auf. „Stimmt. Ich scheine auch vergesslich zu sein. Na ja, vielleicht ist es auch Unaufmerksamkeit?"

„Vielleicht hätte ich mir auch so ein Teil zulegen sollen." Er sah wieder an mir herunter. „Obwohl ich nicht glaube, dass ich in ihm ähnlich nett aussähe."

„Nett?" Eher lustig, wenn ich sein Dauergrinsen richtig wertete.

„Aber ja, besonders von Hinten."

„Ja, ich kann mir vorstellen, wie er dir stände." Ich zwinkerte. „Mit Schweif und Mützchen." Ich tippte auf mein Horn.

„Ah, du zergehst dich in Fantasien über mich?"

Na, wenn er wüsste! „Träum weiter. Also, ich bin bereit, ins Bett zu gehen, wie sieht es bei dir aus?"

Ian zog sich das Hemd aus der Hose. „Moment."

„Wird das wieder ein Striptease?"

„Keine Sorge, ich gehe kurz ins Bad."

Fein, derweilen wählte ich meine Seite des Bettes aus und richtete mich ein. Ich war flauschig, ja, und vermutlich wurde es auch bald recht heiß hier drin. Anstelle des Tees hätte ich mir besser Wasser geholt.

„Guten Morgen", grüßte ich, mich streckend. „Ich habe geschlafen wie eine Tote."

„Madainn mhath, a ghaoil." Er wirkte nicht, wie soeben erwacht, lag auf der Seite, den Kopf aufgestützt und mich betrachtend. „Du hast dich freigestrampelt."

„Kein Wunder, das Teil ist wahnsinnig heiß!" Mein Gähnen versteckte ich hinter der Hand, bevor ich mich erneut streckte. „Ich bin immer noch müde." Es wunderte mich nicht, schließlich hatte er mich die halbe Nacht mit Fragen wachgehalten.

„Also noch einen Tag im Bett?"

„Darf ich?"

„Äußere deine Wünsche und ich erfülle sie dir."

„Sei kein Dummkopf", murmelte ich, meine Hand zurückziehend. „Was sind schon Wünsche."

„Die Bausteine des Lebens. Weißt du, ich habe darüber nachgedacht. Ein Baby bedeutet doch einiges an Ärger, meinst du nicht?"

Nicht das Thema schon wieder. Stöhnend drehte ich mich weg.

„Du sagtest, dass es der Grund für deine Depression wäre."

Sehr vereinfacht und sicher nicht die ganze Wahrheit, aber ja, ich sah meinen Kinderwunsch als einen der Hauptgründe an, weshalb meine Welt auseinandergebrochen war. „Ich sagte auch, dass es nicht zu ändern ist."

Ian rutschte näher an mich heran, ich spürte ihn in meinem Rücken, seine Hitze hauptsächlich, aber ich meinte auch, dass da mehr wäre. Vermutlich spann ich mir das zusammen.

„Dein Arzt, diese Einrichtung, wie renommiert ist die?" Er berührte meine Schulter.

„Was meinst du?"

„Ich habe etwas recherchiert. In den USA gibt es die weltweit führende Parentalklinik."

Herrlich. „Und du glaubst, meine Klinik sei weniger kompetent gewesen?" War es nicht bezeichnend? Natürlich wusste er alles besser und war überzeugt, stets eine Extrawurst zu bekommen. Der goldene Löffel im Hintern ließ grüßen.

„Das will ich gar nicht behaupten, aber womöglich wurden nicht alle Möglichkeiten ausgeschöpft", beharrte Ian und rutschte noch näher. „Willst du es nicht wenigstens versuchen?" Sein Atem strich über meine Wange, so nah war er mir. „Alle Möglichkeiten ausschöpfen?"

Er verstand es nicht. „Und das alles wieder durchmachen? Die Hormone machen einen ganz verrückt, das Zählen der Tage, die Hoffnung, die dann völlig zerstört wird, um alles von vorn zu beginnen." Es war eine Tortur, eine zermürbende, zerstörerische Tortur, die einem letztlich alles nahm.

„Du gibst also auf."

Das war doch offensichtlich.

„Obwohl es eine Möglichkeit wäre, dir deinen Herzenswunsch zu erfüllen." Er klang so vorwurfsvoll, dass ich es so nicht stehenlassen konnte. Mich umwendend, rutschte ich von ihm fort.

„Du hast keine Ahnung, was es mit dir anstellt, immer wieder enttäuscht zu werden."

„Womöglich nicht. Aber ich weiß, was es kostet, etwas aufzugeben, woran sein Herz liegt." Ein Blick in seine Augen war nicht hilfreich dabei, seinen Standpunkt zu vertreten.

„Dein Vergleich hinkt. Du konntest jederzeit zurück in den Sattel, nichts konnte dich aufhalten, außer dir selbst. Ich habe alles versucht, ich musste es akzeptieren." So schwer es auch fiel. So war es. Punkt.

„Wie wäre es, wenn du dir meinen Vorschlag anhörst und eine Weile darüber nachdenkst?"

225

Wozu? Ich drehte mich auf den Rücken und starrte an die Decke.

„Dearie, ich habe mich nur eingelesen, natürlich könnte ich mich irren, aber wäre es den Versuch nicht wert? Wir fliegen nach Kalifornien, sprechen mit den Ärzten dort und hören uns an, ob es nicht doch noch Hoffnung gibt."

Warum war er so versessen darauf?

„Was hast du zu verlieren?"

Sehr witzig.

„Nichts."

„Weißt du, wie es ist, jeden Morgen die Lider zu öffnen und zu wissen, wie unerträglich der Tag werden wird?" Mit Sicherheit nicht, niemand wusste, niemand verstand es oder konnte es nachvollziehen.

„Du sagtest es selbst, es ist nur ein Gefühl. Eines das sehr subjektiv ist und allein auf deine Verfassung zurückzuführen ist. Daran lässt sich arbeiten." Wieder strich er mit seinen Fingerspitzen über meine Schulter. „Therapie, Medikamente ..."

Mein Seufzen kam tief aus meiner Seele.

„Lass uns daran arbeiten."

„Das habe ich in den letzten Jahren." Es fühlte sich an, als kämpfte ich seit einer Ewigkeit.

„Ja, aber ohne wirkliche Motivation, oder?"

Der Hieb saß. Angespannt setzte ich mich auf und warf ihm einen giftigen Blick zu.

„Du warst davon überzeugt, alles hätte keinen Sinn mehr, dass es keinen Grund gäbe, weiterzukämpfen. Wenn du nun falsch liegst? Wenn es genügend Gründe gibt?" Auch er kam hoch. „Ein Baby."

Alternativen. Es gab Alternativen, die gab es immer. Bisher waren sie nur nicht im Bereich des Möglichen gewesen. „Was schlägst du vor?" Mein Körper sirrte vor Anspannung. Leihmutterschaft kam mir in den Sinn.

„Wir reisen nach Kalifornien, hören uns die Möglichkeiten an und setzen um, was möglich ist. Ich verspreche dir, ich stehe hinter dir."

Mein schnell eingeschobenes Bad beruhigte meine Gedanken in keiner Weise, da halfen auch die Duftkerzen nichts, oder die Wasserdüsen. Das Frühstück stand bereit, Ian scrollte an seinem Laptop und sah nur kurz auf, als ich eintrat.

„Wir brauchen deine Geburtsurkunde."

„Wie bitte?" Ich hatte eher mit der Aufforderung zu essen gerechnet.

„Wir müssen Visa beantragen, das dauert ein paar Wochen. Der Ausweis genügt für die Eheschließung in Gretna Green, aber für die offizielle Eintragung in das Eheregister brauchen wir zusätzlich unsere Geburtsurkunden. Meine habe ich hier. Ich nehme an, du reist nicht mit deiner durch die Gegend?" Wieder sah er auf, länger dieses Mal.

„Nein." Es ratterte in meinem Hirn. „Eheschließung?"

„Aber ja, a ghràidh." Er kritzelte etwas auf einen Block. „Gretna Green. Ist so etwas wie eine Familientradition." Er grinste spitzbübisch. „Wer hätte gedacht, dass ich die mal fortführen würde?"

„Ian?" Das klang ganz so …

„Ich weiß, aber den Verlobungsring trägst du bereits und da hielt ich das ganze Drumherum auch für unnötig." Ian deutete auf den Platz ihm gegenüber. „Setz dich. Ich habe einige Dinge aufgelistet, die wir brauchen werden. Wir haben Zeit, während wir auf die Visa warten."

„Warte." Ich hob die Hände. „Warte." Vor mir breitete sich ein ganzes Spektrum an Lebensmitteln aus, inklusive Kaffee. „Wie kommst du auf die Idee ...?"

„Regularien." Er tippte auf das Touchfeld und drehte den Laptop so, dass ich das Display sehen konnte. „Nur verheiratete Paare können sich behandeln lassen."

Das zog mir erst einmal die Beine weg und ich sank auf den Stuhl nieder. „Oh Gott."

„Nun, a ghràidh, alles hat seinen Preis, nicht wahr?" Sein Feixen war kaum zu ertragen.

„So?", hauchte ich. Das konnte ich nicht. „Ian ..."

„Ich bin ein nettes Kerlchen, Vanessa, vermögend, gutaussehend. Es gibt viele Frauen, die wären unheimlich gerne an deiner Stelle, weißt du das?" Er drehte den Computer wieder um und tippte etwas ein.

„Ian ..." Sicher hatte er recht, trotzdem war es idiotisch.

„Und du brauchst einen Samenspender. Da hätten wir schon zwei Probleme, die wir mit einer Klappe schlagen können. Ah, hier, lies selbst." Wieder drehte er das Gerät.

„Warte." Meine Finger zitterten, als ich sie nach dem Kaffeeglas ausstreckte.

„Lies."

Also überflog ich den Text, der nur bestätigte, was ich nicht in Abrede gestellt hatte.

„Schön, aber …"

„Lachlan hat Mutter ziemlich an der Kandare mit den beiden Zwergen." Das war sein neuer Plan?

„Ian!" Das durfte doch nicht wahr sein. „Mensch, das ist nichts, was man mal eben …" Fast stieß ich das Glas Milchkaffee um, rettete es eben noch und umklammerte es fest, um mich auf es zu konzentrieren. Fokussieren. „Weder eine Ehe, noch ein Kind sollte benutzt werden, um irgendwie die Oberhand zu gewinnen. Bei irgendwas. Klar, man kann sich jederzeit scheiden lassen." Ich hob abwehrend die Hände. „Aber ein Kind!"

„Es wird funktionieren, wenn wir es wollen."

Der Kaffee war schon abgekühlt, aber mir war alles recht, um mir einige Augenblicke zu kaufen. Wie sollte ich reagieren? Was konnte ich sagen?

„Ich bin der Ansicht, dass eine Familie auf Liebe gegründet werden sollte." Es erübrigte sich, darauf hinzuweisen, dass wir uns eben nicht liebten.

„Liebe, hm, da liegst du sicher nicht falsch, aber sehen wir es von der anderen Seite. Wir haben beide bereits die Person geheiratet, die wir liebten und es ist nicht sonderlich gutgegangen, oder?"

Ich verschluckte mich fast an meinem Kaffee. „Das ist jetzt aber ein blödes Argument."

Seine Lippen kräuselten sich, während seine Augen seine Belustigung schon viel länger hinausschrien. Ich wusste, was ihn amüsierte und verdrehte die Augen.

„In die Hose gehen. Schiefgehen, ein anderes Ende nehmen, als erwartet."

„Ja, das dachte ich mir. Vielleicht sollte ich mehr lernen, als nur die abwegigen Wortspielereien."

Ich winkte ab. Er lenkte ab. „Es ist nicht der richtige Weg."

„Weißt du, wie viele Generationen meiner Familie aus Liebe geheiratet haben?" Er griff über den Tisch hinweg und griff nach dem Kaffeeglas. „Komm, der ist doch schon kalt." Ian stand auf. „In tausend Jahren waren es vielleicht zwanzig Paare."

„Das ist deprimierend." Mehr noch.

„Selbst meine Schwestern … tja, ich würde keinen Pennie darauf verwetten, dass Ealasaid tiefe Gefühle für den alten Norris hegt. Catriona hatte auch nicht viel für Torin übrig."

„Und die Tradition möchtest du nun auch fortführen?" Ich konnte mir nicht helfen. Es war so bescheuert, dass ich gleich noch mal schnaubte. „Das ist idiotisch."

„Nicht unbedingt", räumte er ein. „Ich finde, wir haben eine Basis, auf die wir aufbauen können."

„Ian …"

„Was hast du zu verlieren?"

Oh, nicht schon wieder! Ich wollte ihn nicht damit durchkommen lassen. Richtig, ich hatte kaum etwas zu verlieren, jetzt nicht. „Meine Kinder, wenn wir welche haben sollten." Das wurde eine sehr hypothetische Unterhaltung.

„Wirst du nicht."

„Ich bitte dich. Wenn wir uns trennen, wirst du mich unsere Kinder nicht einfach mitnehmen lassen." Das war doch klar. Selbst wenn er kein weiteres Interesse an ihnen hätte, gäbe kein Mann ein Druckmittel auf.

„Nein, aber wir werden einen Kompromiss schließen. Unser Sohn wäre der zukünftige Duke of Skye, er wird darauf vorbereitet werden müssen, seine Aufgaben einmal auszuüben. Längere Auslandsaufenthalte wären da hinderlich. Natürlich halte ich Besuche bei der Familie für notwendig und sinnvoll, aber unsere Kinder sollten nach Möglichkeit in Schottland aufwachsen." Ian hantierte mit dem Kaffeeautomaten. „Siehst du das als Problem? Hast du andere Pläne?"

„Ich habe bisher keine Pläne, Ian, aber ..."

„Wie wichtig ist dir Arbeit?"

„Bitte?"

Ian kam mit zwei frischen Latte zurück und stellte ein Glas vor mich ab. „Sina kann sich nicht vorstellen, auf ihre Arbeit zu verzichten, und Liny fällt das untätig sein auch schwer."

Das Glas war herrlich heiß und wärmte meine eisigen Finger, als ich sie um den Latte schloss. „Ich habe immer gerne gearbeitet."

„Dann werden wir Beschäftigung für dich finden müssen."

Er ignorierte einfach den einzigen wichtigen Punkt. Verärgert biss ich die Zähne aufeinander.

„Wenn du dir vorstellen kannst, bis zur Volljährigkeit unserer Kinder in Großbritannien zu bleiben, sehe ich kein Problem, das nicht zu bewältigen wäre." Ian nahm wieder Platz und kopierte meine Haltung.

„Sollten wir uns trennen, werden wir eine Sorge-rechtsvereinbarung finden, die uns beiden zusagt."

Alles rein hypothetisch, warum stritten wir uns dann?

Ich schloss die Augen und senkte den Kopf.

„Wieso machen wir nicht einen Schritt nach dem anderen, Vanessa?"

Weil die Schrittfolge einfach keinen Sinn ergab!

„Ich finde, dass wir uns über die Konsequenzen dessen, was wir hier anstellen, bewusst sein sollten." Besonders hinsichtlich unserer Kinder.

„Ich denke, das sind wir."

„Du siehst das als Spiel!", warf ich ihm vor. Es brachte mich so auf, dass ich nun aufsprang und einige unruhige Runden machte. „Wir tragen die Verantwortung für unsere Kinder, wir sollten nicht achtlos ihre Zukunft zerstören." Das war völlig wirr, herrje, es gab keine Kinder, gäbe es sehr wahrscheinlich auch nie, und doch überlegte ich, wie eine Ehe enden könnte, die nicht einmal geschlossen werden würde. Es war einfach idiotisch.

„Ich habe nicht vor, meine Verantwortung zu leugnen." Er folgte mir mit den Augen. „Im Gegenteil. Je länger ich darüber nachdenke, desto sinnvoller erscheint mir unsere Verbindung."

Er machte mich ernstlich sprachlos. „Wo ist der Sinn?"

„Wir haben gemeinsame Ziele. Wir verstehen uns gut und sind beide vernünftige Personen. Ich bin mir sicher, dass wir alle Schwierigkeiten, die die Zukunft für uns bereithält, gemeinsam meistern können."

„Es geht doch nicht nur darum ... Oh, Mann!" Diese Diskussion brachte mich schlicht und einfach durcheinander.

„Halten wir es einfach: Welchen Preis bist du bereit, für deinen Kinderwunsch zu zahlen?"

Darauf lief es wohl letztlich hinaus. Was würde es kosten, und wer zahlte den Preis?

13

Eine Hochzeit in den Highlands

Eine weitere Nacht verbrachte ich wach neben Ian im Bett. Die Diskussion war durch den Anruf der Botschaft unterbrochen worden. Mein Ausweis war eingetroffen und wir konnten ihn abholen. Zur Abwechslung war ich froh, aus dem Haus zu kommen, allerdings war die Erleichterung von sehr kurzer Dauer. Selbst auf dem Weg zur Botschaft und zurück wurde ich des Themas nicht ledig, und in der Nacht, als Ian endlich schlief, drehten sich seine Argumente in meinem Kopf.

Wie üblich gewannen sie an Substanz, je länger ich darüber nachdachte. Am Morgen starrte ich an den dunkelblauen Himmel des Bettes und machte mir Vorwürfe, überhaupt gehadert zu haben. Es waren perfekte Umstände. Gut, wir liebten uns nicht, aber ich war bereit, dahingehend nachgiebig zu sein. Ich mochte ihn, fand ihn attraktiv und konnte mir vorstellen, mich durchaus in ihn zu verlieben. Verflixt, ich hatte in Fantasien geschwelgt, also ja, ich war bereit, es darauf ankommen zu lassen.

Ian bot einen finanziellen Rückhalt, was nicht zu verachten war – und ich hasste es, diesen Gedanken zu haben, aber ohne Geld käme ich gar nicht erst zu einem Kind!

Was wollte ich überhaupt? Er bot mir alles, was ich wollte! Sollte ich darauf verzichten, nur weil ich Angst hatte? Herrje, natürlich konnte alles ein schlimmes Ende nehmen. Ich konnte alles verlieren, aber es wäre etwas, was ich sonst gar nicht gehabt hätte. Wenn ich nicht auf sein Angebot einginge, stände ich bald erneut an einem Abhang, und dann würde niemand da sein und mich vor meiner eigenen Torheit bewahren.

Mein Magen flatterte. Es war so merkwürdig, plötzlich an eine Zukunft zu glauben. Sich in Tagträumen über das zu verlieren, was werden könnte. Eine Familie. Puh.

Ian drehte sich um. Sein schwerer Arm legte sich auf mich und er stieß einen Laut aus, der irgendwo zwischen tiefem Atemzug und Schnarchen lag.

Er war nicht mehr der Jüngste, selbst im Schlaf kerbten sich Falten in sein Gesicht, an den Mund- und Augenwinkeln, der Stirn. Es gefiel mir. Es verlieh ihm Glaubhaftigkeit. Wach wirkte er häufig nicht vertrauenswürdig. Nein, die Formulierung traf es nicht. Er schien wenig bodenständig, nicht beständig, wie jemand, der heute so dachte und morgen so. Im Schlaf nicht.

So war er viel mehr Mann.

Ian zog den Arm zurück und mich gleich mit. Ich rollte an ihn, nur wenige Millimeter trennten uns, als er die Augen öffnete. „Madainn mhath, a ghràidh."

Sein Grinsen zerschlug meine vorherige Feststellung und jedes bisschen Erwachsene an ihm.

„Ja." Es kam von irgendwoher, keine Ahnung, aber ich stand zu meinem Wort. Egal was die Zukunft brachte, ich war bereit, mich auf sie einzulassen.

„Ja?"

„Meine Antwort." Mein Herz flatterte, als ich tief einatmete. „Versuchen wir es."

Sein Strahlen wurde blendend und er drehte mich zurück auf den Rücken, um über mir aufzuragen. „Perfekt!"

„Ich bin immer noch nervös, weil ich sehr viele Schwierigkeiten vor uns sehe", fuhr ich fort, um mich von ihm abzulenken. Von seiner Zufriedenheit und all den Versprechungen, die ich in seinem Antlitz zu lesen meinte. Er versprach mir, alles in die Wege zu leiten, damit ich mir meinen Herzenswunsch erfüllen konnte! Halte dich zurück und stilisiere ihn nicht zum Retter und Helden!

Es war schwerer getan, als gesagt, denn der Retter passte zu ihm.

„Du machst dir zu viele Gedanken, hör auf damit."

Mein Schnauben war Antwort genug. Wenn ich aufhören könnte, wäre ich meine Probleme los.

237

„Wir haben viel zu organisieren."

„Ich rufe meine Mutter wegen der Geburtsurkunde an. Oh, ein Visa brauche ich nicht, eigentlich wollte ich in die USA, nicht nach Schottland." Hitze schoss in meine Wangen und ließ sie glühen. „Ich war unaufmerksam, als ich die Reise buchte. Ich wollte nach Perth." Mein Achselzucken wurde von einer zerknirschten Miene begleitet. „Und irgendwie …"

„Na, Perth liegt unweit von Dundee." Typisch Inselbewohner, sie hielten sich doch alle für den Nabel der Welt.

„Ja, aber eigentlich wollte ich in die Wüste Sierra Nevadas!"

Man konnte ihm zugutehalten, dass er ernsthaft versuchte, seine Belustigung zu unterdrücken, leider war er nicht sonderlich erfolgreich dabei. „Aye, das liegt tatsächlich in den USA."

Ich boxte ihm spielerisch in die Schulter. „Weiß ich!"

„Es beweist, dass du angekommen bist, wo du sein solltest."

„In Schottland?" Das bezweifelte ich doch stark. „Das Schicksal wollte mich hier haben, ja?"

„Offensichtlich." Ian kam mir entgegen und eine irre Sekunde lang dachte ich, er wolle mich küssen, aber dann stieß er nur meine Nase mit seiner an. „Du kamst mir jedenfalls wie gerufen."

„Klingt nett, aber unrealistisch."

„Es ändert aber nichts, ich brauche ein Visum, damit bleibt unsere Zeitfolge unverändert." Jetzt bekam ich doch noch einen Kuss, aber nur auf die Nase, bevor er sich von mir runterrollte und aus dem Bett sprang.

„Bleib ruhig liegen, ich organisiere Frühstück und setze mich dann an die Planung."

Trotzdem stemmte ich mich auf, um ihn mit den Augen zu verfolgen, wie er in seine Hose stieg und das Hemd überwarf, bevor er zur Tür hinaus verschwand. Könnte ich pfeifen, täte ich es. Er war absolut sexy und eigentlich hätte ich nichts dagegen, wenn er etwas mehr auf Tuchfühlung ginge. Einen richtigen Kuss zum Beispiel, einen, der nicht nötig war, um irgendwen zu narren.

Ich setzte mich, wie von Ian vorgeschlagen, in die hintere Ecke der Taverne und drückte mich in die Sitzbank. Der Raum war voll, was ich verwunderlich fand, obwohl die Mittagszeit noch nicht vorüber war. Aber für einen so kleinen Ort, war es ein großes Gasthaus – und uralt. Es hatte etwas altbackendes, dass es auf der Insel so viele Häuser gab, die aus vergangenen Jahrhunderten stammten, doch immer noch in Benutzung standen. In Deutschland gab es zwar auch alte Bauwerke, aber hier schienen sich die Dörfer im Dornröschenschlaf zu befinden, herausgerissen aus der Zeit, aus einem Märchen und in die Gegenwart verpflanzt, ungeachtet dessen, wie wenig es in die Moderne passte. Die Straßen zum Beispiel. Sie waren immer noch aus Steinen und nicht geteert, wodurch die Fahrt mit dem Wagen extrem holprig wurde. Der Hof war ebenfalls nicht zeitgemäß gepflastert, sondern bestand aus einer langen, breiten Erdfläche. Sicher stand sie unter Wasser, sobald auch nur ein Tropfen Regen fiel. Auch die Bank, auf der ich platznahm, war wie aus dem Originalinventar dieses Gasthauses, nur die Sitzkissen mochten neueren Datums sein. In den Tisch waren Worte geritzt, Namen, Daten, mein Zeigefinger glitt über ein Herz.

„Vanessa?"

Mein Gegenüber quittierte mein Aufschrecken mit dem Heben der Brauen. Catriona stand vor mir und ich hatte sie einfach nicht bemerkt. „Hallo."

Sie winkte, drehte sich dabei halb um. „Kommt hierher!"

Ihre Begleitung bestand aus ihrem Verlobten Richard und Ians Zwillingsbruder Lachlan, den ich nur von Ian unterscheiden konnte, weil ich aus erster Hand wusste, was Ian heute als Kleidung trug.

„Nanu", brummelte Lachlan, Catriona den Stuhl herausziehend. „Und ich glaubte schon, Richard plane etwas dramatisches."

Der half Catriona beim Hinsetzen, bevor er mir die Hand entgegenstreckte. „Hallo."

„Ian ist wohl derjenige mit den dramatischen Plänen", räumte ich unbehaglich ein. Damit hatte ich nicht gerechnet. Nicht mit Zeugen. Fast rechnete ich damit, dass auch der Rest der Familie die Taverne stürmte, allen voran die Duchess, um mich von dannen zu jagen.

„So?" Catriona klang belustigt. „Wo steckt der Nichtsnutz?"

„Er wollte ..." Meine Hand beschrieb einen Schlenker zur Theke.

„Hervorragende Idee. Catriona, Richard, darf ich euch etwas mitbringen?" Lachlan war schon halb auf dem Weg, bevor die beiden die Chance hatten, zu antworten.

„Tja, so zerschlagen sich Hoffnungen." Catriona grinste und hakte sich bei ihrem Verlobten ein.

„Oh! Ich wusste nicht ...", murmelte der erschrocken. Sie wechselten einen Blick, der ihn beruhigte und mir Unbehagen bereitete.

„Hier, a ghràidh." Ian stellte einen Becher dampfenden Tees vor mir ab. „Der beruhigt die Nerven." Er rutschte über die Bank nah an mich heran und machte für seinen Zwillingsbruder Platz. „Wir sind etwas spät dran, aber den Tee solltest du in aller Ruhe genießen."

Nach dem Hinweis, dass wir keine Zeit hatten? Witzig!

Meine zittrigen Finger schlossen sich um die warme Tasse. Ians Arm schlang sich um mich.

„Ganz ruhig, alles wird gut", wisperte er mir zu und drückte mir einen Kuss auf das Jochbein.

Glaubte er das? Ich war mir verdammt sicher, einen riesen Fehler zu begehen.

„Raus mit der Sprache, bràthair, was wird das hier?", forderte Catriona Ian auf, die Karten auf den Tisch zu legen. „Verstehe mich nicht falsch, Gretna Green hat seinen Charme, aber ich hatte heute eigentlich andere Pläne."

„Ich auch", murrte Lachlan. Er hatte fünf kleine Gläser verteilt und hob seines an. „Slàinte mhath."

Alle folgten seinem Beispiel, nur jenes vor mir blieb unberührt, bis Ian es mir in die Hand drückte. „Nur einen Schluck, ein Toast auf unser Glück."

In dem Fall sollte er besser die ganze Flasche ordern. Vielleicht half es dann. Trotzdem hob ich die Hand und schüttete das scharfe Gebräu mit einem Schluck herunter. Whiskey, keine Frage.

„Ich nehme an, ihr habt euch das gut überlegt und ich kann mir sparen, Bedenken aufzulisten?" Lachlan stellte sein Glas zur Seite und wandte sich uns zu.

„Keine Panik. Wir verzichten auf den Unsinn."

„Ich weiß nicht, ob es eine gute Idee ist", offenbarte nun auch Catriona ihre Zweifel. „Màthair ist aufgrund deiner Abtrünnigkeit letzten Freitag ohnehin auf hundertachtzig, und nachdem sie mit Cousin Cameron sprach ..." Ihre blauen Augen huschten über mich, als müsse sie meinen Zustand abchecken.

„Wozu sie absolut kein recht hatte", hob Ian knirschend hervor. „Aber ja, ich habe es mir sehr gut überlegt. Ich habe ihr die Chance gelassen, sich Vanessa gegenüber anständig zu benehmen, aber sie hat wie gewohnt jede Möglichkeit genutzt, sie zu verletzen und zu demütigen. Jetzt stelle ich sie vor vollendete Tatsachen."

Mein Tee wärmte leider gerade mal meine Finger, obwohl mir mit jedem Wort eisiger zumute wurde. Hier wurde wieder einmal deutlich, warum er bereit war, mich zu heiraten, und es wurde mit jedem Mal eine unbequemere Wahrheit.

„Es tut mir leid, Vanessa", griff Lachlan auf, wobei er mir einen dermaßen um Verzeihung heischenden Blick zuwarf, dass ich ahnte, worauf er zu sprechen käme. „Aber ich muss fragen: Wie habt ihr euch das mit der Erbfolge gedacht? Offengestanden bin ich nicht begeistert von der Aussicht, meinen Sohn als Lückenbüßer parat zu stellen. Er soll eine sorgenfreie Kindheit haben und nicht …" Er brach ab und murmelte nach einem Augenblick eine Entschuldigung. Ian war zum Zerreißen angespannt. Nicht der Hinweis auf die Erbfolge hatte es bewirkt, sondern die gewünschte unbesorgte Kindheit seines Neffen.

„Das liegt an dir, Lachlan. Ich ließe meinen Sohn nicht durch màthairs Schule gehen."

„Das sehe ich auch so, Lachlan." Catriona legte ihre Hand auf die des jüngeren Bruders. „Es wäre zwar wünschenswert, dass auch Ian Kinder hätte, aber letztlich könnte er auch einen ganzen Stall voll Mädchen zeugen und Sheamus wäre trotzdem in der Pflicht."

Ian entspannte sich etwas. „Wir haben die Hoffnung auf Nachwuchs nicht aufgegeben, Lachlan, aber wer der nächste Duke of Skye wird, steht in den Sternen, und wird nicht von uns entschieden. Egal wie fleißig wir planen." Er sah auf mich herab. „A ghràidh?"

Schnell richtete ich mich auf und versuchte es mit einem hoffnungsfrohen Lächeln, war aber wohl nicht sonderlich überzeugend.

„Keine Sorge."

„Ja." Ich nippte an meinem Tee. „Alles wird gut."

„Aye."

„Fein, ich hoffe doch, Vanessa hat ein hübsches Kleid und wird nicht in Jeans und Pullover getraut werden?" Catriona befreite sich von ihrem Verlobten und schob den Stuhl zurück. „Wie auch immer, wir sollten dich etwas aufpolieren."

Noch eine Person, die vor Tatkraft nur so strotzte.

„Ich bringe dir alles nach oben." Ian drückte mir einen Kuss auf die Wange. „Brauchst du noch etwas zur Beruhigung?"

Als ich gute fünfundvierzig Minuten später die Taverne wieder betrat, war mein schnelles Styling abgeschlossen. Catriona hatte mich durch jeden Schritt gepeitscht, nachdem Ian ihr den vereinbarten Termin genannt hatte. Richard kam uns entgegen, auf die Uhr sehend und noch fahriger wirkend als meine Begleitung, oder gar ich selbst. Das hier war verrückt und es zeigte sich mit jeder verstreichenden Minute deutlicher.

„Gott sei Dank. Dein Bruder sagte, er mache mich für jede Verzögerung verantwortlich und ich war kurz davor ..." Er fuhr sich fahrig durch das braune Haar. „Verstehe mich nicht falsch, Liebling, aber deine Familie schafft mich."

Catriona lachte und hängte sich auch bei ihm ein. Mir wurde nur noch mulmiger. Die Sonne stand tief, als wir die Gaststätte verließen und uns auf dem Gehsteig hielten. Meine Sandalen waren zwar ohne Absatz, aber ich fühlte mich dennoch, als liefe ich auf rohen Eiern.

„Es ist nicht weit, keine Sorge." Die Entfernung machte mir auch keine, aber mein Mund war zu trocken, als dass ich es gewagt hätte, ein Wort zu formulieren. Es käme doch nur ein unartikuliertes Krächzen heraus.

„Mir ist schlecht."

„Da sind wir schon." Das nahm ich ihr nicht ab, denn anstelle der Kirche oder eines anderen offiziellen Vermählungsortes standen wir vor dem zweiflügligen Tor einer Scheune.

„Hineinspaziert", grummelte Richard, ohne mich aus den Augen zu lassen, und zog schnell die im Tor eingelassene Tür auf.

Stumm setzte ich *in die Manege* hinzu. Eine Zirkusvorstellung, nun noch viel deutlicher als je zuvor. Meine Knie gaben nach.

„Da ist die Braut!" Lachlan nahm Catrionas Platz ein. „Ian schien anzunehmen, du suchst bereits das Weite."

Schön, er kannte mich offensichtlich zu gut.

„Aufgeregt? Das gibt sich." Jetzt war er es, der mich tätschelte. Was war los? War ich ein Pony beim Derby, dem gut zugeredet werden musste, damit es über die Hürden sprang?

„Können wir?" Sein Blick glitt an mir vorbei und ich folgte ihm irritiert, um festzustellen, dass ich mich am Tor festklammerte. Oh, oh.

„Ich glaube nicht", krächzte ich kaum verständlich.

„Tief durchatmen. Ian lässt dir ausrichten, dass alles gutwerden wird, was immer er damit auch sagen will." Lachlan schüttelte den Kopf. „Aber ich soll es dir versichern."

„Mir ist wirklich schlecht."

„Dann setzen wir uns, was meinst du?"

Die Augen schließend, entließ ich den Atem und ließ mich auf den kalten, spröden Stein sinken. Ruhe. Zwei Minuten Ruhe. Ich konzentrierte mich ganz auf das Atmen, blendete alles andere aus. Es war unwichtig.

Merkwürdigerweise war mein erster Gedanke, nachdem ich alle abgewürgt hatte, der, dass ich meinen Reisepass in der Vordertasche meines Trolleys hatte. Ich riss die Augen auf, völlig erschrocken darüber, dass ich nie ein Problem mit der Ausreise gehabt hatte. Mein Reisepass war für die Einreise in die USA gewesen, aber ich führte ihn nicht ständig mit mir, weshalb er nicht in meiner Handtasche gewesen war, als diese an meiner Stelle im Meer landete. Ebenfalls in der Vordertasche meines Trolleys verstaut waren knappe zweihundert US Dollar. Es hatte nie die Notwendigkeit bestanden, an Ians verrücktem Spiel teilzunehmen. Ja, ich war verflucht bedeppert.

„Vanessa?" Man schüttelte mich leicht. „Vanessa, hörst du mich?"

Ich blinzelte, schüttelte den Kopf, bis ich Frage und Antwort zusammenbekam und bemerkte, dass sie nicht zueinander passten. „Ja, ja, was ist denn?"

Er zog mich an sich, was augenblicklich Abwehr in mir auslöste. „Hey!" Ich schob ihn so heftig weg, dass er die Balance verlor. Da bemerkte ich erst, dass es gar nicht Lachlan war, sondern Ian.

Er hob die Hände. „Alles in Ordnung, erkennst du mich?"

Gute Frage, denn eigentlich sah er sich gar nicht ähnlich. Schön, das war nun übertrieben, aber gewöhnlich war er fein angezogen. Modern und edel. Nun gab er ein leicht anderes Bild ab. Ja, sein Sakko war tiefschwarz mit glänzenden Aufschlägen, aber darunter wurde es bunt. Es änderte sich auch nach einigem Blinzeln nicht.

„Oh."

„Vanessa?" Er hob sanft mein Kinn an, damit ich ihm in die Augen sah. „Sieh mich an."

Tat ich ja! Und es machte mich sprachlos.

„Ist alles in Ordnung?"

Meine Lippen bewegten sich, aber kein Ton kam hervor, also befeuchtete ich sie und krächzte, um meine Stimme zu testen. „Nein."

„Daingead", fluchte er leise, wobei er mich an sich zog. „Alles gut, wir machen einen anderen Termin."

„Das ändert auch nichts." Außer, dass ich noch nervöser und unsicherer werden würde. Einen Moment lehnte ich mich in die Umarmung. Es tat gut, gehalten zu werden, das hatte ich fast vergessen.

„Zweifel?", wisperte er. „Lass dich davon bitte nicht aufhalten. Du weißt, dass du dir zu viele Gedanken machst, dir zu viele Möglichkeiten im Geist herumschwirren. Besinne dich bitte auf unsere gemeinsamen Pläne."

Sprich: das Baby. Und ja, verdammt, ich wollte es.

„Trägst du einen Schottenrock?", brachte ich das Thema auf meine eigentliche Irritation. „Wirst du mir gleich auch ein Ständchen auf dem Dudelsack vortragen?" Dabei wusste ich nicht genau, ob mir das gefallen würde, denn ich hatte noch nie dudelsackbegleitete Musik gehört.

„Kilt, a ghràidh, und nein, Lachlan ist derjenige mit dem musikalischen Talent." Er ließ mir etwas mehr Platz und grinste mich an. „Ich bekomme kaum einen geraden Ton heraus."

„Ian? Der Schmied wird ungeduldig." Lachlan tauchte am Rand meines Blickfeldes auf. „Wie gehen wir weiter vor?"

„Moment." Ian fasste nach meinen Händen und hielt sie zusammen. „Ich weiß, was ich möchte und ich weiß, was du möchtest. Wir müssen uns nun entscheiden: Wollen wir unsere Zukunft gemeinsam in die Hand nehmen?"

„Ich bin nervös." Unnötig es zu erwähnen, aber es half mir, ruhiger zu werden.

„Ich weiß."

„Du nicht?" Kaum zu glauben, dass er nicht einmal etwas nervös sein sollte.

„Nein, irgendwie nicht." Er wirkte so verdammt sicher, dass mir einmal mehr die Worte fehlten. „Warst du damals ..." Er brach den Blickkontakt. „Mit Jörg auch nervös?"

Gute Frage. Instinktiv wollte ich mit Nein antworten, aber so ganz stimmte das nicht. „Schon, aber ... anders."

„Siehst du."

Das nahm er doch nicht als Argument für ihn?

„Ich glaube, Sina behauptete anlässlich zu Linys Panik an ihrem Hochzeitstag, dass es eine ganz typische Reaktion von Bräuten wäre. Also sei nervös, das ist völlig in Ordnung, aber lass dich davon nicht abhalten." Ian rieb über meine Hände und hob die rechte dann an die Lippen. „Ich habe noch eine Kleinigkeit für dich." Er öffnete ein kleines, fellbesetztes Täschchen, das an einer Art Gürtel um seiner Hüfte hing, und zog etwas Silbernes heraus. „Es nennt sich

Luckenbooth und ist ein traditionelles Hochzeitsgeschenk."

Ich nahm es entgegen und drehte es in den Fingern. Eine Brosche, herzförmig mit Distel samt Blättern als Emblem, über dem eine Krone thronte.

„Es ist keine Tiara."

„Sehe ich." Ich drehte es. „Es ist alt."

„Ja. Darf ich es dir anheften?" Ich überließ ihm die Brosche. „So. Nun fehlt noch der Ring." Wieder hob er meine Hand und drückte seine Lippen auf den freien Platz am Ringfinger. „Ich war nervös, als ich kurz davor stand, Cheyenne zu heiraten. Heute nicht. Ich bin froh darüber. Ich habe keinen Zweifel, dass wir das Richtige tun."

Zumindest einer von uns. „Also gut." Ich sog den Atem tief ein und nickte ihm zu. „Dann lass uns mal loslegen." Ian half mir aufzustehen und ließ mir seine Hand, an die ich mich festklammern konnte.

Das Ambiente wurde noch verwirrender. Anstelle eines Trauzimmers erwartete mich eine altertümliche Schmiede. Ein Amboss stand in der Mitte des Raums, ein breiter, aber kurzer Mann in Schottenrock dahinter. Ihm stand die Ungeduld ins Gesicht geschrieben und er murmelte etwas, was ich nicht verstand. Ian schon, er gab eine knappe Erwiderung von sich, die nicht sonderlich freundlich klang.

„Wir sind nun soweit, nur das zählt", intervenierte Catriona. Sie war uns gefolgt, obwohl ich sie bisher nicht wahrgenommen hatte. „Wir sind in Nullkommanichts wieder raus."

Ian stellte mich vor dem Amboss ab und drückte meine Finger.

Was folgte, bekam ich irgendwie nicht recht mit. Der Mann vor mir bewegte fortwährend die Lippen.

„Tha mise Ian McDermitt a-nis 'gad ghabhail-sa Vanessa Hagedorn gu bhith 'nam chéile phòsda." *Ich, Ian McDermitt, nehme hiermit dich, Vanessa Hagedorn, zu meiner Ehefrau.*

Es rauschte in meinen Ohren.

„Vanessa, versuch die Worte zu wiederholen: Tha mise Vanessa Hagedorn ..." Er drückte meine Finger. „Tha mise ..."

„Ähm." Ich erfasste, was er wollte, ja, aber die Worte wollten sich nicht von meiner Zunge formen lassen.

„Ich, Vanessa Hagedorn, nehme hiermit dich ...", soufflierte Ian auf Englisch. „Du musst es wiederholen."

„I-Ich ...", stammelte ich wackelig und bekam es kaum über die Lippen. „Van-nes-nes-a."

Es wurde ein verdammt zehrendes Versprechen.

15

Honeymoon mal anders

Auch drei Stunden nach der Eheschließung war ich noch nicht wieder ganz bei mir. Wir *feierten* in einem separaten Raum der Taverne, aßen, wobei ich keinen Bissen herunterbekam, tranken, wobei mir mehr Sekt verschütt ging, als tatsächlich meine Kehle herabrollte, und unterhielten uns. Zumindest ging ich davon aus, denn um mich herum herrschte eine ausgelassene Stimmung, soviel bekam ich mit. Mehr nicht.

„Es wird spät", stellte Richard irgendwann fest. „Wir sollten aufbrechen, es wird ohnehin schon eine lange Nacht."

„Aye", stimmte Lachlan zu. „Liny wird sich Gedanken machen und dies, nachdem sie màthair bereits den Tag über ablenken musste."

„Wie bitte?" Ian stellte sein Glas einen Tacken zu heftig ab. „Màthair ist noch auf Farquhar?"

„Aye." Lachlan verbarg nur spärlich, was er davon hielt. „Seit drei Wochen, und Liny ist am Ende ihrer Duldsamkeit. Zumal jetzt auch noch Sheamus zahnt und ununterbrochen weint."

„Daingead."

„Lass mich raten: Ihr hattet nicht vor, nach London zurückzureisen." Lachlan lehnte sich auf seinem Stuhl zurück. „Das wird nicht lustig."

„Nay, eigentlich wollte ich ein paar Tage bei euch bleiben, bis einige Dinge geklärt sind." Ian fluchte leise, wobei er sich zu mir umdrehte. „Wir brauchen die Legitimierung so schnell wie möglich."

„Meine Mutter kann erst am Wochenende kommen, sie muss arbeiten." Bisher war das in Ordnung gewesen, aber die Aussicht, nicht mit festen Tatsachen vor die Duchess treten zu müssen, war beängstigend. Andererseits wäre es wohl kaum erträglicher, wenn die Hochzeit tatsächlich bereits legitim wäre.

„Daingead!"

„Màthair hat noch keinen Fuß in den Turm gesetzt", mischte Catriona sich ein. „Wenn euch ein kleines Versteckspiel nicht stört ..."

„Danke, Catriona", murmelte Ian, nicht ganz überzeugt.

„Glaubst du wirklich, es macht einen Unterschied?" Lachlan verschränkte die Arme vor der breiten Brust. „Liny und ich waren rechtmäßig verheiratet und sie hat keinen Versuch ausgelassen, ein schnelles Scheitern herbeizuführen."

„Melde dich." Lachlan stand auf und schlug Ian auf die Schulter. „Ihr seid uns immer willkommen, das weißt du." Auch Ian kam auf die Füße und sie drückten sich kurz.

„Tabath leadh."

Wir verabschiedeten uns voneinander, was einige Zeit in Anspruch nahm, weil Catriona mir wieder und wieder versicherte, wie glücklich sie für mich war, und uns ihren Segen erteilte. Lachlan hielt sich kürzer. Mein Name, ein Nicken und er schob mich weiter. Richard reichte mir die Hand, die er dann nur zögernd auch nach Ian ausstreckte.

„Gute Heimfahrt."

Ian und ich blieben allein zurück. Sein Arm lag um mich geschlungen und seine Hand rieb sacht über meinen Oberarm. „So, das hätten wir." Ian seufzte. „Du möchtest sicherlich ins Bett, oder?" Das Grinsen, das seine Worte begleitete, war anzüglich.

„Oh ja." Mehr als ein heiseres Murmeln wurde es nicht, aber schließlich war eine Bestätigung nicht nötig und wurde ohnehin falsch aufgefasst. Ja, ich wollte ins Bett, aber dann doch anders, als er es im Sinn hatte. Auch ich seufzte, als wir uns auf den Weg machten.

Die Stufen knirschten bei jedem Schritt den Gang hinunter, ebenso die Bohlen. Vor der Tür zu dem Zimmer, in dem ich mich am Nachmittag umgezogen hatte, blieb Ian stehen.

„Da wären wir dann wohl." Er rieb die Hände aneinander. „Nicht erschrecken, aber es gibt hier einen Brauch, die Braut über die Schwelle zu tragen."

„Kenne ich." Auch wenn Jörg sich das seinerzeit gespart hatte. Er war sturzbetrunken gewesen.

„Gut." Ian öffnete die Tür und gab ihr einen Schubs, damit sie aufschwang. „Es gibt einige Schwellen, die wir meistern müssen, die hier wird nur ein Probegang." Er trat vor, unsicher, was ich an ihm noch nie erlebt hatte. „Darf ich?"

Ich hob die Arme, damit er mich aufheben konnte und schlang sie ihm um den Hals. Mein Herz pochte wie wild. Zugegeben, meine Gedanken feuerten es an. Hochzeitsnacht. Meine letzte war ziemlich ereignislos verlaufen, aber wir waren auch schon einige Jahre zusammen gewesen. Und diese Nacht? Ian hatte getrunken, der scharfe Geruch des Whiskeys lag in jedem Atemzug, den er ausstieß. War der Alkohol in diesem Fall hilfreich, oder hinderlich? Wir waren eine Zweckehe eingegangen und nicht einmal zur Zeugung der von uns beiden gewünschten Kinder mussten wir intim werden. Allerdings hätte ich nichts dagegen, häufiger im Arm gehalten zu werden. Er vermittelte so eine ungeheure Geborgenheit, die süchtig machte. Ja, ich wollte mehr davon, mehr von ihm. Wäre er also betrunken genug, um ...

Die Tür schlug zu. Ian versicherte sich mit einem Blick zurück, dass sie auch tatsächlich ins Schloss gefallen war, bevor er meinen Halt korrigierte – wobei er mich ein Stück in die Luft warf – und tiefer ins Zimmer ging. Wir hatten alle Klamotten stehen- und liegengelassen und nun hatte Ian kein Licht eingeschaltet, weshalb ich befürchtete, er könnte über irgendetwas stolpern.

„Da wären wir." Er legte mich ab. „Ich habe zwei Zimmer gebucht, ich bin dann nebenan."

Mein Stöhnen war raus, bevor ich ihn zurückhalten konnte. Das war ja klar gewesen!

„Ich lasse dich ausschlafen."

„Toll."

„Schlaf gut."

Was für eine deprimierende Nacht. „Du auch."

„Vanessa?", rief er von der anderen Seite der Tür, nachdem er angeklopft hatte. Meine Motivation zu antworten war gleich Null, und ich mummelte mich enger in die dicke Decke. Offenbar besaß er einen Schlüssel, denn nach der knappen Warnung, er käme rein, tat er es auch schon. „Vanessa? Schläfst du noch?" Jeder Schritt wurde vom Knarzen der Dielen unter seinen Füßen begleitet, dann senkte sich meine Matratze ab und ließ mich fast herumrollen. Im Gegensatz zu ihm war ich ein Fliegengewicht. Er berührte mich auf Höhe meiner Hüfte.

„Bean?"

Ging er, wenn ich mich schlafend stellte?

Er seufzte, seine Hand verschwand und im nächsten Moment rutschte ich tatsächlich näher zu ihm. Er legte sich zu mir ins Bett und nutzte meine Annäherung, um den Arm um mich zu schlingen und an sich zu drücken.

Oh komm schon, hast du nichts Besseres zu tun? Offenbar nicht, wie ich nach einigen langen Minuten eingestehen musste. Offenbar hatte er alle Zeit der Welt und wollte sie ausgerechnet hier vertrödeln. Shit!

Trotzdem haderte ich weitere, sich ins Unendliche ziehende Minuten, bevor ich nachgab und mich zu ihm umdrehte.

„Madainn mhath, bean."

„Du weißt, dass ich dich nicht verstehe, nicht wahr?"

„Aye." Ian lachte leise. „Liny hat Gälisch gelernt, wäre das auch eine Option für dich?"

Mein verzweifeltes Stöhnen ging in seinem Gelächter unter. „Einige Phrasen? Ich bemühe mich auch, Deutsch zu lernen."

Immerhin. „Ich hatte nie ein Faible für Sprachen, fürchte ich." Es erübrigte sich wohl anzumerken, dass seine Sprache verflixt kompliziert klang.

„Ich auch nicht." Sein Lachen ließ seinen Brustkorb vibrieren. „Wir passen gut zusammen."

„Meinst du?" Nicht, dass es von Belang war.

„Ich bin mir sicher." Er drückte mich an sich. „Ich weiß, was dir Sorgen bereitet."

Das bezweifelte ich.

„Ich möchte dich nicht zurückbringen." Ian drehte sich und hob mein Kinn, um mir in die Augen sehen zu können. „Ich will nicht, dass màthair ihre spitze Zunge an dir wetzt."

Das war süß und trieb mir nicht nur die Tränen in die Augen. Mein Inneres flatterte und es zog mir den Hals zu.

„Aber ich will es meinem Vater selbst sagen. Er wird verärgert sein, keine Frage, aber ich will nicht vor ihm davonlaufen."

Was ich auch nicht verlangte, aber konnte ich nicht einfach solange hierbleiben?

„Wir werden Catrionas Angebot annehmen, im Turm bist du zumindest sicher vor màthair, und sobald wir deine Geburtsurkunde haben, werden wir die Eheschließung offiziell machen." Ian drückte mir einen Kuss auf die Stirn.

Offenbar hatte Ian ebenfalls viel Zeit mit Grübeln verbracht.

„Ich weiß, London ist nicht gerade dein Lieblingsort, aber ich besitze kein Land." Er klang wahnsinnig angespannt, was sich in seinen Gesichtszügen widerspiegelte. Seine Lippen, die sonst ständig einen belustigten Ausdruck trugen, waren verkniffen, die Falten in der Stirn nahezu eingegraben, was ihn düster machte, gefährlich.

„Daingead! Warum habe ich mich früher nie um eine Liegenschaft bemüht?"

Ich zögerte, ihn zu berühren. Unser Verhältnis zueinander war unklar und ich wusste nicht, was er von mir erwartete, aber mir war nicht wohl dabei, dass er sich plötzlich um Dinge sorgte, die ihm bisher nichts bedeutet hatten.

„Wie soll ich unserer Familie ein angemessenes Heim bieten?" Seine blauen Augen legten sich unzufrieden auf mich. „Wie soll ich zu meinem Wort stehen, wenn ..." Er drehte sich und mich gleich mit, ragte über mir auf und ließ seinen Blick über mein Gesicht wandern. „Du hast geweint." Er wischte mit dem Daumen über meine Wange. „Entschuldige, ich wollte dir nicht noch mehr aufbürden."

Er beugte sich vor und ich hielt unwillkürlich meinen Atem an. Oh! Aber es wurde kein richtiger Kuss, nur ein Küsschen, platziert auf meine Nasenspitze.

„Ian ...“

„Scht. Ich laufe nicht weg." Es war die Festigkeit in seinen Augen, die mich sprachlos machte, nicht die Härte in seiner Stimme. „Ich gebe nicht auf."

Wir sahen uns an, eine schlichte Ewigkeit lang, mehr war gar nicht nötig. Ich verstand ihn auch so. Es war Zeit, sich zu stellen, es war an der Zeit, kindisches Trotzverhalten abzulegen und die Fronten zu klären. Ich steckte nun mittendrin und auch für mich galt, dass Weglaufen keine Option war, wenn ich auch nur den Hauch einer Chance haben wollte, meinen größten Wunsch erfüllt zu sehen.

„Ich habe Angst."

Dieses Mal berührten sich unsere Lippen zu einem zärtlichen Hauch. „Ich beschütze dich, das ist mein Versprechen an dich, das nicht zur Debatte steht. Von jetzt an gilt mein Streben deinem Schutz." Er sagte es nicht, aber ich hatte das Gefühl, dass noch etwas mitschwang, etwas in der Art wie: *Auch vor dir selbst.*

Wir erreichten Farquhar zum Anbruch der Nacht und wurden von Catriona an der Freitreppe erwartet. Sie küsste erst Ian, dann mich auf die Wange, bevor sie uns den Weg leitete.

„Rosalind und Lachlan wissen Bescheid. Liny vermutlich auch, aber ich sprach heute nicht mit ihr. Kopfschmerzen." Sie seufzte. „Wir haben ihr zu viel aufgebürdet."

„Sheamus hat sich noch nicht erholt?", griff Ian auf, wobei er das Schloss im Auge behielt.

„Nein. Sie ist sehr besorgt. Ich habe mich heute um Lindsay gekümmert, damit sie sich nicht ansteckt, deswegen ist es auch nicht verwunderlich, wenn ich im Schloss schlafe."

„Tabadh leat, Catriona." Ian holte mich an seine Seite. „Wir brauchen etwas Zeit, bevor wir uns unserer Taten stellen."

„Gern, Ian. Offengestanden warte ich auch nur auf den passenden Moment, um meine Verfehlungen zu gestehen." Ihre Lippen kräuselten sich, als sie zu uns zurücksah. „Du siehst, wir haben einiges gemeinsam."

„Brauchst du Rückendeckung? Solange wir Vanessa raushalten können, stehe ich dir gerne bei."

„Das ist lieb!", versicherte seine Schwester, als sie um eine Hecke bog, die alles dahinter vor neugierigen Augen versteckte. Der Turm ragte wuchtig vor uns auf, mit dicken, trutzigen Mauern und kleinen verzierten Fenstern. Ein frisch angelegtes Rosenbeet umrandete es, soweit das Auge reichte, und sollte sich irgendwann einmal um das Gerüst ranken, das vor der Eingangstür angebracht war. Ein Dornröschenturm.

„Kommt."

„Wir wollen dich hier nicht vertreiben."

Catriona lachte auf, als sie uns die Tür aufhielt, bis Ian sie übernahm. „Ich glaube, es fliegen nur die Fetzen, wenn ich bliebe."

„Unsinn", murmelte Ian. „Vanessa ist sehr verträglich und wir streiten uns doch auch nie."

„Und Rick?" Ihr Ton sagte alles.

„Den werde ich so schnell nicht wieder los, oder?", grummelte Ian versöhnlich. „Also werde ich lernen, mich mit ihm zu arrangieren. Irgendwie."

„Ah!" Sie schob uns den schmalen Gang entlang, an Türen vorbei bis zum Treppenabsatz. „Ich habe leider nur ein Gästezimmer, aber es ist groß genug, und euch stehen alle anderen Räume selbstverständlich ebenfalls zur Verfügung. Ich werde anklingeln, bevor ich hereinkomme."

Merkwürdige Maßnahme in seinem eigenen Haus.

„Fühlt euch wie zu Hause. Oh, ich habe Rosalind einige Kleinigkeiten vorbereiten lassen, damit ihr nicht zum Dinner erscheinen müsst. Schönen Honeymoon." Sie verabschiedete sich mit einem neuerlichen Kuss auf meine Wange und einem wissenden Grinsen. Honeymoon.

„Du hast es gehört, dearie, von uns wird hier einiges erwartet."

„Ich hoffe mal, nicht noch heute Nacht." Wobei mir das eigentlich recht wäre. Seufzend wandte ich mich ab und nahm die erste Stufe.

„Brauchst du einen Moment für dich?"

„Ich wollte mich umsehen, meinst du das wäre deiner Schwester recht? Dieser Turm erscheint mir wie aus einem Märchen."

„Dann begleite ich dich." Er folgte mir auf dem Fuß, legte die Hand an meine Hüfte, während ich vor ihm die Stufen erklomm. „Wenn ich gewusst hätte, wie dieser Haufen verrotteter Steine bei den Damen ankommt, hätte ich ihn bereits vor Jahren renoviert. Aber wer konnte schon damit rechnen?"

„Vermutlich spricht es unsere Kleinmädchenfantasie an, eine Prinzessin zu sein. Züchte doch Einhörner, die sind auch unglaublich beliebt." Die Wendeltreppe führte in engen Stiegen in schwindelerregende Höhen. Ein altes Tor versperrte den Eingang zur oberen Etage.

„Einhörner?" Ian lachte ausgelassen. „Du gibst mir Aufgaben! Soll ich dir vielleicht auch das Gold der Leprachauns besorgen und nebenbei feuerspeiende Drachen erschlagen?"

„Übernimm dich nicht. Erst einmal besorgst du der Königin ihr Kind, Rumpelstilzchen, verstanden!" Ich gab meinen Versuch, die Tür zu öffnen, auf. „Und beseitigst dieses Hindernis."

„Wie meine Herrin befiehlt." Bei ihm sah es wie ein Kinderspiel aus: Einen Hebel gedrückt und das Tor schwang auf. „Tretet ein."

Mich begrüßte wieder ein enger Gang. „Kennst du dich hier aus?"

„Auf dieser Etage befinden sich Catrionas private Räume: Schlafzimmer, Schreibstube und noch zwei ungenutzte Räume. Ich nehme mal an, eines wird demnächst ein Kinderzimmer werden."

„Oh. Dann sollten wir vielleicht ..." Nicht hier herumspionieren. „Es geht noch weiter hoch."

Ian schloss die Tür wieder und folgte mir auch dieses Mal die Stufen hinauf. Auf halber Höhe blieb ich stehen. „Das scheint ewig so weiterzugehen."

„Drei Stockwerke plus Dachterrasse."

Ich pfiff beeindruckt. „Wow."

„A ghràidh, du wirst eines Tages in einem Schloss leben, nicht nur in einem kleinen Turm." Er schob mich weiter. „In einem mit Aufgängen, in denen man nicht befürchten muss, steckenzubleiben."

Ich verstand, was er meinte, als ich mich zu ihm umdrehte. Seine Schultern streiften an beiden Seiten die Wände. Es sah so lustig aus, dass ich augenblicklich in Lachen ausbrach. Er wirkte, als stecke er fest, blockierte den gesamten Zwischenraum und machte dabei auch noch einen verdammt bedröppelten Eindruck, dass ich mich gar nicht halten konnte. Ich kugelte mich vor Lachen.

„Immerhin siehst du mein Problem. Hoch mit dir, sonst werfe ich dich doch noch über die Schulter und schaffe dich ins Bett." Er piekste mir mit dem Finger in den Bauch, in die Seite und in den Po, als ich mich umdrehte, um die Stufen hoch zu hasten.

„Sei nicht so ein Grobian, sonst schläfst du auf dem Boden!" Die Tür auf der nächsten Ebene stoppte mich wieder. Ich sollte schnell lernen, wie die Türen hier zu öffnen waren, sonst steckte ich bald in Schwierigkeiten.

„Wenn du weiterhin so frech bist, werde ich dich bestrafen müssen", warnte Ian, sich vor mir aufbauend. Er war ein Koloss, so groß und breit wie der Gang, und ähnlich beeindruckend.

„Werde ich auf dem Boden schlafen müssen?" Vielleicht hatte ich Angst vor dem Leben und seiner Mutter, aber sicher nicht vor ihm.

„Nein, nur mit mehr Gesellschaft, als erwünscht!" Seine Fingerspitzen glitten über meine Wange, sein

Blick folgte, auch als sie in mein Haar abwanderten, die nun, wie er es gewünscht hatte, mit Extensions verlängert worden waren und meine leichte Krause übertünchten.

„Ich mag dich brünett."

Ein Kompliment, auch wenn es nüchtern ausfiel. „Danke. Ich mag mich auch brünett."

„Gut." Er beugte sich vor, als er es murmelte, und wieder hielt ich den Atem an. „Dann belassen wir es dabei", wisperte er. Seine Hand verließ mein Haar und in meinem Rücken schwang die Tür auf. Ich fing mich, und stolperte hinein. Verdammt!

„Hier oben war ich noch nicht."

Na toll! Mein Honeymoon verlief anders, als man es gemeinhin erwartete!

„Die Aufteilung wird ähnlich dem unteren Stockwerk sein. Vier Zimmer inklusive Bad." Ian schob mich weiter und öffnete munter die erste Tür, die uns in die Quere kam. Eine Art Wohnzimmer mit Couch, Fernseher und einem Kamin.

„Aha." Er schloss die Tür und drängte mich weiter. Das nächste Zimmer war ein Schlafzimmer. Im Kamin brannte ein angenehmes Feuer hinter einer dicken Glaswand. Es war heimelig warm, auch wenn ich meinte, eine gewisse Feuchtigkeit zu spüren. Es roch chemisch, Farbe, Kleister, irgendetwas in der Art. Auf dem Boden lag ein flauschiger Teppich auf blanken Dielen. Das Bett war genauso, wie man es erwartete: ein altes Holzgestell, das mit dicken Vorhängen umrandet war. Damit glich es dem Bett, in dem wir drüben im Schloss geschlafen hatten.

„Sie eifert Lachlan nach." Ian trat tiefer in den Raum, um es genauer inspizieren zu können. „Wie wäre es mit einem Picknick im Bett?"

Nicht seine Idee, sondern die seiner Schwester, denn auf der dunkelroten Überdecke stand ein großer Korb bereit. Kerzen standen auf den Kommoden und auch in kleinen Ansammlungen auf diversen Tabletts auf dem Boden. Da hatte sich jemand viel Mühe gegeben, um den Ort romantisch herzurichten.

„Dörrfleisch und Cracker?"

„Ich hoffe nicht!" Er machte kehrt und inspizierte den Korb. „Nein, kleine Chimäre, es sieht nach einem wirklich ansprechenden Mahl aus."

Damit war die Besichtigungstour wohl beendet. Was mir recht wäre, wenn ... Verflixt, reiß dich zusammen, es wird kein erotisches Picknick geben!

„Besser, ich hole unseren Koffer, meinst du nicht? Ich für meinen Teil würde gerne das ein oder andere Kleidungsstück ablegen."

Ja, bitte. Gerne so viele wie möglich. Meine Wangen begannen zu glühen. „Stimmt." Schnell drehte ich mich weg, um aus den Schuhen zu schlüpfen und mich mit etwas Banalem zu beschäftigen.

„Vermutlich wurde auch Sekt kaltgestellt, zumindest sprechen die Kelche dafür. Nebenan sollte es ein Badezimmer geben." Ian deutete zur zweiten, noch geschlossenen Tür. „Wenn du ..."

„Ja, gute Idee!" War das meine Stimme? Herrje, jetzt wurde ich albern. Es passierte nichts, absolut gar nichts, außer vielleicht in meinem überproduzierenden Kopf.

Er sah mich noch einen Moment lang an, bevor er ging, einen merkwürdigen Moment lang, der meine Nervosität nur noch steigerte. Verflixt, hier musste noch einiges geklärt werden!

Zunächst jedoch machte ich mir ein Bild von den kulinarischen Köstlichkeiten, die mich erwarteten – ja, ich befürchtete immer noch, das Altbekannte vorgesetzt zu bekommen – und bekam einen knurrenden Magen, als ich das gegrillte Hühnchen roch. Lauwarm. Brot, Dips, rohes Gemüse ... Zumindest sah es gesund aus. Eine Thermoskanne, die sicherlich Tee enthielt, dem hiesigen Nationalgetränk. Der Hunger würde demnach gestillt werden, während der andere sicherlich in der Nacht an mir nagen würde. Ich ließ die Klappe des Korbs wieder zufallen und rutschte aus dem Bett. Der Raum besaß nach außen hin eine Biegung, was viel Platz wegnahm und optisch für Verwirrung sorgte. Ich war rechteckige Zimmer gewohnt. Das Fenster stand offen und ließ eine leichte Brise hinein. Es war keine Schießscharte, wie ich es bei der Treppe auf den Zwischenebenen gesehen hatte, sondern fast so breit wie ich selbst. Ich lehnte mich hinaus, und hielt den Atem an. Die Küste lag vor mir.

„Was meinst du, verlegen wir das Picknick auf die Dachterrasse?"

„Warum nicht." Dort müsste ich nicht pausenlos daran denken, dass ich eigentlich mehr wollte, mehr von ihm, mehr von dieser Ehe. Mehr, als ich bekommen könnte.

„Schön."

„Gehst du voran?" Ich hielt ihm die Tür auf. „Was ist das für ein seltsamer Mechanismus?"

„Der Türverschluss? Mittelalterlich. Eine Öse zieht einen kleinen Balken hoch. Er ist hinter der kleinen Spalte verborgen." Er deutete auf die Tür, die ich in Augenschein nahm. Die Spalte war winzig und ich hätte sie nicht von selbst entdeckt.

„Clever."

„Veraltet, aber es passt zum Ambiente, nicht wahr?"

Die Stufen nahmen eine neuerliche Biegung, bevor wir endlich im obersten Stockwerk angelangten. Eine Tür erwartete mich, aber dieses Mal keine mit diesen altertümlichen Öffnungsriegeln. Ein Schlüssel steckte im Schloss, ich drehte ihn und schob die Außentür auf. Ich stand nicht im Freien, wie ich es erwartet hatte.

„Ein Wintergarten, das ist neu." Ian stellte den Korb ab und nahm mir die Flasche ab. „Fast noch besser, als nur die Dachterrasse, meinst du nicht?"

Es war zumindest weniger windig. Die Sonne versank vor meinen Augen im Meer.

„Brèagha."

„Es ist so ..." Mir fehlten die Worte, um es passend zu beschreiben, nicht nur die Englischen.

„Majestätisch." Ian stellte sich zu mir, ich spürte ihn in meinem Rücken.

„Ja." Die letzten Strahlen wurden von der Dunkelheit verschluckt.

„Setz dich. Ich werde für Ambiente sorgen."

Ich sah zu ihm über die Schulter zurück. „Wir brauchen Ambiente?"

„Ja."

Wer war ich, darüber zu streiten? Allerdings wollte ich mich auch nicht in die Dunkelheit setzen und warten, viel lieber umrundete ich die Sitzecke, um näher an die Scheibe zu treten und in die Ferne zu starren. Sterne begannen zu funkeln.

Hinter mir flammte Licht auf, was die Aussicht behinderte.

„Nehmen wir die Stühle oder möchtest du es klassisch halten?"

„Entscheide du."

Ian legte weitere Decken bereit. „Wenn du magst, setz dich doch zu mir."

Seufzend wandte ich mich vom Sternenhimmel ab. Ian hatte eine Decke neben der Feuerstelle ausgebreitet und die Sitzkissen der Liegen darauf verteilt. Es sah gemütlich aus. Romantisch, vor dem flackernden Feuer, das ebenso wie jenes im Schlafzimmer hinter Glas gesichert war.

„Ich bereue immer mehr, Catriona und Lachlan dieses Gut überlassen zu haben. Was sie aus Farquhar und diesen Turm gemacht haben, ist unglaublich."

„Ja." Langsam bewegte ich mich auf ihn zu und sank auf den freien Platz neben dem Korb, der nun als Tisch fungierte.

„Wir haben einige nette Kleinigkeiten bereitgestellt bekommen."

„Ja."

Ian nahm mir ein Glas ab und hob es. „Auf uns."

„Ja."

Ich nippte gedankenverloren.

„Du bist so einsilbig heute."

„Ich ..." Kopfschüttelnd brach ich ab. „Mir geht so viel durch den Kopf."

„Zum Beispiel?", hakte er nach, wobei er sein Glas fortstellte und nach den Tellern griff. „Magst du Sandwiches? Bei unserem Picknick im Garten sind wir so früh aufgebrochen, dass ich nicht einschätzen kann, was du magst und was nicht." Ian reichte mir einen Teller mit dem Brot und einigen Streifen Paprika. „Bitte sag mir, was dich bedrückt."

Tja, wenn ich es so leicht festlegen könnte. „Ich bin wohl in merkwürdiger Stimmung, entschuldige. Ich versuche, darüber hinwegzukommen." Dafür sollte ich nun wohl Interesse heucheln. „Tradition, sagtest du?"

„Ja. Wir kamen vor langer, langer Zeit in den Besitz des Landes. Es war so eine Landenteignungsgeschichte nach den Jakobiteraufständen. Einer unserer Vorfahren kam gerade zur rechten Zeit hier vorbei, um einer holden Maid zur Hilfe zu eilen." Dieses Mal war sein Zwinkern nicht aufgesetzt, sondern mit Gewicht. „Scheint ein Spleen bei uns zu sein, was meinst du?"

„Ich nehme an, diese Maid war ebenso wenig erpicht darauf, gerettet zu werden, wie ich es war?" Männer und ihre eingebildeten Heldentaten. Ich biss in mein Sandwich.

„Tja, sie zahlte denselben Preis, so viel ist sicher. Schmeckt es?"

„Es ist köstlich, danke." Welchen Preis hatten wir entrichtet?

„Es gibt unterschiedliche Versionen davon, ob sie glücklich damit war oder nicht. Es ist nicht zu scharf?"

Ich schüttelte kauend den Kopf.

„Ich hoffe, dass unsere Geschichte eindeutig sein wird."

„Wann ist jemals etwas eindeutig?" Zumal, wenn es mit Mann und Frau zu tun hatte?

„Na gut, dann formuliere ich es anders. Ich hoffe, dass du in Zukunft keinen Grund sehen wirst, in den Gemäuern, in denen du sterben wirst, herumzuspuken."

Beinahe verschluckte ich mich an meinem Bissen und spülte ihn mit einem großen Schluck Champus runter. „Du willst damit nicht sagen, dass es hier Geister gibt."

„Nein, wohl nicht." Er hob die Achseln. „Ich glaube nicht an Geister."

Toll. Ich starrte ihn an. Natürlich gab es keine Geister, beharrte der rationale Teil von mir, der sich jedoch gleich selbst in Zweifel zog. Der andere Teil spitzte die übersinnlichen Ohren. Spürte man die Toten? War der Hauch, der über meinen Nacken glitt, womöglich eine Berührung? Obwohl ich mich eine Närrin schalt, drehte ich mich um. Natürlich gab es hinter mir nichts weiter zu sehen, als die Möbel und die reflektierenden Scheiben.

„Vanessa, es gibt keinen Grund zur Furcht. Sicherlich ist die Lady von Nairn kein Schreckgespenst und sie hat auch keinen Grund, Frauen anzugreifen. Die Legende besagt, sie sei unglücklich über den Verlust ihrer Liebsten und spukt voller Gram hier herum. Für

Jahrhunderte stand hier nur ein Gerippe des alten Wohnturms. Vermutlich klang der Wind, der hier um die Mauern strich, wie das Klagen eines alten Weibes." Ian zuckte erneut mit den Schultern. „Harmlos."

Trotzdem spürte ich, wie sich jedes Härchen auf meinem Körper aufrichtete.

„Komm her." Er räumte den Korb zur Seite und streckte die Hände nach mir aus. „Ich sehe dir doch an, wie unbehaglich du dich fühlst. Ich sollte lernen, meinen Mund zu halten."

Unbehaglich war gar kein Ausdruck, allerdings hatte es auch seinen Vorteil. Ian zog mich an sich, schlang die Arme um mich und hielt mich. Was wollte man mehr?

„Besser?"

„Ein wenig." Ich kuschelte mich an ihn und mümmelte an meinem Sandwich.

„Es hat schon Catriona immer verschreckt, ich weiß auch nicht, warum ich jetzt damit anfangen musste."

„Schon gut, ich glaube auch nicht an Geister." Das erklärte meine Unruhe natürlich nicht. „Dachte ich jedenfalls." Mein leises Seufzen dehnte sich.

„Ich traue mich gar nicht, dich nach Skye zu bringen."

„Noch mehr Gespenster?"

„Keine, von denen ich dir erzählen werde."

Zu spät. „Auch ein Turm?"

„Nein, ein Dùn. Eine Burg, aber um einiges geräumiger als Farquhar. Es ist der Stammsitz derer von Skye und seit Jahrhunderten in Familienbesitz". Stolz klang in seiner Stimme mit. „Die ganze Insel wird von uns verpachtet. Wir haben fruchtbares Ackerland, eine florierende Fischerei und halten natürlich auch Nutzvieh."

„Schafe." Irgendwie war ich belustigt, schließlich machte er nicht den Eindruck, ständig mit Nutztieren zu tun zu haben. Er wirkte eher wie ein Salonlöwe, auch wenn ich ihn als Schafhirten kennengelernt hatte.

„Kühe. Lachlan hat diesen Drang, neues auszuprobieren, und die Gegend hier eignet sich wohl besonders gut für Schafe." Er hob die Schultern, was ich an meinem Rücken sehr gut spüren konnte. „Ich habe mir Farquhar immer als Pferdezucht vorgestellt."

„So?"

„Es ist traditionell der Wohnsitz des Marquess of Culnacnoc, also habe ich mir in meiner Jugend oft vorgestellt, was ich hier machen könnte." Wieder hoben sich seine Schultern. „Aber wie so oft, kommt es anders als gedacht. Farquhar gehört Lachlan und ich gönne es ihm."

Musste ich da durchsteigen?

„Er hat das Gut wieder zu seinem alten Glanz verholfen, ich hätte das nicht geschafft."

Die Kruste meines Sandwiches knabbernd, sortierte ich die Informationen. „Warum nicht?"

„Mir fehlt wohl die Liebe zu diesen Gemäuern. Möchtest du noch ein Sandwich?"

„Nein, danke."

„Skye braucht auch einige Erneuerungen, wenn ich so darüber nachdenke." Ian legte seine Hand auf meinen Bauch und schob sich leicht zur Seite, um nach seinem Champus zu fischen. „Meine Eltern sind sehr konservativ, was Veränderungen anbelangt, und zumindest màthair ist mit Lachlans Plänen nie einverstanden gewesen. Fàthair ist da aufgeschlossener. Letztes Jahr hatte es ganz den Anschein, als wolle er einige seiner Ideen übernehmen, aber es hat sich dann wohl zerschlagen. Möchtest du?" Ian hielt mir sein Glas hin.

„Danke."

„Vermutlich werde ich mich daran machen müssen." Er seufzte schwer. „Mir graust es bereits vor all der Verantwortung."

„Vor der Renovierung?" Wohl zu recht. Bisher hatte ich immer nur kleine Baustellen gehabt, Wohnungen mit maximal fünf Zimmern, aber auch die waren aufwendig zu renovieren gewesen. Eine ganze Burg stellte einen sicher vor unlösbare Aufgaben. „Zur Not lässt du dich von Lachlan beraten."

„Stimmt", brummte Ian. „Er hat auch ein Auge auf den Turm." So richtig zufrieden klang er aber nicht.

„Du magst ihn nicht um Hilfe bitten? Sicher gibt es Innenarchitekten für so etwas." Zumindest in dem Hotel, in dem sie gearbeitet hatte, war die Aufsicht von der Leitung übernommen worden, natürlich nur nominell. Ein Innenarchitekt, der alles im Auge behielt und Berichte über den Fortgang lieferte, war natürlich zwischengeschaltet.

„Doch", murrte Ian. „Ich werde ihn wohl fragen."

Ich drehte mich, um ihn anzusehen. „Gibt es Probleme zwischen euch?" Bisher hatte ich nicht den Eindruck gehabt.

„Nein. Eigentlich nicht." Er brummelte etwas vor sich hin. „Es ist nur, dass er nie um etwas bitten muss. Er kann alles, immer schon, während ich ständig … Daingead!"

„Meinst du? Vielleicht ist es gar nicht so, wie es scheint? Vielleicht steckt viel Arbeit hinter seinem Können?"

Ian brummelte. „Aye, möglich."

„Ich bin mir sicher, dass du es ebenso gut könntest, wenn du dich dahinterklemmst."

„Tabadh leat, Vanessa." Er drückte mir einen Kuss auf die Nase. „Ich werde dich nicht enttäuschen."

„Das wollte ich auch nicht …" Ich stemmte mich von ihm fort, hatte dazu die Hand auf seine breite Brust gelegt, und drückte gegen seine leichte Umarmung an.

„Bleib hier, bitte." Einen Moment leistete er weiterhin Widerstand, dann lockerte er seine Umarmung und seufzte. „Fandest du es ungemütlich?"

„Nein." Im Gegenteil, aber es war wohl besser, wenn wir einen gewissen Abstand wahrten.

„Dann bleib doch. Wir müssen nicht reden, wenn du nicht möchtest." Er rappelte sich auch auf und schob den Korb weiter fort. „Wir dämmen das Licht und kuscheln uns vor den Kamin." Er vertrödelte keine Zeit, zog die Picknickdecke samt Polsterkissen näher an den Kamin, als ich noch drauf hockte, und besorgte Decken, während ich mich von der Schlitterpartie erholte. „Schau, der Ausblick ist doch auch nicht ohne."

Recht hatte er. Der Sternenhimmel war zwar weniger farbenfroh wie der Sonnenuntergang, aber aus unserem Blickwinkel nicht minder beeindruckend.

15

Kein Tag für Erinnerungen

Als ich erwachte, steckte ich in einer festen Umarmung. Im ersten Moment verwirrte es mich, denn obwohl ich langsam Routine darin bekam, wieder neben einem Mann aufzuwachen, war die Intimität dieses Morgens deutlich an meinem Po zu spüren.

Mein Herz begann heftiger zu schlagen, weil ich annahm, mein Bettgenosse sei wach. Leider erschlug sich die Hoffnung nach wenigen Augenblicken. Damit blieb mir nichts anderes übrig, als mich mit der Unruhe in meinen Eingeweiden abzufinden. Wir mussten dringend über dieses Thema sprechen.

Noch mit den Umständen hadernd, dass ich mich nicht umdrehen und ihn mit süßen Küssen wecken durfte, versuchte ich, den Kontakt zwischen uns zu eliminieren. Allerdings robbte er sogleich nach, als ich meine Hüfte vorschob und brummelte etwas in mein

Haar. Seine große Hand rutschte ab, legte sich wie in der vergangenen Nacht auf meinen Bauch und hielt mich festgepinnt an sich gepresst. Das war der deutlichste Hinweis dafür, dass er tief und fest schlief. An wen er wohl dachte? Schön, eine morgendliche Erektion war kein Grund zum Aufschreien, aber irgendwie piekste es doch. Ich konnte mir schlecht weismachen, dass er von mir träumte.

Er murmelte etwas, seine Hand fuhr höher und er stöhnte tief.

Okay, eine Entscheidung musste her. Er mochte noch dösen und sich irgendwelchen Fantasien hingeben, aber ich war wach. Wie sollte ich reagieren, nachdem ... Es wäre doch zu peinlich, es zuzulassen, und später eine Rechtfertigung dafür finden zu müssen. Was sollte ich vorbringen? Du wolltest ja? Dürftig. Ich hatte nichts dagegen? Prima, wie stände ich dann da?

Verflucht und zugenäht, warum konnte nicht einmal etwas leicht sein!

Sein Mund presste sich brennend heiß auf meinen Hals, knapp unter mein Ohr, seine Zunge tupfte mich an, bevor seine Lippen tiefer glitten, in meine Schulterbeuge, während die Hand ... Ohoh! Unter meinem Shirt trug ich nur die feine Spitzenwäsche, die er mir gekauft hatte, und er war drauf und dran, festzustellen, welche Teile seiner Einkäufe mir am besten gefielen!

Seine Fingerspitzen erreichten meine Brust, strichen über die feine Spitze, bevor sie sich ihren Weg darunter suchten.

Okay, Entscheidung fällig! Jetzt!

Panisch quiekte ich auf. Mist! Ich hasste Entscheidungen, ich hasste meine Unsicherheit und ich hasste mich, mich, mich!!!

„Dain...", schreckte auch Ian auf. „Was ist?" Im nächsten Moment stand er und drehte sich um, als suche er nach einer Gefahr. Damit war klar, ohne Peinlichkeiten kam ich nicht über den Tag. „Was ist denn?" Sein irritierter Blick richtete sich auf mich. „Ein Vogel?"

Nicht, dass mir bisher aufgefallen war, dass tatsächlich einige Vögel auf den Zinnen saßen. „Äh ..." Die Decke raffte ich an meine Brust und kauerte mich dahinter, als wäre es eine Mauer aus Stein oder Panzerglas. Irgendetwas, was mich verbarg und schützte.

Ian kniete sich wieder hin, wobei er sich den Schritt richten musste. „Wow, jetzt bin ich wach." Er lachte auf. „Du hast dich nur erschreckt, nicht wahr?"

„Ja?"

„Es geht doch nichts über einen Schrecken am Morgen, um in Wallung zu kommen!" Er streckte sich wieder neben mir aus und versuchte, ein Stück der Decke aus meinen Fingern zu winden.

„Vanessa?", säuselte er verführerisch und vergrub sein Gesicht in meinem Haar. Seine Lippen drückten sich in meinen Nacken. „Habe ich dich erschreckt?"

Was? Wollte er andeuten, er habe nicht so fest geschlafen, wie ich es angenommen hatte? Wie wäre es, wenn er es dann einfach aussprach!

„Weil ich dich berührt habe?"

Oh, Scheiße, es wurde ernst. „Wir haben …" Irgendwie fehlten mir die passenden Worte. Alles was mir einfiel, klang falsch.

„Wir müssen nicht." Ich wartete auf das *aber*. „Ich habe mich im Griff." Er überließ mir die Decke und lehnte sich zurück. „Aber es wird Fragen aufwerfen, wenn du jedes Mal zurück schreckst, wenn ich dich berühre. Vergessen wir es. Wie wäre es mit Frühstück?" Ian rollte sich mit einem Seufzen zur Seite. „Im Korb hätten wir noch …"

„Ich schrecke nicht zusammen."

Ian ließ den Korb, wo er war, drehte sich bloß mit einer Miene um, die auch ohne Worte sagte, dass ich das selbst nicht glaubte.

„Das lasse ich mir nicht einreden." Es war ja auch völlig an den Haaren herbeigezogen!

Ian überrumpelte mich, warf sich förmlich auf mich und küsste mich, bevor mir auch nur noch einen zweiter Gedanke durch den Kopf schoss.

„Du zuckst also nicht zurück."

„Du hast mich …", schnaufte ich entrüstet. „Erschreckt!"

Ian lag halb auf mir, umfasste mein Kinn mit der einen Hand und stützte sich mit der anderen auf Höhe meines Gesichts ab. „Es sollte dich nicht erschrecken, wenn dein Ehemann dich küsst, meinst du nicht?"

„Sehr witzig", grummelte ich. „Es ist nicht gerade unser üblicher Umgang, oder?"

„Stimmt. Deswegen sollten wir es vielleicht hin und wieder dazu machen." Er beugte sich vor, hauchte mir einen weiteren Kuss auf die Lippen, bevor er den

Druck festigte und sie, wie zuvor an meinem Hals, mit seiner Zunge antupfte.

„Ian."

„Scht." Ian rieb sacht seine Lippen über meine. „Wir gewöhnen uns aneinander." Tupfte kleine Küsschen auf sie. „Wir werden uns aneinander gewöhnen, nicht wahr?"

„Aber ...", murmelte ich an seinem Mund.

„Wir können es doch versuchen, meinst du nicht?" Seine Hand glitt ab, strich über meinen Hals und über meine Schulter. „Wir beide. Du und ich."

Fragezeichen stürmten auf mich ein. Was wollte er versuchen? Mein Herz hüpfte, während mein Magen absank. Ohje! Oder Ohja? Warum konnte nicht einmal entschlossen sein?

„Was meinst du?"

Wenn er eine Antwort wollte, sollte er mir Zeit geben, darüber nachzudenken!

Seine Zunge fuhr über meine Lippen, die sich unwillkürlich öffneten, um ihm Einlass zu gewähren. Oh, ja. Nein! Verflixt!

Schön, ich wusste gar nicht, wie meine Antwort lauten würde, könnte ... sollte?

Ians Hand rutschte tiefer, über meinen Arm, zu meiner Hand, die auf seiner Brust lag. „Vanessa." Ein weiterer zarter Kuss, dann fuhr er fort, meine Lippen mit kleinen Tupfern zu bedecken. Rückzug. Eine interessante Taktik. Er schob sich etwas mehr auf mich, bedeckte mich nun vollständig mit seinem stahlharten Körper. Wie gut es sich anfühlte, wie eine behagliche Decke. Mich streckend versuchte ich, einen richtigen Kuss zu bekommen. Einen leidenschaftlichen, tiefen Kuss, der mein Inneres so herrlich entflammen konnte. Meinen Bauch, mein Herz, sogar meinen Kopf und alles wegflammte, was ohnehin über war. Gedanken, Zweifel, Sorgen ...

„Aye?", murmelte Ian an meinem Mund. Seine Finger schlossen sich fester um meine, nahmen sie von seiner Brust und drückten sie auf das Polster nieder. Er stemmte sich auf, um auf mich herabsehen zu können. „Aye?"

„Ich verstehe dich nicht", wisperte ich, gegen seinen Halt angehend. „Was sagst du?"

„Aye. Ich bitte dich um deine Zustimmung." Seine Augen wanderten über mein Gesicht. „Sehen wir es als nachträgliches Eheversprechen."

„Was erwartest du?" Meine Stimme bebte vor Aufregung, warum musste er auch reden? Ian streichelte meine Wange, verfolgte den Weg seiner Finger mit seinem Blick.

„Ich möchte etwas Echtes, aber ich erwarte es nicht." Sein Blick verschmolz wieder mit meinem. „Ich möchte eine Zukunft, eine Familie aufbauen."

Das war gespenstisch.

„Eine liebevolle Familie. Was meinst du? Wollen wir es auch als Paar versuchen?"

Die Antwort steckte mir im Hals fest, aber er erwartete keine verbale Reaktion. Seine Lippen bogen sich in ein leichtes Lächeln und er sank mir erneut entgegen, um mich zu küssen. Richtig, dieses Mal. Er streichelte über meine Seite hinab zu meiner Hüfte und ließ die Hand dann wieder emporwandern – unter mein Shirt.

Hinnehmen. Eine verdammt schwere Aufgabe, wenn man in meiner Lage war, noch schwerer: Annehmen. Es war doch, was ich mir wünschte, warum fiel es mir nun so schwer, es zu akzeptieren? Weil nie etwas passierte, was ich mir wünschte!

Meine Finger zitterten, als ich sie hob, und sie vorsichtig an sein Gesicht legte. An seine raue Wange, an der sein Bart bereits zu sprießen begann. Ich spürte seine Bewegung, seinen Kuss, wie er schluckte und nach Atem schnappte.

Er wurde feurig, was mir gefiel, aber ebenfalls verunsicherte. Herrje, ich wusste selbst nicht, was ich wollte.

Ian rutschte zwischen meine Schenkel, gab damit die Richtung vor. Das war gut. Endlich setzten wir ein paar Parameter. Endlich erfuhr ich, woran ich war, bekam eine Vorstellung davon, wie es weitergehen konnte. Beruhigend. Aufrührend. Ach, verflixt!

Er wusste zumindest, was er wollte, und momentan wollte er ganz eindeutig mit mir schlafen. Vielleicht hielt es nicht, vielleicht zerbrach alles, was ich mir so hübsch zusammenträumte, aber im Hier und Jetzt war es gut so, wie es war. Und hatte es in der Therapie nicht geheißen, man solle für den Moment leben?

Und dieser Moment war es doch wert, ihn zu erleben. Zu spüren, wie der eingefrorene Körper langsam taute, wie das Herz endlich wieder den Raum ausfüllte, dem es zustand. Jeder Luftzug füllte mehr als nur meine Lungen, er füllte mich aus, bis zu den Zehenspitzen.

„Darf ich?", murmelte Ian und hob mein Shirt an. Er musste sich aufsetzen, um es mir ausziehen zu können. Den BH öffnete er gleich mit, auch wenn er ihn nicht abstreifte, als er mich wieder zurückdrängte. „Vanessa." Er küsste mich.

„Ja."

„Ich will …"

Eine Tür schlug zu. „Hier versteckst du dich also!"

Nicht nur meine Stimmung war im Nu im Eimer, auch Ian versteifte sich über mir und schloss die Augen.

„Sieh mich gefälligst an, wenn ich mit dir rede, Ian!" Die Stimme der Duchess peitschte auf uns nieder und schreckte ihn auf, so dass er die Lider hob und mich ansah.

„Es tut mir leid", formte er mit den Lippen. Er streckte sich nach meinem Shirt, bevor er sich aufstemmte. Ich erhaschte keinen Blick auf die Duchess, weshalb ich hoffte, andersherum sei es ähnlich. Zumindest, bis ich mir das Shirt über den Kopf gezogen und die Decke um mich gewickelt hatte.

„Màthair, was für eine Überraschung." Er klang angespannt, blieb aber höflich. „Darf ich fragen, was dich am frühen Morgen herführt?"

„Der Duke hat mit dir zu sprechen." Sie wandte sich ab, erwartete wohl, dass Ian wie ein folgsames Hündchen hinter ihr hertrabte, aber er hatte andere Pläne.

„Tatsächlich? Wie kann fàthair wissen, dass ich hier bin?"

Ich verfolgte, wie die Duchess sich langsam wieder umwandte und ihren Sohn mit ähnlich schneidendem Blick betrachtete, der auch in ihrer Stimme den Hauptton ausmachte. „Glaubst du ernsthaft, soetwas bliebe mir verborgen?" Sie lachte auf. „Lass uns nicht warten."

„Ich fürchte, màthair, den Dienst kann ich dir nicht erweisen."

Sie stockte erneut, im Begriff den Wintergarten auf der Dachterrasse zu verlassen. „So? Ich bin mir sicher, dein Flittchen ist dir später nicht weniger geneigt, was also könnte dich aufhalten?"

Ian machte einen Schritt in ihre Richtung und schloss die Hände zu strammen Fäusten. „Meine Frau und ich haben andere Pläne." Er sah zu mir. „Wollen wir ausreiten?" Die Spannung stieg. „Was meinst du? Wir machen uns einen wunderschönen Tag in der Natur, nur wir zwei."

Da er mich immer noch ansah, nickte ich schnell.

„Sehr schön." Sein Lächeln war nicht mehr ganz so angespannt. „Und heute Abend, wenn Vanessa sich einen Moment Ruhe vor mir wünscht, vielleicht um ein entspannendes Bad zu nehmen, dann, màthair, werde ich bei fàthair vorsprechen. Ich bin mir sicher, dass, was auch immer er mir zu sagen haben wird, bis dahin warten kann."

„Bist du dir sicher, Ian, dass du deinen Vater warten lassen willst, um dich zu amüsieren?" Welche Art Amüsement sie im Sinn hatte, war nicht fraglich. „Du solltest noch einmal darüber nachdenken."

„Ist das eine Drohung, màthair? Wirst du die Zeit nutzen, um fàthair Lügen ins Ohr zu säuseln? Über Vanessa womöglich?"

Die Situation glitt wieder ab, ich spürte es an der Gänsehaut, die sich blitzschnell über mich hermachte. „Ian", murmelte ich, wobei meine Zunge Schwierigkeiten hatte, die Silben zu formen. Ich wollte aufstehen, wollte ihn berühren und zum Nachdenken anregen. Diese Konfrontation war unnötig. Leider kam ich nicht hoch, so sehr bebten meine Glieder.

„Nur zu. Richte fàthair aus, dass ich mich auf unser Gespräch freue. Guten Tag." Ian trat vor, um ihr die Tür aufzuhalten. „Platze nicht mehr uneingeladen hier herein."

„Ruh dich aus, a ghràidh, ich werde nicht lange fort bleiben." Ian drückte mir einen Kuss auf die Stirn und schob die Tür des Wohnturms auf. Wir waren den ganzen Tag unterwegs gewesen, im Pub zum ausgedehnten Frühstück, dann ein ebenso langer Ausritt und ein verspätetes Mittagsmahl. Aber natürlich hing die ganze Zeit die dunkle Wolke über uns. Das Wissen, was auf uns – auf Ian – wartete.

„Soll ich dich nicht begleiten?" Es fühlte sich nicht richtig an, sich zu verstecken, während er für etwas kämpfte, das für uns beide war.

„Das solltest du dir nicht antun."

„Ich weiß nicht, ob ich hier Ruhe hätte ... Vermutlich wäre ich sowieso ganz aufgeregt." Da brächte auch ein entspannendes Bad nichts.

„Meine Mutter wird es sich nicht nehmen lassen, bei dem Gespräch anwesend zu sein, und ich möchte dich nicht ihrer spitzen Zunge aussetzen. Sie ..." Er schüttelte den Kopf und verbiss sich die letzten Worte. „Bleib hier." Er küsste mich. „Oder vielleicht möchtest du bei Mrs McCollum bleiben? Wir können ihr den Weg ersparen, wenn wir unser Abendbrot gleich mitnehmen." Er suchte nach meiner Zustimmung. „Was meinst du?"

„Wie willst du es zukünftig handhaben? Soll ich mich immer verstecken, wenn wir auf deine Eltern treffen?" Was nicht praktisch erschien. „Wäre es nicht besser, wenn wir von Anfang an demonstrieren, dass wir uns nicht trennen lassen?" Was redete ich da? Wollte ich mich allen Ernstes der Duchess aussetzen?

„Unter anderen Umständen würde ich es begrüßen, aber du ... du bist ihr nicht gewachsen. Ich möchte nicht, dass so etwas zwischen uns steht."

„Ich weiß, worauf ich mich einlasse."

„Wir haben gerade mal an ihrer Oberfläche gekratzt", warnte Ian, als wir umdrehten. „Nun wird sie deinen Nachnamen erfahren und wird sich deine Vita vornehmen. Jede zweifelhafte Entscheidung wird sie im ungünstigsten Licht präsentieren." Ian schlang den Arm um mich und zog mich fest an seine Seite. „Selbstverständlich vor Publikum."

„Ich treffe keine schlechten Entscheidungen." Natürlich rasten meine Gedanken durch meine Vergangenheit und analysierten jede noch so harmlose Begegnung.

„A ghràidh, glaube mir, sie findet etwas." Wir schlenderten gemütlich über den Schotterweg, der vom Turm zum Haus führte, genossen die Ruhe vor dem Sturm. Ich tat es jedenfalls. Die wärmenden Strahlen der späten Nachmittagssonne im Gesicht, der Wind, der mit meinem Haar spielte und Ians Nähe. Ich musste es zugeben, ich war ein klein wenig in ihn verliebt und vibrierte vor Aufregung, was der Tag noch bringen mochte. Oder eher die Nacht. Jede Berührung seinerseits war heute mit einem sinnlichen Bewusstsein unterlegt gewesen, das mich schlicht umwarf. Ich konnte es kaum erwarten und gleichzeitig war jeder Moment ebenfalls mit Furcht hinterlegt. In was stürzte ich mich hier nur? Ich wusste, dass es nicht leicht werden würde. Mit der Duchess. Ein ganzes Leben unter ihrer Fuchtel? Was tat ich meinen potentiellen Kindern an?

Das Leben. Der einzige Weg, sehr wahrscheinlich, überhaupt Kinder zu haben. Also war es den Kampf wert. Verdammt, Ian war es wert, allein schon, um ihn zu unterstützen, wie er mich unterstützte.

Wir umrundeten das Schloss und traten in der dem Turm abgewandten Seite in den Flügel des Schlosses. In der Küche herrschte rege Betriebsamkeit.

„Mylord!" Mrs McCollum flatterte wie ein aufgebrachter Kolibri durch den Raum. „Verzeihen Sie, Ihre Gnaden beschwerte sich über die Qualität unserer Mahlzeiten, weswegen wir heute besonderes Augenmerk auf das Dinner richten."

„Natürlich, Mrs McCollum, wir möchten auch gar nicht stören." Ian dirigierte mich durch den Raum, führte mich im Bogen um den Herd und die Arbeitsplatten herum, an denen drei Hausmädchen beschäftigt waren. „Ich für meinen Teil war immer höchst zufrieden mit den hier gereichten Mahlzeiten und vermisse Sie regelmäßig, wenn ich woanders speisen muss." Mrs McCollum strahlte Ian an, als hätte sie nie nettere Worte vernommen und schnitt uns den Weg ab.

„Mylord, ich richte Ihnen das Dinner im Turm, sobald wir hier etwas Luft haben. Ist halb sieben recht? Wir haben derweilen Apfelkuchen mit Schlag im Kühlschrank, den kann ich Ihnen mitgeben." Ihre Wangen waren gerötet, wohl von der feuchten Luft hier, und sie knetete die Hände. „Nur einen winzigen Moment, Mylord."

„Mrs McCollum", Ian legte ihr die Hände auf die Schultern, „wir kommen gar nicht, weil wir hungrig sind, sondern weil wir meinen Vater sprechen müssen." Er zwinkerte ihr zu. „Möglichst ohne dass meine Mutter es mitbekommt."

Gute Taktik.

„Ah! Nun, Lord Ian, da werden Sie kein Glück haben. Seine Gnaden verlässt die Räumlichkeiten nur für das Dinner." Sie flatterte weiter zum Tisch, an dem sie zuvor gearbeitet hatte, und nahm ein Tablett auf. „Ihre Gnaden verlangte nach Tee. Kommen Sie, ich kann Sie melden."

„Sehen Sie eine Möglichkeit, die Duchess herauszulocken? Für eine Weile?" Ian folgte ihr, zog mich an der Hand mit sich. „Es wäre ungemein wichtig."

„Ah, Mylord, selbst die Abreise Lady Ealasaids hat ihre Ladyschaft nicht lang von der Seite seiner Gnaden ferngehalten."

Seine Schwester war also nicht mehr da. Das war von Vorteil. Ealasaid war genauso unfreundlich wie ihre Mutter, also waren die Gegner dezimiert.

Wir nahmen einen schmalen Durchgang, der sich wie die Treppe im Turm wand, und nach oben führte. Ein Wandteppich verbarg den Gang auf der oberen Etage, direkt vor der großen Treppe. Mit jedem Schritt den Gang im neuen Flügel des Hauses hinunter wurde nicht nur ich nervöser.

„Ian." Ich zog meine Hand zurück. „Du drückst zu fest."

Er nickte abgelenkt und legte den Arm um mich. Offenbar brauchte er den Kontakt, so zielgerichtet wie er ihn suchte. „Dann lass uns mal hören, was ihm màthair eingetrichtert hat."

Er klopfte für Mrs McCollum und öffnete ihr auch die Tür.

„Euer Gnaden, ich bringe den Tee", flötete die, als sie eintrat und sogleich geschäftig durch den Raum eilte. „Lord Culnacnoc wartet auf dem Flur, um seine Gnaden zu sprechen."

„Sie kommen spät!"

Zuerst bezog ich es auf uns.

„Ich habe den Tee vor einer Ewigkeit geordert. Was hat Sie aufgehalten? Ein Schwatz auf dem Flur?" Sie erschien in meinem Sichtfeld und folgte der Haushälterin. „Es ist mir unbegreiflich, wieso Kenndrick auf

Ihre Beschäftigung solchen Wert legt. Ihre Mahlzeiten sind armselig, der Tee eine Katastrophe."

„Darf ich Ihnen bereits eingießen, euer Gnaden?", zwitscherte Mrs McCollum, was ich bemerkenswert fand. Sie ignorierte die Tirade einfach. „Wird seine Gnaden ebenfalls eine Tasse trinken wollen?"

„Tee vielleicht, aber die Plörre, die Sie uns servieren ..."

„Ich schicke seine Lordschaft herein. Wenn Sie noch etwas benötigen, ordern Sie doch bitte über ihr Interface. Euer Gnaden." Sie knickste und strebte wieder heraus. Tja, so einfach würde es für uns sicher nicht laufen.

Ian zögerte noch einen Moment, warf mir einen aufmunternden Blick und ein Lächeln zu, die ihren Zweck verfehlten, und trat dann ein.

„Ich forderte dich nicht auf, hereinzukommen, Ian!", zischte die Duchess, was mich noch einen Augenblick länger aufhielt.

„Das stand auch nicht in Bälde zu erwarten", wischte Ian den Einwand fort. „Wo ist fàthair?"

„Du erwartest nicht ..."

„Doch." Ian ließ sie stehen und ging mit großen Schritten auf die zweite Tür zu, die, sollte die Zimmerflucht ähnlich jener gestaltet sein, die Ian hier im Schloss bewohnte, ins Schlafzimmer führte.

„Ian, unterstehe dich!" Die Duchess folgte ihm und stoppte nur, weil ich eintrat und sie es bemerkte. Ihr stahlharter Blick traf mich und ihre Miene verzog sich. „Sie werden hier nicht eindringen!"

Das stoppte auch Ian. „Màthair!" Den Rest verstand ich nicht. Sie gingen sich gegenseitig auf Schottisch an die Gurgel, und ihr Ärger schwang nicht nur in ihren Tonlagen mit, auch ihre Körper krümmten sich vor Anspannung.

Eine dritte Partei mischte sich ein, der Duke kam durch die Schlafzimmertür, wobei er sich schwer auf seinen Stock stützte.

Ich verstand kein Wort und konnte nicht eingreifen. Der Blick des Dukes streifte mich und er presste die Lippen zusammen, aber zumindest fiel er nicht mit ähnlicher Vehemenz ein wie seine Gattin.

„Mairi, beruhige dich", wechselte er nach einigen gälischen Worten ins Englische. „Miss Vanessa, bitte schließen Sie die Tür hinter sich und nehmen Sie Platz." Seine Hand schwang im Bogen zu der Sitzecke vor dem Kamin, wobei er schwankte und sich schnell zur Seite kippen ließ. Der Türrahmen fing ihn ab. Er war blass und nicht vollständig angekleidet.

„Lady", korrigierte Ian und fing mich ab. Er sollte besser seinem Vater helfen, ich kam sehr gut auf eigenen Füßen durch den Raum.

„Nicht einmal du bist dumm genug, dich ohne die Zustimmung deines Vaters zu verheiraten!" Die Augen der Duchess stachen in meinen Rücken. „Schon wieder eine absolut unpassende Verbindung, und dieses Mal dürfen wir uns auch noch glücklich schätzen, dass sie nicht in der Lage ist, Kinder zu bekommen!"

„Màthair!"

„Mairi", warnte auch der Duke in meinem Rücken. Ian platzierte mich auf einem schmalen Stuhl und baute sich neben mir auf, die Arme vor der Brust verschränkt, wirkte er wie ein Bodyguard. Er humpelte auf uns zu, ich hörte das stetige Tacken seines Stocks, wenn er ihn auf den Boden setzte.

„Möchte jemand Tee?" Vielleicht hätte ich besser den Mund gehalten, aber als mir die Kanne ins Auge fiel, plapperte ich einfach drauflos.

„Bitte." Der Duke klappte auf dem Stuhl mir gegenüber zusammen, was endlich auch Ian auffiel.

„Fàthair?" Er stoppte sogleich wieder, weil der Duke die Hand hob.

„Richte deine Sorgen auf dich und die Lady!" Anders als zuvor schien er nun verärgert. Das Gesicht verzerrte sich und die buschigen Brauen zogen sich über der Nasenwurzel zusammen.

„Milch und Zucker?" Ich sprang auf. Nur so dazusitzen, wurde immer unerträglicher. Auf dem Tablett standen nur zwei Tassen bereit. Ich füllte eine und reichte sie weiter.

„Zucker und Milch, lassie." Beim zweiten Versuch nahm er mir die Tasse ab und rührte zittrig in ihr herum. Mit jeder Runde schlug der Löffel an.

Der Weg zurück wurde mir nun jedoch von der Duchess verstellt.

„Junge?"

Ian straffte sich, suchte nach mir und legte den Arm dann fürsorglich um mich. Nach einem Räuspern wandte er sich an seinen Vater. „Mit Dummheit hatte dieser Schritt nichts zu tun, fàthair. Vanessa und ich, wir lieben uns. Ich brachte sie her, damit ihr sie kennenlernen könnt, aber seit der ersten Sekunde war màthair nur danach aus, unsere Verbindung zu torpedieren." Seine linke Hand legte sich auf meinen Bauch, als er sich mir zudrehte. „Sie ist absichtlich rüde."

„Sie ist mental krank", stellte die Duchess kalt fest. „Weißt du, was du dir da auflastest? Und wofür?"

„Vanessa ist sensibel, ich sehe daran nichts Negatives."

Oh schön, warum musste meine Konstitution zum Hauptthema werden?

„Es wird negativ, wenn unser Name durch sie ins Gerede kommt, und dies ist in ihrem Zustand wohl nur eine Frage der Zeit."

Ich befeuchtete meine Lippen. „Ich glaube nicht, dass ..." Meine Stimme brach unter dem Starren meiner Schwiegermutter. „Mein Gesundheits - zu - zustand ..."

„Ach nein? Wie stehst du da, wenn sie sich umbringt? Kannst du dir vorstellen, wie die Medien darauf reagieren? Deine erste Frau ein Flittchen, die zweite eine Verrückte."

„Vanessa ist nicht verrückt." Sein tiefes Grollen vibrierte in seiner Brust und übertrug sich auf mich.

„Ach nein? Cousin Cameron nannte es eine schwere Episode."

Mit dem Finger immer schön in der Wunde herumstochern, vielen Dank auch.

„Cameron ist ein Scharlatan", stellte der Duke fest. „Sprechen wir nicht mehr von ihm! Vanessa, richtig? Setzen Sie sich."

Mir blieb keine Wahl, als an dem Hausdrachen vorbeizugehen und mich wieder auf den Stuhl zu setzen.

Trotz ärgster Befürchtungen überlebte ich die fünf Schritte und sank so ruckartig auf die Sitzfläche, wie der Duke zuvor. Meine Knie waren einfach weich geworden. Ian folgte mir auf dem Fuß und blockte mich nun vor seiner Mutter ab.

„Also. Vollendete Tatsachen."

„Wohl kaum", schnarrte die Duchess. „Es ist keine rechtmäßige Ehe geschlossen worden. Sicherlich warst du so dumm, es in Gretna Green durchzuführen. Eine Farce."

Der Duke fasste mich scharf ins Auge. „Ist das so, Junge?"

„Fàthair, ich habe tatsächlich auf eine alte Tradition zurückgegriffen und mein Eheversprechen in Gretna Green gegeben. Es ist eine Frage von einer Woche, bis die Verbindung legitimiert ist. Ich brauche lediglich einen Termin beim Civil Council und der ist bereits beantragt." Ian legte mir die Hand auf die Schulter. „Letztlich ist es auch unbedeutend. Ich plane meine Zukunft mit dieser Frau an meiner Seite zu verbringen. Ohne Zweifel."

„Du hattest auch bei der anderen keine Zweifel."

„Cheyenne. Ihr Name war Cheyenne." Er atmete tief ein und entließ die Luft rasch wieder. „Und doch, ich hatte Zweifel. Cheyenne besitzt Eigenschaften, die bei jedem vernünftigen Mann Zweifel wecken."

Das war nicht das erste Mal, dass Ian Cheyenne erwähnte, auch nicht, dass er ihre negativen Seiten betonte, trotzdem irritierte es mich.

„Ich bin kein Idiot, auch wenn màthair mich gerne wie einen hinstellt. Mir waren ihre Fehler bekannt."

Unwillkürlich musste ich an Jörg denken. Ich war nicht in der Lage, ihn objektiv zu betrachten, war es dann überhaupt möglich, einen anderen Menschen ohne Wertung zu sehen?

„Ich kenne auch Vanessas Schwächen."

Oh, toll. Irgendwie war es niederschmetternd, aber schön, ich hatte Schwächen, wer hatte die nicht?

„Ich bin selbst nicht ohne, und kann nur hoffen, dass sie mich ebenso akzeptieren und lieben kann, wie ich sie."

Rührende Worte. Süß.

„Du bist ein Narr", zischte die Duchess. „Glaubst du wirklich, es sei nicht dein Geld, das …"

„Ja, glaube ich." Seine festen, sicheren Worte brachten seine Mutter augenblicklich zum Verstummen. „Und wenn du dir die Zeit nähmest, Vanessa kennenzulernen, könntest du das auch erkennen."

„Es genügt!", ging der Duke dazwischen. Er schien noch bleicher zu werden und schloss die Lider. Die Tasse klirrte leise auf der Untertasse. „Kann ich nicht einen Tag in Frieden verbringen?"

„Sheamus, ich habe dich gewarnt, dass es dazu käme, wenn du Ian freie Hand lässt. Er ist ein Trotzkopf und sucht sich seine Gespielinnen nur danach aus, wie sie sich im Bett machen."

Das konnte er nicht einmal abstreiten, schließlich hatte er mich nur hergebracht, um seine Mutter mit einer unpassenden Verlobten aufzubringen. Zumindest hatten sie beide keine Illusionen voneinander.

„Mairi, könntest du dich dieses eine Mal einfach raushalten? Lass uns bitte allein."

Ihre Reaktion war göttlich, sie sog den Atem ein, presste die Hand an die Brust und riss die Augen auf. „Sheamus!" Ihre Entrüstung war meisterlich.

„Nun geh. Es ist bereits zu spät, um Schaden abzuwenden, und Ian wird zugänglicher sein, wenn du uns allein lässt."

Wie wenig die Duchess dem Vorschlag abgewinnen konnte, war ihr anzusehen. Sie kaute auf ihrer Zunge herum. „Sheamus ..."

„Jetzt geh!", herrschte er sie an und schnappte dann nach Atem. „Von dir habe ich genug gehört."

„Ich werde nicht ...", hob sie feurig an.

„Fein!", spie der Duke. „Ian, gratuliere zu deiner Eheschließung, wie deinem Bruder stelle ich dir eine höhere Apanage aus und übertrage dir ..."

„Sheamus!" Die Duchess trat vor und verstellte mir den Blick auf den Duke.

„Es genügt!", keuchte der. Ich versuchte, einen Blick auf ihn zu erhaschen. Merkte es denn niemand? Ich rutschte vor, kauerte am Rand der Stuhlkante, angespannt und praktisch auf dem Sprung. Was konnte ich tun? Wie konnte ich etwas bewirken, ohne noch mehr Aufruhr auszulösen?

„Noch gilt hier mein Wort und ich bin es leid ..." Er brach ab, deutlich außer Atem.

„Fàthair?", fragte nun Ian.

Gott sei Dank. Ich sackte in den Sessel.

„Ist dir nicht wohl?"

„Sei kein ..." Der Duke hustete und schnappte nach Luft.

„Fàthair!" Ian kniete zu ihm. „Vanessa, lass nach Cameron schicken."

„Nay!", schnarrte der Duke. „Mir geht es …" Und wurde wieder von seinem Hustenanfall überwältigt. Über das Panel an der Tür schickte ich einen Notruf und hoffte, Mrs McCollum verstand, was ich ihr sagen wollte.

„Fàthair, legt dich hin. Komm." Ian hob seinen Vater auf die Couch zwei Schritte weiter.

„Da hast du es!", schnarrte die Duchess und drängte ihn von der Seite seines Vaters. „Deine Eskapaden bringen ihn noch um!"

Ian verkniff sich einen Widerspruch. Es dauerte und wurde voll, bevor Doktor Cameron endlich eintraf. Lachlan, Carolina und Catriona tummelten sich, ebenso wie Ian und die Duchess, um den Duke. Mrs McCollum wieselte ebenfalls herum, öffnete Fenster, besorgte Decken, Wasser und alles Mögliche, nur ich stand herum wie Falschgeld. Die Ambulanz wurde verständigt und der Duke unter seinem Protest mitgenommen. Ian haderte, ich sah es ihm an. Die Duchess wollte im Krankenwagen mitfahren, und die drei Kinder waren sich allesamt unsicher, ob sie folgen sollten.

Ian schob die Hand in seinen Schopf, sein Blick traf meinen. „Fahr", wisperte ich. Das war, was er wollte, und es war richtig. Ich hatte beobachtet, wie mein Großvater dahinsiechte, es war kein schöner Anblick gewesen, aber aus dieser Erfahrung wusste ich, wie zerbrechlich die Gesundheit sein konnte. Wie schnell alles vorbei sein konnte. Und wenn man mich fragte, wirkte der Duke alles andere als fit.

16
Der Morgen der Veränderung

Die Nacht war unendlich lang, schien gar nicht wieder enden zu wollen. Ian hatte seine Schwägerin gebeten, bei mir zu bleiben, ich hatte es mitbekommen, auch wenn ich es nicht offen zugab. „Wie wäre es mit Tee?"

„Danke, aber mir ist nicht danach." Schon gar nicht nach dem Schwarztee, den sie hier so gerne tranken.

„Kaffee? Ich fürchte, ich habe mich eingewöhnt und bevorzuge mittlerweile den Tee, aber Mrs McCollum hält immer auch Kaffee für Gäste bereit." Wir bogen ab, umrundeten die Treppe und verschwanden in dem Gang zur Küche.

„Nein, danke. Ich bin so schon ganz hibbelig, da sollte ich mich nicht noch zusätzlich aufputschen."

„Wie wahr." Carolina seufzte erneut. „Aber ich bin zudem auch noch müde."

Da konnte ich mich anschließen. Nach der kurzen Nacht hatte ich zu viele Stunden im Sattel verbracht.

„Wenn wir nur endlich etwas hören würden!"

Auch da konnte ich nur zustimmen.

„Oder ich schlafen könnte mit der Ungewissheit."

„Warum waren der Duke und die Duchess überhaupt hier? Ian hatte es nicht erwartet."

Carolina stellte den Kessel auf die Herdplatte und sah sich dabei zu mir um. „Die Duchess nannte keinen Grund. Sie kam auch unangekündigt und beschloss, für uns und Catriona eine Feier geben zu müssen." Sie seufzte, suchte Tasse und Tee zusammen und brachte alles zum großen Eichentisch in der Ecke. „Komm, setz dich."

„Bereust du es manchmal?" Obwohl ich schnell die Lippen zusammenpresste, war es natürlich zu spät, die unangebrachte Frage stand im Raum.

„Lachlan geheiratet zu haben?" Sie lachte auf. „Auf dreihundertfünfundsechzig Tage umgelegt, muss ich meine Schwiegermutter kaum zehn Prozent ertragen, und selbst in der Zeit sind es täglich nur wenige Stunden. Nein, ich bereue es nicht. Ich liebe Lachlan, habe zwei wundervolle Kinder und hier ein nettes Stück Beschäftigung, mit dem Haus und den Renovierungsarbeiten."

„Ian ist kaum zu bremsen, eure Arbeit hier zu loben." Ich grinste leicht. „Fast könnte man ihn eifersüchtig nennen."

Carolina holte die Kanne und goss Wasser auf. „Dummkopf." Sie schnalzte. „Er war einverstanden,

300

Farquhar Lachlan zu überschreiben. Ian hätte sagen können, dass ihm das Land doch etwas bedeutet."

„Eher euer Renovierungsgeschick." Erneut lehnte ich ab, ebenfalls Tee zu trinken. „So wie es sich anhörte, wird auf Skye auch einiges zu tun sein, und er glaubt nicht, ähnlich gute Resultate erzielen zu können, wie ihr hier."

„Oh!" Carolinas Wangen röteten sich. „Das zu hören, würde Lachlan einiges bedeuten."

„Vielleicht bekommt er es zu hören." Wenn Ian meinen Rat annahm und seinen Bruder um Hilfe bat, war es zumindest möglich.

„Ah." Mein Gegenüber krauste die Nase. „Ian und zugeben, dass er nicht der Bessere ist? Das möchte ich erleben."

„Wahrscheinlich wärst du überrascht. Ian kann sehr gut abschätzen, was andere besser können, als er selbst. Vielleicht kann man auch sagen, dass sein Selbstbewusstsein nicht ganz so groß ist, wie er es gerne erscheinen lässt."

„Ian und von Selbstzweifeln geplagt! Nein, das kauft dir keiner ab!" Sie hob ihre Tasse an die Lippen und blies in ihren Tee. „Ian, Marquess of Culnacnoc und Erbe des Duke of Skye ..." Sie kicherte. „Herzensbrecher und Charmeur sondergleichen ..."

„So sehe ich ihn gar nicht." Gut, ich hatte erlebt, welche Wirkung er auf Frauen in seiner Umgebung hatte, aber er sah auch wahnsinnig gut aus, egal aus welchem Blickwinkel man es betrachtete. Ich mochte den Gegensatz zwischen seinem rabenschwarzen Haar und seinen blaufunkelnden Augen, sein kantiges

Gesicht mit den weich geschwungenen Lippen, seine muskulöse Gestalt, gepaart mit seiner sanften Berührung. Sein süßes Lächeln, sein verständiger Ton ... Mein Seufzen entfleuchte mir ungefragt. Carolina streckte die Hand aus und legte sie auf meinen Arm.

„Es ist schön, dass er dich getroffen hat."

Es kratzte gewaltig in meinem Hals und meine Augen begannen zu brennen. „Danke, ich hoffe ..." Mehr bekam ich nicht über die Lippen.

„Wirst du. So. Was hältst du von Frühstück? Früher habe ich es gehasst, für mich kochen zu müssen, mittlerweile empfinde ich es als nette Abwechslung, mal meine eigenen Eier zuzubereiten."

„Ich bin nicht hungrig, danke. Ich wünschte nur ..."

„Endlich was von den Männern zu hören? Oh ja!" Sie lachte. „Aber die Herren können sich wohl nicht vorstellen, wie unruhig wir hier auf Nachricht warten." Carolina begann in der Küche herumzuwerkeln, pfiff dabei eine leise Melodie und lullte mich ein. Ich schreckte auf, als die Tür zufiel.

„Ach herrje, Mylady! Warum haben Sie nicht angerufen? Ich hätte doch früher angefangen und ..." Mrs McCollum stellte ihren Korb vor mir auf dem Tisch ab. „Lady Culnacnoc, Guten Morgen, darf ich Ihnen das Frühstück richten?"

Erneut verwies ich darauf, nicht hungrig zu sein, und verfolgte müde, wie nun die rundliche Haushälterin die Küche in Betrieb nahm.

„Mylady sollten essen."

„Wie weit ist das Krankenhaus entfernt?" Natürlich wäre es dumm, auf eigene Faust loszumarschieren, um nach dem Rechten zu sehen. Nein, das wäre tatsächlich widersinnig. Wenn Ian derweil zurückkam? Besser ich wartete geduldig, auch wenn ich es kaum ertrug, untätig zu sein.

Ein Klingeln schreckte mich erneut auf.

„Ah! Die Tür!" Mrs McCollum wuselte hinaus. Carolina schob ihren Teller von sich.

„Endlich!" Ich rutschte vom Stuhl und folgte Mrs McCollum und Carolina in die Halle.

Stimmen begrüßten mich noch im Gang, fremde Worte, die ich nicht verstand, deren unheilvoller Klang mich aber aufwühlten. Keine guten Nachrichten, bestimmt nicht.

Carolina lag in den Armen ihres Mannes. Mrs McCollum hatte sich die Hände vor den Mund geschlagen, Ian sprach auf sie ein, bis er mich bemerkte. Es stand in seinem Gesicht geschrieben, ich brauchte es nicht hören, um es zu wissen. Die Last zerrte an mir, an meinen Armen, den Schultern, aber auch an meinem Inneren.

„Vanessa." Es setzte mich in Bewegung. Ich flog nahezu auf ihn zu und schlang die Arme um ihn.

„Es tut mir so leid", wisperte ich. „So leid!"

„Ich verstehe es nicht." Er umschloss mich fest, hüllte mich nahezu ein. „Er war immer quietschfidel. Nur seine Knie ..." Seine Stimme brach.

„Was ist passiert?" Der Duke mochte kränklich gewesen sein, aber er hatte nicht in so schlechter Verfassung gewirkt, dass es in kurzer Zeit so dramatisch enden konnte.

„Auf dem Weg", wisperte er nahe an meinem Ohr. „Sie hatten alles da, ich verstehe nicht, warum sie ihn nicht retten konnten."

„Hatte er Probleme zu atmen?" Zumindest der Husten sprach dafür.

„Herzinfarkt. Er wurde wiederbelebt, aber heute in der Früh ... kam es zu weiteren Infarkten und während der Notoperation ..."

„Oh, Ian." Das war furchtbar und der Zeitpunkt schlimmer. Wie sollte ich ihm eine Hilfe sein, wenn ich selbst kaum funktionierte? Wie sollte ich es schaffen, für ihn da zu sein? Ich schaffte es doch kaum, mit meinem eigenen Kummer klarzukommen, wie sollte ich seinen noch zusätzlich ertragen?

„Es ist deine Schuld!", hisste die Duchess, die ich bisher gar nicht bemerkt hatte. Catriona stützte sie und riss bei der Anklage erschrocken die Augen auf. „Du hast ihn umgebracht! Deinen eigenen Vater, du undankbarer, missratener ..."

Bei jedem Wort zuckte Ian zusammen und ich wusste, tief in meinem Herzen, dass er jedes Wort genau so aufnahm.

„Tee." Ein dummer Gedanke, ja, aber er funktionierte.

„Aye, das ist jetzt wohl genau das richtige. Mrs McCollum, hätten Sie die Güte und bereiteten uns Tee zu? Wir werden im Salon sein." Lachlan räusperte sich. „Wer wird uns begleiten?"

„Aye." Ian drehte mich in seiner Umarmung. „Tee."

„Ist das eure Vorstellung von Trauer? Ach nein, Ian hat keinen Grund traurig zu sein. Er ..."

„Màthair!" Catriona löste sich von ihrer Mutter. „Das ist nun wirklich unangebracht! Wenn du dich nicht zu uns gesellen möchtest, fein, aber halte niemandem vor, weniger am Boden zerstört zu sein über unseren Verlust!" Sie schüttelte den Kopf und ließ sie stehen, um als Erste die Halle zu durchqueren und die Tür zum vorderen Salon zu öffnen. „Bleiben wir doch hier. Ich finde, dass der Salon eine heimelige Atmosphäre hat, und die brauche ich nun fürwahr." Sie verschwand im Raum. Lachlan führte Carolina an uns vorbei und schob Ian und mich dann mit.

Es wurde keine angenehme Stunde und über den Tag braucht auch kein zweiter Gedanke verschwendet zu werden – er wurde nicht besser.

17

Ein Streifen am Horizont

Die See war rau, was meinen Magen in Aufruhr versetzte. Wir schipperten auf einem alten Kahn über die See, umrundeten die Insel, die unser Ziel war. Skye. Zugegeben, ich war aufgeregt. Ian hatte nicht viel über seine Heimat erzählt, alles was ich wusste, hatte ich von Carolina erfahren. Auf der Fahrt quer durch Schottland. Die größte Insel der inneren Hebriden, mit den meisten Einwohnern, zirka fünfzig Kilometer vor der Küste gelegen und Teil einer großen Inselkette. Zwischenzeitlich war auch von Feen die Rede gewesen, aber da war mein Aufnahmevermögen bereits erschöpft.

„Danke."

Ich nahm den abwesenden Blick vom Horizont und richtete ihn auf Ian. Er stand neben mir, den Rücken dem Meer zugewandt und die Arme vor der Brust verschränkt.

„Es bedeutet mir viel, dass du mich begleitest."

„Selbstverständlich", murmelte ich verlegen. „Ich möchte für dich da sein, Ian, so gut ich kann." Ob es genug wäre, würde sich zeigen.

„Das bedeutet mir viel."

Oh, was für eine merkwürdige Situation. So unbehaglich und voller Zweifel. Ich streckte die Hand nach ihm aus. „Gern."

„Komm her." Ian zog mich an sich. Die letzten vierundzwanzig Stunden hatten wir so verbracht. Meist sitzend, Arm in Arm, man könnte es kuschelnd nennen, aber eigentlich hielt er mich nur, oder ich ihn? „Es ist keine gute Zeit für einen Anfang."

Wohl nicht, aber es war der einzige Zeitpunkt für uns. Es hatte keine andere Möglichkeit für unser Zusammentreffen gegeben. Und ich sah auch keine andere Möglichkeit, wie wir uns hätten kennenlernen können, wenn nicht im Nirgendwo. Wir hatten doch keine Schnittpunkte, herrje, ich wäre nicht einmal in Schottland, wenn ich nicht in solch schlechter Verfassung gewesen wäre.

„Aber ich bin froh, dass du hier bist, bei mir." Er vergrub sein Gesicht in meinem Haar und atmete tief ein. „Sag mir, wenn die Last zu groß wird. Bitte." Ian drückte seine Lippen auf meine Stirn. „Ich möchte nicht ..." Er seufzte. „Es wird schwierig werden. Die nächsten Tage, Wochen ... wir werden Entscheidungen treffen müssen."

Sollte ich darauf hinweisen, dass er die Entscheidungen treffen musste, und nicht wir?

„Die Beerdigung zunächst." Ian seufzte wieder. „Màthair wird mir den letzten Nerv rauben, dabei gibt es kaum Variablen. Die Prozedere sind vorgeschrieben. Die Gruft, selbst der genaue Ort seiner Beisetzung … alles, was fehlt, ist die Organisation. Der Bischof muss informiert werden, die Blumen geordert …" Wieder versteckte er seine Nase in meinem Haar. „Ich hadere, ob ich nicht Sina um Beistand bitten soll." Ian atmete tief ein. „Wir müssten langsam einlaufen." Er drehte uns, so dass ich nun an der Reling mit dem Bauch lehnte und Ian in meinem Rücken an mir. „Schau, Skye. Und dort oben ist unser Heim." Er deutete auf eine kleine Steinanhäufung am Kopf eines riesigen Berges. Nicht sehr beeindruckend. „Offenbar gibt es heute einiges an Gegenwind, sonst müssten wir schon näher sein. Ah, was für eine Aussicht." Sein Kinn sackte auf meine Schulter, wobei seine Wange leicht an meiner kratzte, trotz seiner morgendlichen Rasur. Vor uns wogte das Meer und wir auf ihm, in diesem altersschwachen Kahn. Wohin man sah, fand man rostige Stellen, also ein sehr vertrauenserweckendes Vehikel. Von der Insel selbst waren nur die Felsen zu sehen. Gut, wir waren bereits an langen Sandstränden vorbeigeschippert und an kleinen Häfen, aber nun grüßten uns hohe Steinklippen soweit das Auge reichte. Was wiederum nicht weit war, denn es war ein nebliger, kühler Tag, passend zur allgemeinen Stimmung.

„Es ist nicht so gemütlich wie Farquhar, eher rusti-
kal und geschichtsträchtig."

So wirkte es auch. Aus dem Fels geschlagen, eher wie
aus einem Fantasyfilm als von Menschenhand er-
schaffen.

„Es ist mein Heim."

Langsam kamen wir näher und das Schloss auf dem
Berg wuchs. Wir drehten ab. Unter den Klippen gab es
einen langen Steg, der auf Stelzen tief in das Meer
hineinragte, dort legten wir an. Obwohl das Schiff
keinen heimeligen Eindruck machte, war der Steg
eine Nummer unheimlicher. Nicht jede Strebe war
einwandfrei, geschweige denn überhaupt vorhanden.
Es sah aus, als bewege er sich im Wind, aber das war
sicher nur Einbildung.

„Vanessa?" Ian reichte mir die Hand und half mir
auf die Planke, die unseren Weg zwischen Schiff und
Steg ausmachte. Zwei wacklige Schritte weiter und ich
stand schwankend auf morschem Holz. Mein Herz
pochte wild. Schön, vor wenigen Wochen hatte ich
geplant, im schäumenden schottischen Meer zu versinken, aber mittlerweile hatten einige Dinge sich
geändert. Ian legte den Arm um mich und führte mich
weiter. Der Steg machte eine L-Biegung und endete an
einer Steinwand. Ein schmaler Pfad schlängelte sich
an ihm entlang bis zu einer Höhle. Bedienstete mit
Lampen warteten dort auf uns und wiesen uns den
Weg tiefer in die Höhle hinein zu einem in den Fels
eingelassenen Korb. Mir wurde erst bewusst, dass es
ein Fahrstuhl sein sollte, als Ian mich hineinschob
und mir riet, mich festzuhalten.

Die Liste an Dingen, die ich schleunigst ausbessern würde, bekam einen weiteren Eintrag. Ich ging sie, die Lider fest zusammen pressend, gedanklich noch einmal durch, um mich von dem fürchterlichen Ruckeln des Gefährts abzulenken. Das hier war ein schlechter Scherz.

„Da wären wir, warte, es ist zwar der Hintereingang, aber ich bestehe darauf, dich über die Schwelle zu tragen." Ein Grinsen flackerte auf, ein Funken seiner sonstigen lockeren Art.

„Keine Einwände." Meine Knie waren ohnehin zu wacklig, als dass ich noch eigenständig einen Fuß vor den nächsten setzen könnte.

„Du wirst dich daran gewöhnen."

Jede Sekunde damit zu rechnen, einem Herzanfall zum Opfer zu fallen? Ups, wie pietätlos, gut, dass ich es nicht ausgesprochen hatte.

„Wir bewohnen nicht mehr die gesamte Burg und unsere Räume sind separate Wohnungen, recht bewohnbar."

Wie aufmunternd. Ian nahm die Kette ab und schob mich aus dem Korb, damit er wieder herunterfahren konnte, um Lachlan und Carolina aufzuladen.

„Dann wollen wir mal, bean." Er riss mich von den Füßen, schlang die Arme fest um mich und hielt mich an sich gepresst. „Lachlans Schafe sind schwerer als du, weißt du das?"

Meine Stirn lag an seiner Wange, weshalb ich unbemerkt grinsen konnte. „Du vergleichst mich mit einem Schaf?"

„Nay, das lag nicht in meiner Absicht." Er hielt mich noch eine Spur fester. „Du riechst wesentlich besser."

„Ha!" Ich boxte ihm sacht in die Brust.

„Du zappelst auch nicht so viel wie diese Viecher, wenn man dich auf den Arm hebt, und im Zweifelsfall vergrabe ich meine Finger lieber in deinem Haar, als in deren kratziges Vlies."

„Oh, wie romantisch du sein kannst", säuselte ich spöttisch. „Lass mich wieder runter."

„Vielleicht sollte ich dich lieber ..."

„Ian! Hör auf kostbare Zeit zu vertrödeln, wir haben einiges zu erledigen!", unterbrach ihn die Duchess scharf. „Erweise dich endlich der Stellung als würdig, die du bekleidest!"

„Stellung?", grollte Ian und ließ mich langsam auf die Füße kommen. „Vermutlich vergisst da jemand die ihrige!" Er ließ sie stehen, zog mich mit sich, als er den Gang hinab stampfte. Einen schrecklich kahlen Gang, der nur hier und da von Wandteppichen verschönert wurde, zumindest bis wir die Abzweigung erreichten. Plötzlich lag ein dicker Teppich auf dem Boden, ein Läufer wies den Weg und die Wände waren nicht mehr bloß gekalkt, sondern mit leicht verblichenen Tapeten verziert. Beleuchtete Bilder hingen in regelmäßigen Abständen an der Wand und alle zehn Meter gab es Kandelaber, die mit der Mauer zu verschmelzen schienen. Dicke Kerzen thronten auf ihnen, halb abgebrannt. Wie altertümlich. Besser wurde es nicht. Ian brachte mich in ein großes Schlafzimmer, in dem es schrecklich zog. Das Bett war in altbekannter Vierpfosten-Manier und von dicken, verblichenen

Vorhängen umgeben. Über dem Kamin, der gut zwei Meter in die Breite ging, hing ein Schild mit Schwert und Axt. Es trug das Wappen, das ich bereits von Farquhar kannte, mit einer kleinen Abwandlung. Ein Drache anstelle des Löwen.

„Wir werden uns frisch machen und dann sehen wir weiter."

„Ist das dein Zimmer?"

„Nicht mehr." Ian streifte sich seine Jacke ab und warf sie auf das Bett. „Aber ich bin nicht sonderlich versessen darauf, umzuziehen."

„Wie meinst du das?" Ich sank auf den Stuhl nieder und lehnte mich zurück. Mir war, als schwankte der Boden noch immer ein wenig.

„Das Schlafgemach des Duke of Skye liegt im anderen Turm."

Tatsächlich hatte ich bereits den Hinweis auf den Lippen, dass er der Marquess of sonst was war, und nicht der Duke, aber der Fehler ging mir gerade noch rechtzeitig auf.

„Ich hoffe, du hast es nicht eilig, umzuziehen."

Um noch eine Front gegen die Duchess zu errichten? Auf keinen Fall!

„Ich weiß noch nicht ..." Er brach ab und drehte sich zu mir um, bis auf die Unterwäsche entkleidet. „Ich gehe schnell duschen."

„Gut."

Aber anstatt das Zimmer zu verlassen, kam er zu mir und hockte sich vor mich hin. „A ghràidh, ich ..."

Seine Hand legte sich auf mein Knie und ich beugte mich vor, um ihm die Hand an die Wange zu legen.

„Ian, ein Problem nach dem anderen, jetzt konzentrieren wir uns erst einmal auf die Beerdigung." Seufzend beugte ich mich vor und gab ihm einen sachten Kuss. Wir hatten einige Stunden geschlafen, bevor wir aufbrachen, aber ich für meinen Teil war bereits wahnsinnig erschöpft, dabei war der Tag nicht einmal halb rum.

„A ghràidh, das ist jetzt ein ungünstiger Zeitpunkt für eine Ablenkung, meinst du nicht?" Trotzdem zog er mich zu sich, wodurch er ins Schwanken geriet. „Aye, ungünstig." Ian stand auf, hob mich dabei hoch und schwang mit mir herum. Ja, ich war offensichtlich zu leicht, wenn man mich wie ein Kissen durch die Gegend wedeln konnte. Staub wirbelte auf, als wir auf die Samtdecke fielen. Sein Gewicht auf mir presste mir den Atem aus der Lunge, der Staub ließ mich husten und unterbrach unseren Kuss.

„Daingead, das ist wirklich unzumutbar!" Ian lachte, als er sich von mir runterrollte und mich wieder auf die Füße zog, um die Überdecke vom Bett zu reißen. „Besser. A ghràidh? Was hältst du von einer Pause? Vergessen wir für ein paar Minuten einfach alles und kümmern uns um uns."

Die Aussicht war beunruhigend. Wollte er etwa …? Der Atem entwich mir und mir schwindelte. Ich wollte und die Feststellung zog mir die Füße unter dem Hintern weg. Es war eine Entscheidung, die ich hier sehr schnell traf. Ausnahmsweise wusste ich mal, was ich wollte! Ha! Das allein war schon ein Grund zu feiern.

Seine Fingerspitzen berührten meine Wange, sein Blick folgte ihnen und legte sich dann auf meine Lippen. „Es ist eine dumme Idee, verzeih."

Er ließ die Hand fallen und wollte sich abwenden, aber ich wollte meiner Entscheidung nicht ihren Wert nehmen, indem ich aus Furcht zurückschreckte.

„Ian. Eine kleine Pause sollten wir uns gönnen." Puh. Ein erleichtertes Grinsen war mein Lohn, gefolgt von einem Kuss. Ich ließ meine Finger über seine Brust wandern, genoss dabei jeden Zentimeter, den ich berühren konnte. Seine harten Muskeln, die Hitze seiner Haut ... sogar seine Leidenschaft spürte ich.

Seine warmen Finger glitten unter meinen Pullover und streichelten selbstvergessen meinen Rücken. Ein Schauer rollte über mich, süß und zehrend. Oh, ja, es war verdammt lange her, dass ich ähnlich empfunden hatte. Ich schlang einen Arm um seinen Nacken und drängte mich an ihn. Mehr spüren, und weniger Denken. Das war nun genau das Richtige. Er friemelte unter meinem Pullover am Verschluss meines Büstenhalters, öffnete ihn und hielt die Enden einen Moment länger zusammen, bevor er sie losließ. Seine Hand legte sich auf die befreite Fläche, er spreizte die Finger ab und bedeckte damit fast die Spanne meiner Rückseite. Er hatte riesige Hände, was mir bisher gar nicht so bewusst gewesen war. Er hatte sicherlich keine Schwierigkeiten, mich mit beiden notdürftig zu bedecken, sollte ich peinlicherweise einmal nackt in seiner Gegenwart vor anderen stehen. Mein Grinsen blieb verdeckt, schließlich unterbrachen wir unsere Küsse nicht, während er mich wieder auf die Matratze bettete. Er streichelte mich, die freie Hand wechselte zwischen meinem Gesicht, meinem Haar und meinen Körper. Mit jedem Mal rutschte mein Pullover ein Stück höher, bis Ian ihn mir ganz über den Kopf zog. Er war wahnsinnig heiß und hart, was mir einen Moment lang den Atem raubte, zumindest, bis er ihn mir erneut austrieb. Als er tiefer rutschte und seine sanften Lippen um die Spitze meiner Brust schloss. Ian ließ seine Zunge um sie kreisen, bis das süße Kitzeln mich fast um den Verstand brachte.

„Ian."

Er hielt sich nicht mit der anderen Brust auf, die er bisher nur gestreichelt hatte, sondern tupfte feuchte Küsse hinunter zu meinem Bauchnabel, wo seine Zunge zunächst abtauchte und dann Kreise zog. Ein unbeschreibliches Sehnen erfasste mich, nach der körperlichen Vereinigung, ja, aber da war so viel mehr. Ich wollte so viel mehr als Sex. Seine Hände schoben sich unter meinen Po, hoben ihn an, um mir die Jeans abstreifen zu können.

„Ian", wisperte ich erneut, nach ihm greifend. Ich wollte ihn spüren. Ich wollte ihn halten und von ihm gehalten werden und ertrug es nicht mehr, warten zu müssen. Ich wollte endlich eine Innigkeit schaffen, die uns bisher fehlte, einfach um ein kleines Stück Sicherheit zu gewinnen. Bisher war alles so kalt und nüchtern gewesen, wie leicht war es da, eine Absprache zu brechen?

Ian murmelte etwas, als er zu mir nach oben kam und mich begierig küsste. Womöglich war mein Wunsch nach Gemeinsamkeit nicht einseitig. Meine

Beine schlangen sich von selbst um seine Mitte und umklammerten ihn mit schierem Verlangen. Er quittierte es wieder mit unverständlichen Worten. Sein Glied drückte sich an meinen Schoß, rieb sich an mir und schürte das Feuer nur noch mehr. „A ghràidh."

Jetzt. „Ja."

Ich fing seinen Mund ein und küsste ihn, das Becken hebend und hoffend, dass er meinen Hinweis verstand.

Ian ließ mich noch einen Moment länger zappeln, bevor er sich endlich in mir versenkte. Der Atem entwich mir in einem gedehnten Stöhnen und ich klammerte mich an seine starken Schultern. Es war, wie einen uralten Baum zu umarmen, nur dass Ian natürlich keine kratzige Borke aufwies. Dumme, abschweifende Gedanken.

Auch er stieß ein Stöhnen aus, der halb von mir verschluckt wurde, als er seine Position auf mir änderte und mich dabei voller ungebändigtem Verlangen küsste. Ihn tief in mir zu spüren, war unglaublich, wie er mich ausfüllte, erfüllte. Es war zu gut. Meine Lider ließ ich geschlossen und auch meine Lippen presste ich immer häufiger zusammen, obwohl ich es zugleich bedauerte. Seine Küsse wurden zu zehrend, zu fordernd. Praktisch überfordernd. Ich konnte seiner Lust nur schwer widerstehen, aber mich mitreißen lassen?

Ian keuchte an meinem Mund, drückte mir keusche Küsse auf, während er sich in mich trieb. Wie gut es sich anfühlte ...

„A ghràidh. Vanessa." Ich spürte es. Spürte, wie sich mein Innerstes zu heißer Glut entzündete und schließlich ausbrach. Es riss mich doch noch mit. Ich ertrank in glühender Hitze und war nicht allein, nicht mehr. Für eine klitzekleine Ewigkeit war ich tief mit ihm verbunden.

„Eine gute Pause, nur bin ich nun gar nicht mehr gewillt, mich mit meiner Mutter herumzuärgern." Ian lachte leise, während er mir kleine Küsse auf das Gesicht drückte. „Bleiben wir lieber im Bett, was meinst du?"

„Verführerisch." Vielleicht zu verführerisch. Gerade ich wusste, dass man Problemen nicht entrinnen konnte, indem man sich im Bett verkroch. Sie erledigten sich nicht von selbst, nie.

„Aye." Er seufzte, rutschte an meine Seite und zog mich fest an sich. Mein Kopf ruhte auf seiner Schulter, meine Hand auf seiner Brust, wo sein Herz im stetigen Stakkato pochte. „Eine Weile ginge es sicher ganz gut, aber wie lange kann ich dich wohl vertrösten, bis du mich an unsere Vereinbarung erinnerst?" Seine Finger glitten wie kleine Schmetterlinge über meinen Arm, erzeugten einen wohligen Schauer und brachten mich dazu, ihm noch näher sein zu wollen. Ich kuschelte mich an ihn.

„Bisher bist du es, der es immer wieder betont."

„Stimmt." Er lachte wieder, sein ganzer Brustkorb vibrierte, obwohl er leise blieb. „Es ist wichtig für mich."

„Warum?" Es war mein Wunsch, mein Traum von einem perfekten Leben, nicht seiner.

„Frag mich nicht warum." Er hob die Achseln. „Ist wohl zur fixen Idee geworden."

„Es ist meine fixe Idee", murmelte ich. „Nicht deine."

„Vielleicht ist es jetzt unsere?" Ian küsste mein Haar. „Es ist ein Anfang. Ein gutes Ziel, meinst du nicht?"

„Du hast eigene." Es war schwierig, meine Gedanken zu fokussieren, aber so müde ich auch war, so positiv erschöpft, fand ich, dass dieser Punkt zu wichtig war, um ihn zu vertagen. „Die Burg renovieren. Sie hat es nötig."

Wieder sprudelte seine Belustigung über und ließ mich an seiner Seite beben. „Etwas Respekt vor diesen uralten Gemäuern, a ghràidh."

„Es braucht keinen Respekt, sondern Liebe." Und Zuwendung, herrje, was ich bisher sah, taugte eher für ein Horrorkabinett, als als zu Hause. „Deine Liebe."

„Aye. Hat sie. Lachlan war immer vernarrt in Farquhar, ich habe immer dieser Burg den Vorzug gegeben. Sie hat ihre Stärken, glaube mir."

Da mochte ich gar nicht widersprechen. „Wir sollten uns zunächst jedoch auf das Naheliegende konzentrieren."

„Aye."

„Die Beerdigung", griff ich auf, weil ich mir nicht sicher war, ob wir über dasselbe sprachen.

„Aye", seufzte er.

„Ich kann mit Sina sprechen, etwas Unterstützung kann nicht schaden." Alles besprach ich lieber mit Sina, als mit der Duchess.

„Tabadh leat." Ian drehte mich auf den Rücken und sank mir nach einem langen, zärtlichen Blick entgegen. Ja, so mochte ich angesehen werden, auch wenn es nur im Eifer des Gefechts war. Nach dem Sex, wenn man generell sanft und relaxt war. Zufrieden mit sich und der Welt. Ein Gefühl, das sich bei mir selten genug einstellte, Sex hin oder her. Es war mir schon eine Weile nicht mehr gut genug gegangen, um Spaß am Sex zu haben. Oder Spaß an irgendwas.

„Bleib im Bett", bat er, nach einem verdammt süßen Kuss. „Du bist erschöpft, ruh dich aus."

„Ian ..." Ich wollte für ihn da sein und das konnte ich nun mal nicht im Bett. Er legte mir den Finger auf die Lippen.

„Scht", wisperte Ian und ersetzte seinen Finger mit den Lippen. „Du bist müde, das sehe ich dir an. Bleib im Bett, während ich mich mit meiner Mutter auseinandersetze." Er seufzte. „Nennen wir es eine erste Sondierung. Morgen stellen wir uns dann gemeinsam der Herausforderung. Du und ich."

Wie süß. „Danke. Sagen wir zwei Stunden?" Bis dahin sollte ich wieder einsatzfähig sein. Denkfähig, wenn auch noch lange kein Organisationstalent.

„A ghràidh, was hältst du davon, wenn du im Bett bleibst, bis ich zurückkomme? Das Gespräch mit meiner Mutter wird angenehmer zu ertragen sein, bei der Vorstellung, dass du hier oben auf mich wartest." Ich bekam noch einen sanften Kuss, bevor er sich aus dem Bett rollte. „Ich will gar nicht gehen, kannst du dir vorstellen, wie schnell ich zurück sein werde?" Er streifte sich ein frisches Hemd über und stieg in die Hose.

„Bevor ich mich streite ..."

„So liebe ich dich." Er kam zu mir, um mir noch einen letzten Kuss aufzudrücken, dann schlüpfte er in seine Schuhe und hob zum Abschied noch die Hand.

Meine Gedanken kreisten längst schon um seine Worte, zerpflückten sie, analysierten sie, drehten sie, bis ein Klopfen mich zwei Stunden später aus meinen Überlegungen riss.

Er kam nicht mehr zu mir, also machte ich mich zum Abendessen allein auf den Weg.

„Entschuldige, a ghràidh." Ian kam mir entgegen und zog mich zu einer knappen Umarmung an sich. Seine Lippen pressten sich auf meine Stirn, dann griff er nach meinen Fingern und zog mich tiefer ins Zimmer hinein. Ein Salon, jener, in der die Familie vor dem Dinner zusammenkam, ähnlich jenem, den ich von Farquhar kannte, nur dass es hier vor Behäbigkeit staubte. „Ich wollte dich abholen, aber màthair ließ mich einfach nicht zur Ruhe kommen."

„Die Nachricht hat mich erreicht." Ein Hausmädchen hatte mich verständigt, dass ich zum Abendessen erwartet wurde. Sie hatte penetrant darauf bestanden, mir beim Anziehen zu helfen und hatte mich dann her eskortiert. Selbst die Tür hatte sie mir aufgehalten.

„Trotzdem ..."

„Vanessa, geht es dir besser?" Carolina lächelte mich müde an.

„Möchtest du etwas trinken?", fragte Ian, während er mich auf die Couch drückte. „Einen Aperitif?"

„Ja, nein." Zu viele Anfragen auf einmal. Fokus! „Ich war müde, aber jetzt geht es, danke und nein, Ian, danke. Der Wein zum Abendessen reicht mir völlig." Dafür, dass ich sonst gar keinen Alkohol zu mir nahm.

„Gern, Catriona?"

„Tabadh leadh, Ian, aber ich schließe mich Vanessa an." Catriona friemelte an ihrem Armkettchen. „Bràthair, ich habe eine Bitte."

„Nicht heute Abend." Ian hob abwehrend die Hände. „Lass uns morgen darüber sprechen."

Ein steif wirkender Kerl in Livree verkündete, das Abendessen sei gerichtet, und öffnete die Flügeltür zum angrenzenden Raum. Ein ellenlanger Tisch begrüßte uns, gedeckt in Kristall und feinstem Porzellan. Das Licht flackerte über die Kanten des Tisches und an den Wänden in kleinen, runden Kugeln. Urig.

Die Duchess rauschte an mir vorbei und herrschte den Mann in Livree an, der an ihre Seite eilte.

„Màthair!"

Ich zuckte zusammen. Allein Ians Ton ließ mich frösteln, auch ohne, dass ich verstand, worum es ging. Alle anderen waren hinter uns stehengeblieben, so dass nur die Duchess bereits am Tisch saß. Allein und sehr prominent am Kopf des langen Tisches. Sie sah unbeeindruckt auf.

„Wollt ihr dort Wurzeln schlagen?"

„Du sitzt am falschen Platz!"

„Ian", hisste ich. „Autsch." Es lenkte ihn ab und er verlor an Anspannung, als er mich ansah.

„Entschuldige, deine Hand, nicht wahr?"

„Ja." Er hob sie an die Lippen, drückte einen Kuss auf die gequetschte Stelle, bevor er sie losließ.

„Màthair, du sitzt auf dem falschen Platz", wiederholte er gefasster, aber immer noch verärgert.

„So?" Der eisige Blick der Duchess hielt seinem mühelos stand. „In den letzten vierzig Jahren war dies
mein Platz und nun willst du ihn mir streitig machen?
Wer bist du, dass du ..."

„Der Duke of Skye", unterbrach er sie knapp. „Und
an meiner Seite steht die Duchess of Skye und der
gebührt dieser Platz."

Neben ihm stand nur ich, alle anderen waren einen
Schritt hinter uns. Leider war es deshalb unmissver-
ständlich, wen sie ansah, als ihre Augen ihren Sohn
verließen.

„Ich nahm an, du bevorzugst es, wenn *sie* neben dir
sitzt, so wie stets."

„Oh, ja." Ian ging langsam auf seine Mutter zu und
blieb einen Schritt vor ihr stehen. Sie musste den Kopf
in den Nacken legen, um zu ihm aufzusehen. „Ich
ziehe es vor, Vanessa an meiner Seite zu haben, anstatt ihr gegenüberzusitzen, aber das bedeutet nicht,
dass du diesen Platz einnehmen darfst."

„Bin ich etwa nicht mehr die Duchess of Skye?", hin-
terfragte die Duchesse süß. „Trage ich diese Ehre
nicht, bis zum Tage meines Todes? Muss ich mich von
dir, meinem Sohn, dermaßen respektlos behandeln
lassen?" Es war deutlich, dass sie nicht die Absicht
hatte, diesen Platz freiwillig zu räumen und Ian war
viel zu aufgebracht, um seine Forderung zurückzu-
nehmen.

Also hastete ich vor. „Ian." Meine Finger krabbelten über seinen Rücken, meilenweit, so schien es mir, bis ich sie zur Seite gleiten ließ. „Es ist nur ein Stuhl."

Die Duchess versteckte ihr süffisantes Grinsen nur schlecht hinter einem Kräuseln der Lippen.

„A ghràidh." Er schloss den Mund, ließ die Lider sinken, um sie für einen Augenblick aufeinander zu pressen, und sammelte sich wohl zu einem Widerspruch. Allerdings machte er nicht den Eindruck, als hielte er die Anspannung, die in ihm gärte, noch lange aus.

„Das ist kein Thema für heute Abend."

„Es ist ..."

„Absolut unwichtig, wer wo sitzt." Ein Lächeln war nicht auf meine Lippen zu bekommen, also musste ich hoffen, dass er mit einem bittenden Blick umzustimmen war. Die Stille dehnte sich. „Bitte."

Ausatmend verlor Ian ein Stück seines Volumens und damit auch seinen Ärger. „Heute Abend", lenkte er ein. „Für heute Abend."

„Also, ansonsten ist freie Platzwahl? Wo möchtest du sitzen?" Ich hakte mich schnell bei ihm ein und drehte ihn mit Mühe zur Seite.

„Mein Platz ist gegenüber."

„Ah. Du meist da ganz hinten?" Ich deutete mit meinem Finger quer über den Tisch. „Perfekt."

Sein Lachen hallte in dem großen Raum wider. „So betrachtet." Erst am Stuhl vor dem Kopfplatz hielt ich an. Ian zog ihn vor und schob ihn mir dann an die Kniekehlen, als ich mich langsam setzte. Wie nett, wenn auch völlig unnötig. Der Tisch füllte sich und die ersten Gläser wurden gehoben. Ein leises Gemurmel setzte ein. Neben Lachlan, Carolina und Catriona waren noch drei weitere Verwandte anwesend, die ich nicht einordnen konnte. Einer, ein älterer Herr mit Halbglatze und Vollbart, setzte sich an meine freie Seite.

„Euer Gnaden." Er deutete eine Verbeugung an. „Phineus MacPerson, zu Ihren Diensten."

„Guten Abend."

Er schielte leicht, was mich etwas irritierte. In welches Auge sah man da?

„Phineus, die Platzwahl ist nicht frei", mischte Ian sich streng ein. „Geh zu deinem Frauchen." MacPerson trollte sich und beließ den Platz neben mir frei. Wir saßen unbequem weit auseinander, um den Tisch zu bevölkern, deswegen waren Ians Worte nicht so intim, wie sie wohl sein sollten. „Ein Speichellecker, a ghràidh, amüsant, aber nicht vertrauenswürdig."

Das war peinlich. Ich nickte und senkte meinen Blick auf die Teller vor mir.

„Du musst lernen, dich abzugrenzen." Ian fasste über den Tisch nach meinen Fingern. „Menschen werden deine Gesellschaft suchen, die nur von dir profitieren wollen, die musst du möglichst schnell erkennen und meiden."

„Mach ihr doch keine Angst", mischte Carolina sich ein. „So schlimm ist es gar nicht."

„Sie ist die Duchess of Skye", bemerkte Catriona tragend. „Es wird anders für sie sein, als für dich."

„Heißt wohl, dass nicht nur Schafe über sie herfallen werden." Lachlan unterdrückte ein Grinsen. „Aber Ian wird sie schon zu schützen wissen."

„Habt ihr keine Pietät?", unterbrach die Duchess vom anderen Ende des Tisches, wobei sie es gut der ganzen Insel hätte verkünden können, bei ihrer Lautstärke.

„Wie meinen, màthair?"

„Der Duke ist von uns gegangen! Dein Vater, und du ..." Sie machte einen Wisch quer über die Tafel. „Ihr amüsiert euch hier!"

Die drei Bediensteten begannen die Suppe aufzutischen. Einer bei der Duchess, einer bei Ian und der dritte bei mir. „Danke", murmelte ich leise, was sicher überhört worden war.

„Wir essen zu Abend. Eine Konversation ist dabei obligatorisch. Ich für meinen Teil wünsche mir etwas Ablenkung."

„Wie immer. Ian und seine Ablenkungen." Ich spürte ihren Blick auf mich. „Stetig sucht er nach etwas Neuem, das ihn amüsiert, aber nichts hält sein Interesse lang genug, um von Bedeutung zu sein."

„Vielleicht, weil du es genießt, mir alles wegzunehmen, woran mir etwas liegt."

Die Duchess starrte mich einen Moment an, bevor sie sich an ihren Sohn wandte. „Du dramatisierst." Mehr hatte sie nicht zu sagen. Sie nahm ihren Löffel auf und tunkte ihn in ihre Suppe.

„Wie interessant." Es war Catriona, die ihren Stuhl zurückschob und aufstand. „Und ich dachte, ich sei die Dramaqueen der Familie. Nun, ich habe jedenfalls genug. Ian, Vanessa, verzeiht bitte, aber ich ziehe es vor, allein zu speisen. Guten Abend." Mit stolz erhobenem Kopf strebte sie zur Tür, an der Duchess vorbei, die sie spitz anwies, ihren Platz wieder einzunehmen.

„Màthair!", durchschnitt Ian ihren Sermon. „Du wirst dich zurückhalten."

Einen Moment herrschte tatsächlich Stille, dann kratzten Stuhlbeine über den Boden. „Ich lasse mir in meinem eigenen Haus nicht das Wort verbieten!"

Auch Ian kam auf die Füße. „Nicht das Wort, nur deinen Ton."

18

Eine schwarze Stunde

Laut Protokoll begleitete ich die Duchess und Ian zur Zeremonie. Leider wurde Ian fort gerufen, bevor ich angezogen war, und mir blieb nichts anderes übrig, als zu der Duchess in die Limousine zu steigen. Allein. Zwar wusste ich nicht, wie lang die Fahrt sein würde, aber es würde hundertprozentig die Längste meines Lebens werden. Definitiv.

Hinter mir fiel die Tür zu, noch bevor ich Platz genommen hatte. Die Duchess verkniff die Lippen, ließ ihre Augen über mich wandern und schüttelte dann den Kopf. Immerhin hielt sie den Mund. Ich fuhr nicht gern entgegen der Fahrtrichtung, aber die Alternativen waren mir zu nah bei der Duchess. Viel zu nah.

Der Wagen fuhr an, als ich mich hektisch anschnallte. Das Kostüm, in dem ich steckte, engte mich ein, wie so ein eigentümliches Korsett. Der riesige Hut auf meinem Kopf wurde mit Nadeln gehalten, die in meinem Haar steckten, das so stramm gebunden war, dass es mir Kopfschmerzen bereitete. Die Krempe versteckte mein Gesicht, so dass der zusätzliche Schleier gar nicht nötig gewesen wäre.

„Die Fahrt dauert eine Weile."

„Ich habe es gegoogelt." Wir würden die ganze Insel überqueren, um zur Kapelle zu gelangen, in der die Zeremonie abgehalten wurde, um dann in die andere Richtung zu fahren, wo die Grabstätte lag. Unsinnig, aber natürlich war es so Tradition. Auch, dass wir uns im Schneckentempo fortbewegten. Ian hatte gelacht, als er mir das Prozedere erklärt hatte, denn er meinte, ich könne von Glück sagen, dass die alten Kutschen vor kurzem ausgemustert worden waren, sonst hätten wir nun in einer offenen Kutsche gesessen.

„Das gibt uns Zeit für ein offenes Gespräch."

Na herrlich. Die Kälte des Lederbezugs drang durch meinen Rock. Die Duchess trug eine fellbesetzte Stola, die sie sicherlich wärmte. Warum hatte ich nicht daran gedacht? Einige Stunden in Gotteshäusern und Grüften warteten auf mich, da wäre eine weitere Kleiderschicht nur angebracht gewesen, schließlich waren weder Bluse noch Blazer dazu gemacht, mich warm zu halten.

„Wie ich sehe, hat Ian Ihnen bereits den Familienschmuck anvertraut."

Verlegen versteckte ich den Armreif unter meiner Hand. Ein Erbstück. Wertvoll, hatte Ian gesagt, als er es mir überreichte.

„Ian bat mich, es zu tragen."

„Sheamus überreichte mir dieses Armband zur Geburt unserer Tochter." Ihr Hut war schmaler, besaß aber einen ebenso blickdichten Schleier wie meiner. Ihrer war jedoch noch nicht herabgeschlagen, weshalb ich ihren Ausdruck nur zu gut lesen konnte. Ihre Verachtung, ihren Ärger.

„Oh." Ein Geschenk seines Vaters an seine Mutter verschenkte man doch nicht weiter! Ich streifte es ab und beugte mich vor, um es ihr zu reichen. „Entschuldigung. Es war bestimmt ein Versehen."

Sie ließ mich unangenehm lange darauf warten, dass sie es mir abnahm.

„Catriona." Ihr Daumen strich über die Reihe Edelsteine, die sich aneinanderreihten. „Ausgerechnet dieses Stück, was hat Ian sich nur dabei gedacht?" Sie steckte es in ihre Handtasche, was mich auf die Abwesenheit meiner eigenen Handtasche brachte. Zwar besaß ich meinen Pass, der gut verstaut in meiner Reisetasche gesteckt hatte, ohne dass ich einen Gedanken an ihn verschwendet hatte, aber zumindest den hätte ich mitnehmen können. Ach was. Wozu?

„Die Ohrringe gehören zu einem Set, dass Sheamus für mich neu fassen ließ. Ich frage mich, warum Sie nicht das dazugehörige Armband tragen. Saphire. Nun, sie stehen Ihnen nicht so gut wie mir."

Eilig entfernte ich die Ohrringe und überreichte sie ihr auch. „Auch ein Geschenk zur Geburt eines Ihrer Kinder?"

„Zweiter Hochzeitstag." Die Duchess hielt den Schmuck vor ihre Augen. „Sie fragen sich sicherlich, was er wert ist."

„Nein." Es konnte mir egal sein, schließlich brauchte ich nun keine Angst mehr haben, ihn eventuell zu verlieren.

„Natürlich." Sie lächelte. „Wissen Sie, er scheint ein guter Fang zu sein."

„Wie bitte?"

„Mit seinem Vermögen, seiner charmanten Art ... Sheamus war ebenso und ja, ein Traumkandidat für die Ehe – auf den ersten Blick."

„Euer Gnaden, wenn ich ehrlich bin, fühle ich mich nicht wohl und würde es vorziehen, die Fahrt schweigend zu verbringen." Das war nicht einmal gelogen.

„Bitte, schweigen Sie." Es klang nicht, als wolle auch sie sich daran beteiligen, und meine Vermutung erwies sich als richtig. „Sheamus verstand es, einem Honig um den Bart zu schmieren." Sie lachte auf. „Oh, er war ein solcher Charmeur in seinen jüngeren Tagen."

Wie Ian, ja, es kam an und leider regte sich meine Neugierde. Was wusste ich schon von Ian? Nichts, und das war die bittere Wahrheit.

„Und begehrt. Oh ja. Männer wie er, das weiß jedes Kind, sind nicht für einen allein geschaffen." Das klang nicht gut. „Damals wusste ich es und glaubte, damit umgehen zu können."

„Aber dann fanden Sie heraus, dass Sie es nicht konnten, aber da war es natürlich schon viel zu spät." Die Geschichte hatte nur den einen Sinn und Zweck. „Da waren die Kinder, an die Sie denken mussten, also blieben Sie, ertrugen die Untreue ihres Mannes und machten gute Miene zum bösen Spiel." Die Augen der

Duchess glommen auf, aber es war ihr Spiel, sie wollte den Satz und Sieg.

„Die Zeiten waren anders damals. Eine Trennung ..." Sie schüttelte langsam den Kopf. „War undenkbar. In unseren Kreisen hat sich das nicht maßgeblich geändert. Eine Scheidung ..." Wieder schüttelte sie den Kopf. „Ist noch immer verpönt."

Ich wartete angespannt.

„Besonders, wenn Kinder im Spiel sind. Sie wissen, wie unsere Kinder aufgezogen werden?"

Meine Wangen begannen zu schmerzen, so verzweifelt versuchte ich, gelassen zu wirken.

„Ach, herrje! Verzeihung, da ist mir doch gleich entgangen, dass Sie kinderlos sind. Nun, das wird sich ändern müssen. Ian hat Verpflichtungen. Er braucht Erben, eine Frau, die ihm keine Kinder gebären kann, ist eine Katastrophe!"

Das musste ich erst einmal verdauen.

„Sollten sich Kinder einstellen, werden sie gemäß ihres Standes erzogen. Man hat so wenig von ihnen." Sie seufzte theatralisch. „Selbst wenn sie noch klein sind, sieht man sie kaum und sie werden so schnell erwachsen."

„Das hat man in der Hand, nicht wahr?", wagte ich zu widersprechen. Ich konnte so viel Zeit mit meinen Kindern verbringen, wie ich wollte – so ich welche bekäme, was nur mit Hilfe eines vermögenden Mannes wie Ian möglich war, was mich zu einer ziemlich berechnenden Person machte. Ich sackte in die kalten Polster, völlig mit mir selbst beschäftigt, weshalb ich gar nicht mitbekam, was die Duchess auf meine Frage antwortete.

„Hören Sie mir überhaupt zu?" Der scharfe Ton ließ mich aufschrecken. „Sie sind unglaublich!"

„Bitte?"

Ihre Augen gleißten auf, dann griff sie nach der Sprechanlage. „Fairy Pools." Sie hielt meinen Blick, wodurch mir ein eisiger Schauer über den Leib glitt. Wieder und wieder. Sie war definitiv keine sympathische Person, auch ihre Geschichte machte sie nicht menschlicher.

„Sie haben die Wahl. Noch. Sie können sich ein schönes Leben machen, ich helfe Ihnen dabei."

Natürlich aus reiner Herzensgüte.

„Sie werden nicht über die Mittel verfügen, aber ich bin bereit, Ihnen eine großzügige Abfindung zu gewähren."

„Wenn ich gehe, nicht wahr? Wenn ich einfach verschwinde." Vorausschaubar und damit irgendwie beruhigend. Tief einatmend lächelte ich. „Was ich nicht tun werde."

Die Augen der Duchess verengten sich zu kleinen Schlitzen. Wäre sie nicht so nobel gekleidet, sondern in Sack und Asche, hätte ich sie für eine Hexe gehalten, die mich verfluchte. So jedoch konnte ich beruhigt sein, dass sie, wenn überhaupt, nur böse Worte dachte.

„Sie sind entschlossen, zu bleiben?"

„Oh, ja." Und zwar nicht nur wegen der Möglichkeit, doch noch ein Kind zu bekommen. Mein Magen flatterte, als ich an Ian dachte. Ja, es machte mich eifersüchtig, ihn mit anderen Frauen vertraut sprechen zu sehen, ich sehnte mich nach seiner Gegenwart und schlief göttlich in seiner Umarmung. Ich konnte mir ruhig eingestehen, dass ich ein klein wenig in ihn verliebt war. Genug, um mit dem hier umgehen zu wollen. „Sie können Ihr Geld behalten. Ihren Schmuck." Ich wischte mit der Hand in Richtung ihrer Handtasche. „Ihr Schloss, ihren Titel und all den Mist, an dem sie so hängen." Ich rechnete halb mit einem Angriff. Die Duchess spannte sich an, ihre Hände ballten sich zu Fäusten und sie wirkte, als wolle sie jeden Moment nach vorne schnellen, um mir ihre Klauen in den Leib zu jagen. So viel zu vornehmem Benehmen.

„Wie freundlich. Ich hänge auch an meinen Kindern."

„Ach ja?" Das glaubte sie bestimmt nicht einmal selbst. „Macht mir nicht den Anschein."

„Ich habe mir schon gedacht, dass ein Gespräch mit Ihnen vergeudete Liebesmüh sein wird." Sie lächelte, wobei sie die Zähne fletschte. Unheimlich. „Wir sollten jeden Moment ankommen."

„Schön." Ich legte die Arme um mich, rieb über sie, um mich etwas aufzuwärmen. Hatten diese Limousinen denn keine Heizung?

„Sie werden mich entschuldigen müssen."

Wie bitte? Gegen meinen Willen sah ich auf. Sie hatte nicht um Entschuldigung gebeten, sondern darum ...

„Ich werde an der Feierlichkeit nicht teilnehmen." Es war falsch, dass sie nun aufrichtiger lächelte, völlig falsch. „Ich fühle mich nicht dazu in der Lage, das werden Sie doch verstehen können, nicht wahr?"

Was auch immer das nun bedeuten sollte.

„Richten Sie bitte aus, dass ich zurückgefahren bin, um mich hinzulegen. Eine Schwäche, damit kennen Sie sich doch aus."

Wie nett. Jedes Wort ein Schlag. Man war wirklich verrückt, wenn man sich auf sie einließ. „Schön." Der Wagen wurde noch langsamer, vermutlich wäre ich schneller, wenn ich zu Fuß neben ihm herliefe. Vermutlich wäre es auch wärmer.

„Sie müssen dem Pfad folgen, immer geradeaus. Sie werden spät dran sein, also nehmen Sie sich nicht zu viel Zeit. Es ist unangebracht, zu spät zu kommen. Jeder wird auf Sie warten." Ihr Grinsen wurde immer unangenehmer. Sie freute sich einfach zu sehr. „Also beeilen Sie sich. Ian wird nicht gerne vorgeführt und er verzeiht nicht so schnell."

„Ich werde mich sputen." Allein schon, um aus der Kälte herauszukommen. Die Limousine hielt. Die Aussicht, der Gesellschaft der Duchess endlich ledig zu sein, war so treibend, dass ich förmlich aus dem Wagen sprang und loslief, bevor ich überhaupt wusste, wo ich mich befand. Erst als die Felswände immer enger wurden und aus dem Weg ein schmaler, sich steinig schlängelnder Pfad wurde, überdachte ich meine Situation. Eine Kirche zwischen Felsen? Gut, wir waren in Schottland, und hier bestand mehr oder weniger alles aus Fels, selbst Ians Heim war aus dem Berg geschlagen und nicht nur aus Stein erbaut, trotzdem ... Ich zog die Schultern hoch. Die kalte

Feuchtigkeit zog unerbittlich in meine Kleidung und ließ mich zittern. In der Ferne rauschte Wasser, eine ganze Weile schon, aber es wurde immer lauter. Gut, wir befanden uns auf einer Insel, Wasser war da keine Besonderheit, selbst die Burg stand hoch oben thronend über dem Meer. Wie weit waren wir wohl entfernt? Meine Füße wurden taub und ließen mich stolpern. Ich riss mir die Seidenstrumpfhose auf und die Handflächen gleich mit. Immerhin spürte ich es nicht. Es war zu kalt für die Jahreszeit, wenn man mich fragte. Blut spülte den Dreck aus den Wunden. Ich käme nun nicht mehr nur zu spät, sondern sähe dabei auch noch aus wie eine Vogelscheuche. Ian wäre sicher begeistert, zumal, wenn keine zwei Meter weiter die perfekt auftretende Sina meine Ankunft verfolgte. Ach, hör auf. Ich ließ mich auf die Hacken zurücksinken und sah den Pfad hinauf, dann hinter mich. Wie lang war ich nun unterwegs? Der Aufstieg erschien mir viel steiler, als er mir bisher vorgekommen war. Kraxelte ich auf einem Berg herum? In Pumps und Kostüm? Lauschend konzentrierte ich mich auf meine Umgebung. Da war nichts außer Wasserrauschen. Hier war niemals eine Kirche und obwohl ich Berge nicht ausschließen konnte, war mir der Zugang zu dem Gotteshaus bei Google Maps auch nicht so unzugänglich erschienen. Butter bei die Fische: Es hatte eine große Fläche zum Parken gegeben! Warum also stattdessen einen schmalen Fußweg nehmen?

Die Erkenntnis war bitter, kam aber nicht wirklich überraschend. Die Duchess hatte mich reingelegt, und einfach irgendwo ausgesetzt und ich Dummkopf hatte ihr auch noch in die Hände gespielt. Gratuliere!

Was glaubte sie eigentlich, hiermit zu gewinnen? Verärgert rappelte ich mich auf. Schmerz schoss durch meinen Knöchel und ließ mich torkeln. Auf einen Felsen sank ich nieder und rieb über die wehe Stelle. Toll! Ich war am Arsch! Ich hatte keine Ahnung, wo ich war, hatte nichts, womit ich Hilfe holen konnte, nicht die richtigen Sachen für eine Wanderung an, und nicht einmal gefrühstückt! Ich war so etwas von am Arsch! Tränen wuschen über meine eisigen Wangen und tropften auf meine aufgerissenen Knie. Es brannte. Der Himmel über mir war so grau, wie die Wände um ich herum, und mein Gemüt … ach, wenn ich nicht so wütend wäre, hätte ich die Chance zu sehen, wie steil die Schluchten hier waren. Aber die Wut in meinem Bauch war größer, als meine Verzweiflung. So nicht. Nicht, weil sie es wollte. Die Duchess gewann vielleicht dieses Scharmützel, aber den Krieg, ha, den gewann sie nur über meine Leiche!

Mein Knöchel protestierte, als ich aufstand und einen Schritt wagte. Den Weg wieder hinunterzugehen würde eine Tortur werden, aber mir blieb keine Wahl. Die Höhe, die ich bereits gemacht hatte, musste ich auf jedem Fall wieder hinunter und ob ein einfacherer Weg auf der anderen Seite wartete, war mehr als fraglich. Trotzdem entschied ich mich nach einigen Schritten bergab um. Ganz in der Nähe gab es Wasser und ich war blutbesudelt. Kein hübscher Anblick und nebenbei wäre ich sicher einige Zeit unterwegs. Besser, ich trank, bevor ich mich auf dem Weg machte.

Wer wusste schon, wie weit in die Wildnis mich die Duchess verfrachtet hatte? Leise Freude sprang in meinem Bauch herum. Wir waren in Schottland, nicht in der Sierra Nevada. Sicherlich war es nur eine Frage der Zeit, bis ich auf Menschen traf. Bis dahin brauchte ich nur auf den tückischen Weg achtgeben. Ich schaffte das. Kein Problem.

Nach einigen Stunden, und zugegeben kurz davor aufzugeben, stand ich endlich auf ebenen Grund. Ich spürte kaum mehr etwas von meinem Körper, abgesehen von stetigen Nadelstichen. Die Kälte war unerbittlich. Dennoch war ich zufrieden. Nach einer gefährliche Kletterpartie, und einem Balanceakt auf glitschigen Steinen, stand ich vor einem kleinen Häuschen, das sich ebenso in seine Umgebung schmiegte wie Ians Burg.

„Hallo? Ist hier jemand?" Nur der Wind pfiff zur Antwort. Der Bewohner konnte überall sein. Sollte ich also eintreten oder weitergehen? Es war kalt! Widerwillig ging ich rein und schloss sorgfältig die Tür hinter mir. Es war duster. Durch die zugezogenen Fenster drang nur wenig Licht, immerhin gab es vier von ihnen, an jeder Wand eines. Damit konnte man genug sehen, um gefahrlos zum Tisch zu kommen. Mich setzend sah ich mich um. Der Kamin zu meiner Linken war riesig. Ein Topf hing an einer Halterung in der Feuerstelle. Alles machte den Anschein, aus einem anderen Jahrhundert zu stammen, also war es wohl unnötig, nach einem Telefon zu suchen. Einen Moment ergab ich mich meiner Hoffnungslosigkeit.

Kein Problem. Die Hütte war bewohnt, sicher käme der Bewohner bald zurück und konnte mir dann weiterhelfen. Er kannte den Weg ins nächste Dorf. Kein Problem.

Mir war immer noch eiskalt. Feuer. Wie machte man wohl Feuer?

Es dauerte, aber letztlich zählte das Ergebnis. Ein kleines Feuer knisterte vor mir und belebte mich. Jupp, läuft. Einen der Hocker stellte ich direkt davor, damit ich mit dem Schürhaken in den Holzscheiten stochern konnte. Fein. So konnte ich warten.

Als die Tür knarrte, stolperte ich hastig auf die Füße.

„Verzeihung!"

Die alte Frau in der Tür zuckte zusammen und starrte mich überrascht an. Händeringend suchte ich nach den richtigen Worten, allerdings: Wie erklärte man einen Einbruch?

„Es tut mir leid. Ich habe mich verirrt, mir war schrecklich kalt und ich hoffte, hier Hilfe zu erhalten." Was konnte ich sonst sagen? „Sie können gerne die Polizei rufen." Ja, keine schlechte Idee, die konnten mir auf jeden Fall weiterhelfen.

„Poileas?" Die Stimme war kratzig und irgendwie nicht ganz da. Sie schwang nach.

„Ja, gern. Ich habe nichts weggenommen, habe nur das Feuer entfacht, weil ich so gefroren habe. Es tut mir wirklich leid." Ich hob die Hände. „Sie haben nicht zufällig ein Telefon?"

„Fòn? Nay."

Ich hätte besser auf Ian gehört und angefangen, die Landessprache zu lernen. „Nay?"

Mein Gegenüber schüttelte den Kopf. „Nay. Chan eil."

Ich nahm an, es bedeutete Nein. Also kein Telefon und zurück zu Plan A. „Stadt? Welche Richtung?" Vermutlich war es ziemlich sinnlos. „Ich muss zurück nach Skye."

Die Eigentümerin der Hütte schüttelte den Kopf, trat ein und schloss die Tür hinter sich. „Die Insel ist Skye. Du bist auf Skye."

Oh Gott sei Dank, sie verstand mich doch! „Die Insel? Gibt es keine Burg, die Skye heißt?"

„Chan eil. Armadale? Dunvegan?"

Das sagte mir nichts, also zuckte ich die Achseln. „Groß." Ich machte einen Halbkreis über mich. „Am Meer." Meine Hand formte wilde Wellen. „Alt."

„Armadale agus Dunvegan. Beide." Sie nahm ihren Umhang ab und hängte ihn an den Harken neben der Tür. „Essen?"

„Das wäre herrlich." Mein Nicken war wohl deutlicher als meine Worte. Auf dem Weg zu mir sammelte sie einige Knollen ein und warf sie in den Topf über dem Feuer.

„McDonald no McDermitt?" Mit einem Harken nahm sie den Topf ab und brachte ihn zum Tisch.

„McDermitt. Ian McDermitt."

„Dunvegan. Morgen. Weg ist lang."

Erleichtert setzte ich mich zu ihr, nahm ein Messer an und half ihr, das Gemüse zu schälen.

20

Konfrontation

„Ist es weit?" Noch war ich barfuß und grub die Zehen in die Erde. Der Morgen war noch jung, die Sonne gerade erst aufgegangen, und doch konnte ich kaum erwarten, endlich loszugehen.

„Aye."

„Wann werden wir denn losgehen? Mein Mann wird mich vermissen." Davon ging ich aus, auch wenn ich mir Sorgen machte, was er von meiner Abtrünnigkeit halten mochte. Wie sollte ich es erklären?

Sie schlürfte gelassen ihren Tee. Meiner war längst schon hinunter gekippt. „Ian McDermitt? Du liebst?"

Die Antwort war nicht schwer zu finden und raus, bevor ich noch darüber nachdenken konnte. „Ja."

„Aye." Ich sah auf, wobei ich bemerkte, dass sie mich immer noch neugierig ansah. „Ja – Aye."

„Auf schottisch?"

„Gàidhlig." Sie nickte. „Gälisch."

„Aye." Tja, ich sollte es wohl lernen, warum nicht gleich anfangen. „Danke."

„Tapadh leat – Danke."

Anscheinend hatte ich hier eine Lehrerin gefunden. „Tapadh leat."

„Gehen?" Sie erhob sich ächzend und schlurfte zum Waschtrog. „Lassie. Langer Weg. Komm." Sie machte nicht den Eindruck, einen längeren Weg zurücklegen zu können, jeder kleine Schritt schien ihr Schmerzen zu bereiten.

„Vielleicht ist es besser, wenn Sie mir den Weg beschreiben?"

„Nay." Sie schüttelte den Kopf, griff nach ihrem Umhang und winkte mir zu, mich zu beeilen. Ich folgte schnell, die Arme um mich legend. „Kalt?"

„Aye." Auch wenn es wesentlich wärmer war als gestern, pfiff der Wind beeindruckend um die Ecke der Kate.

„Warte." Sie verschwand wieder in der Hütte und kam mit einer karierten Decke zurück, nein, es war ein Plaid, und das Karomuster kam mir bekannt vor.

Ich eierte auf meinen Pumps herum. Diese Schuhe waren unbrauchbar, also streifte ich sie ab.

„Gehen. Komm." Sie war schneller auf den Füßen, als ich gucken konnte und wedelte mit der Hand. „Komm." Sie trieb mich zur Eile an. „Komm. Weg lang."

Ich erwartete, dass sie auf den Wasserfall zuhalten würde, aber sie nahm die andere Richtung, den Fluss hinunter. Nicht ganz der Weg, den ich erwartet hatte, aber mir nur recht. Barfuß über den Fels zu klettern, war sicher nicht lustig. So blieb es zumindest ebenerdig und größtenteils Gras bedeckt.

„Mann?"

„Ian McDermitt, mein Ehemann." Es erfüllte mich irgendwie mit Stolz. Mein Ehemann. Meine Lippen bogen sich in ein zufriedenes Grinsen, weil mir sein Anblick direkt vor Augen stand. Sicherlich hatte ich in den letzten Jahren nicht die besten Entscheidungen getroffen, aber diese fühlte sich verdammt richtig an.

Sie sah sich zu mir um, ihre kleinen Augen huschten über mich. „Komm."

Der Weg blieb unendlich. Die Sonne wanderte im hohen Bogen über uns hinweg, und neigte sich bald schon wieder der Erde zu, als wir nach zahllosen Schritten, Kurven, Auf- und Abstiegen und einigen Pausen endlich am Horizont einen vertrauten Umriss ausmachten. Skye, oder Dunvegan, wie meine Begleitung die Burg nannte.

„Sollen wir uns noch eine Rast gönnen?", schlug ich vor, weil sie immer langsamer wurde, je näher wir unserem Ziel kamen. Vermutlich war sie erschöpft. Tja, ich war es. Meine Füße schmerzten, schließlich war ich noch nie in meinem Leben so viel ohne Schuhe unterwegs gewesen, und die Rinde, die mir meine Begleiterin irgendwann um die Füße gewickelt hatte, war auch keine große Erleichterung gewesen. Borke.

„Aye." Sie deutete auf eine Felsformation zur Rechten und ich folgte dem Wink. Die Burg thronte auf den Klippen, zog meinen Blick magisch an. Es war nicht mein Heim. Es war nicht das Gefühl nach Hause zu kommen, das mich beflügelte, es war die Aussicht Ian wiederzusehen. Dreißig Stunden, das war albern.

„Sie bleiben doch über Nacht?" Wir waren den ganzen Tag unterwegs gewesen, zu Fuß kam sie nicht zurück, und ich wusste nicht, ob ich ihr eine Fahrgelegenheit besorgen konnte. Gab es hier Taxis? Vermutlich. Ich käme auch irgendwie an eine Nummer, aber ich mich fühlte ihr verpflichtet und wollte ihr etwas Gutes tun. Sie heimbringen, eine warme Mahlzeit anbieten, eine Übernachtung in einem warmen, weichen Bett. Sie war so freundlich und großzügig gewesen, dass ich mich erkenntlich zeigen wollte. „Bitte."

Wir erregten nicht den erwarteten Aufschrei, als ich wieder da war. Im Gegenteil. Der steife Butler wollte uns nicht reinlassen. Er bestand darauf, ich sei abgereist, Ian wäre nicht zu sprechen und der Rest der Familie befände sich in Trauer.

„Hören Sie, Porter, wie wäre es mit einem zweiten Blick?" Ich trat vor, hatte mit Sicherheit nicht vor, mich abweisen zu lassen. Herrgott, ich war Ians Ehefrau, so gesehen war es mein Heim und er mein Angestellter. „Sie werden nun den Weg räumen und dafür sorgen, dass meine Begleitung und ich auf der Stelle an einen warmen Ort gebracht werden und eine Mahlzeit erhalten!"

„Miss ..."

„Mrs Vanessa McDermitt!", unterbrach ich ihn, mittlerweile direkt vor ihm stehend, ohne die gewünschte Reaktion auszulösen. „Von wem haben Sie die Order, mich nicht hereinzulassen?" Jetzt zumindest verriet er sich. „Sie sollten Ihre Loyalitäten prüfen. Ian ist jetzt der Duke, er erteilt hier die Befehle und die Aufgaben, nicht wahr? Ich will auf der Stelle mit meinem Mann sprechen!"

„Miss ... seine Gnaden ist nicht im Haus."

„Lachlan, Catriona, wenn es nicht anders geht, spreche ich auch mit meiner Schwiegermutter! Und glauben Sie mir, bevor ich nicht mit Ian gesprochen habe, rühre ich mich nicht von der Stelle!" Ich war laut geworden, ja, aber der Typ regte mich auf.

„Sie werden hier warten."

Fein. „Hier in der Halle? Es zieht."

„Entweder Sie warten hier oder vor der Tür!" Er sollte wissen, dass er auf dünnem Eis stand, und dies hier ein gefährlicher Weg war.

„Es regnet draußen." Ich hob die Hände. „Wir warten." Ich malte mir allerhand grausame Wege aus, mich zu rächen. Er könnte sich zukünftig um die Latrinen kümmern. Oder um Ställe. Welche Tiere machten besonders viel Dreck? Er könnte auch der Leibdiener der Duchesse werden und sich nur noch um ihre Launen kümmern. Oh, das war doch besonders nett, oder?

„Porter, was zum Teufel geht hier vor?"

Ich fuhr herum. Ian klappte seine Kapuze um und musterte dabei meine Begleiterin, dann wandte er sich zu mir. Unsere Blicke begegneten sich und in dem Augenblick war alles klar. Tief ausatmend warf ich mich ihm an den Hals.

„A ghràidh." Ian schloss mich in die Arme und drückte mich an seinen gestählten Körper. „Ich befürchtete ..."

„Mir ist so kalt!", bibberte ich, mich an ihn kuschelnd. „Und ich bin hungrig." Ich lachte auf. „Wir brauchen unbedingt etwas zu essen! Nicht wahr?" Ich drehte den Kopf, um meine Begleitung anzusehen. „Hungrig?"

Ian drehte sich ebenfalls, wodurch ich sie wieder aus dem Blickfeld verlor. „Sie haben meine Frau gefunden und zurückgebracht?"

„Aye, Mylaird."

Eigentlich hatte ich sie gefunden, aber ich wollte nicht kleinlich sein. „Wir sind den ganzen Tag gelaufen und brauchen dringend ..." Ein Bad, Essen, Wärme und Ruhe.

„Alles."

„Ich habe ..." Tja, wen eigentlich? Nicht zu fassen, dass ich nicht nach ihrem Namen gefragt hatte! „... angeboten, dass sie über Nacht bleiben kann, und wir sollten sie auf jeden Fall nach Hause fahren." Auch wenn ich mir nicht sicher war, ob wir ihre Hütte mit einem Wagen erreichen konnten.

„Sie wissen, wer ich bin?" Er streckte die Hand aus. „Sie tragen unsere Farben, aber ich kenne Sie nicht."

„Gail McInnes, Mylaird."

Ich spürte, wie er verkrampfte. „Miss McInnes." Er klang auch angespannt. „Mòran Taing!" Sie wechselten ein paar Worte auf Gälisch, bevor Ian sich an Porter wandte. „Bereiten Sie Zimmer und eine Mahlzeit für den Gast meiner Gattin vor. Das Dinner steht aus, bis die Damen bereit sind."

„Euer Gnaden, das Dinner ist bereits im Gange."

„Wie bitte?", knirschte Ian.

„Ihre Gnaden ..."

„War ebenfalls nicht anwesend." Er drückte mich fester an sich. „Ich hoffe doch, Sie sprechen nicht von der Dowager Duchess, die keine Anweisungen zu geben hat, die meiner widersprechen."

Gail sagte etwas, was Ian aufregte.

„Porter wollte dich nicht ins Haus lassen?" Er schob mich ein Stück von sich fort, um mich anzusehen.

Uh, böse. „Sicher hat er mich nicht erkannt. Ich sehe ziemlich mitgenommen aus." Ich konnte seinem Blick nicht standhalten. „Wir sollten nichts überstürzen, meinst du nicht?" Konsequenzen mussten bedacht sein.

„Natürlich", grummelte Ian und küsste mich sacht. „A ghràidh, magst du Baden? Miss McInnes möchte sich sicherlich ebenfalls frisch machen und meine Mutter wird ihr Dinner unterbrechen müssen." Die letzten Worte richtete er wieder an den Butler. „Augenblicklich. Es wird ausgesetzt, bis meine Gattin, unser Gast und der Rest der Suchmannschaft bereit ist."

„Jawohl, euer Gnaden."

„Ich rufe Lachlan und die anderen zurück." Ian seufzte gedehnt. „Komm, ich begleite dich. Ach, Porter, Miss McInnes Wünsche haben Vorrang zu denen der Dowager Duchess, verstanden!" Ian führte mich die

Stufen hinauf, ohne mich aus der Umarmung zu entlassen. „Ich habe mir Sorgen gemacht."

„Es tut mir leid, dass ich nicht da war. Für dich. Bei der Beerdigung." Ich lehnte mich an ihn, zufrieden und hundemüde.

„Màthair sagte, du hättest dich entschuldigen lassen, da wusste ich, dass etwas nicht stimmt." Er drückte seine Lippen an meine Schläfe. „Ich kam nicht weg. Es war schrecklich. Als ich endlich nach dir sehen konnte, warst du weg."

„Das tut mir leid."

„Dein Pass war hier und màthair bestand darauf, dass du sehr verwirrt gewirkt hast."

Mir ging ein Licht auf. „Und du dachtest ...?"

„Nein. Ja. Das war schwierig." Ian seufzte leise. „Ich konnte es nicht völlig ausschließen, unsere Situation hier ist ... nicht leicht."

Sicher nicht.

„Und màthair tut ihr Bestes, alles noch zu verschlimmern, aber damit ist jetzt Schluss! Sie wird es noch bereuen."

„Sie ist deine Mutter und sie hat kürzlich ihren Ehemann verloren", versuchte ich recht widerwillig, die Wogen zu glätten. Ich wollte nicht an einem endgültigen Zerwürfnis schuld sein.

„Sie war schon immer so. Es reicht jetzt." Wir erreichten unser Zimmer. „Mach dich frisch. Ich muss noch ein paar Anrufe machen und dann stellen wir màthair."

Eine geschlagene Stunde später führte Ian mich zum Speisesaal. Gail folgte uns. Schon aus einiger Entfernung konnte man die Duchess wüten hören. Sie schrie jemanden an. Erst als wir den Raum betraten, konnten wir feststellen, dass Lachlan sich dem unbändigen Ärger seiner Mutter stellen musste.

„Bändige dich, màthair, auf der Stelle!", brüllte Ian. Ich zuckte zusammen. Die Duchess ließ es kalt, sie drehte sich mit blitzenden Augen um. Wenn Ian erwartet hatte, sie würde sich bei meinem Anblick verraten, wurde er enttäuscht. „Ah, haben Sie es sich wieder anders überlegt? Dieses Hin und Her ist wirklich ermüdend." Sie ging zu Ian über. „Sagte ich nicht, dass deine Sorge unbegründet ist?"

„Nay, màthair, du sagtest, Sorge sei an ihr verschwendet."

„Können wir nun das Dinner beenden?" Sie ließ uns stehen und trat an den Tisch, um den Platz am Kopf einzunehmen.

„Du hast unseren Gast gar nicht begrüßt, màthair, Gail McInnes."

Porzellan klirrte und die Duchess schnaufte. „Du bringst dieses Weibstück in unser Haus?"

„Oh, ja." Ian führte Gail am Ellenbogen zum Tisch, direkt auf seine Mutter zu. „Und sie wird an diesem Platz sitzen. Steh auf. Für dich ist ein Platz in der Mitte der Tafel reserviert. Für heute. Ab morgen wirst du dich nicht mehr auf Skye aufhalten."

„Wie bitte?", quiekte die Duchess fürchterlich schrill.

„Dir steht eine Apanage zu, deren Höhe nicht festgesetzt wurde."

Sie kam blitzschnell auf die Füße, schwankte und stützte sich auf dem Tisch ab. „Wag es nicht!"

„Es ist also meine Aufgabe, deine Bedürfnisse zu kalkulieren."

Mein Atem stockte erschrocken. Das war böse!

„Ich denke, etwas Abgeschiedenheit tut dir gut. Ruhe und Zeit für Besinnung", fuhr Ian fort, während er seine Mutter bestimmend vom Tisch fortzog.

„Ha! Ich werde selbst wissen, was gut für mich ist." Sie zerrte an seinem Griff.

„Aye, màthair. Das wusste ich auch bereits seit einigen Jahren, das hat dich nicht daran gehindert, dich immer wieder in mein Leben einzumischen und alles zu unterbinden, was dir nicht gefiel." Gälische Worte folgten und Gail sank auf den Stuhl, den zuvor die Duchess beansprucht hatte.

„Ich bin deine Mutter!", zischte die Duchess. „Du wirst mich nicht wie ein ungebärdiges Kind behandeln!"

„Ich gebe dir eine Chance, màthair, es abzuwenden." Die Spannung bewirkte eine schmerzliche Gänsehaut, die sich über meinen gesamten Körper zog. „Entschuldige dich bei Vanessa und wir finden gemeinsam eine Lösung."

Die Duchess durchbohrte mich mit Blicken. „Ich habe nichts getan, wofür ich mich entschuldigen müsste." Sie befreite sich mit einem harten Ruck aus seiner Umklammerung. „Ich lasse mich von dir nicht schikanieren!" Hocherhobenen Hauptes stolzierte sie aus dem Raum, der in tiefer Stille lag.

„Sie wird sich niemals entschuldigen", griff Catriona nach langem Zögern ein. „Und gewöhnlich ..."

„Gewöhnlich stellt sich ihr niemand entgegen." Ian sog tief den Atem ein und zwang sich zu einem Grinsen. „Also, wer ist hungrig?"

Lachlan hob die Hand. „Ich. Mann, zehn Stunden ununterbrochene Suche machen hungrig."

Meinetwegen? „Oh, das ..."

Lachlan zuckte die Achseln und grinste schief, womit er Ian noch ähnlicher wurde. „Ein verlorenes Schaf zu finden, scheint Ian mir vollauf zuzutrauen." Er zwinkerte und führte Liny an mir vorbei, die ebenfalls breit grinste und mir zuzwinkerte.

„Immerhin, Islay musste kämpfen, überhaupt mithelfen zu dürfen." Sina zog sich ihren Stuhl selbst heraus. „Also, ich habe auch einen Mordshunger."

„Ich auch", seufzte Catriona und rieb sich den Bauch. „Ständig. Wollen wir?"

Ian schob mich zur anderen Seite des langen Tisches, während auch alle anderen Platz nahmen.

„Bekommen wir die Geschichte zu hören?", fragte Islay und suchte nach Sinas Blick. „Ich meine nur, Ian besteht darauf, dass Tante Mairi ihre Finger im Spiel hatte. Aber wenn Vanessa nur spazieren ging und ..."

Sina verdrehte die Augen. „Wenn du mich fragst ..."

„Ich bin an der falschen Stelle ausgestiegen." Einer der Bediensteten, es war nicht der Butler, der mich nicht ins Haus hatte lassen wollen, goss Wein in mein Glas und fragte, ob er mir die Vorsuppe auftischen dürfe. „Gern, aber beginnen Sie bitte bei Gail."

„Hast du dir eigentlich schon Namen für eure Kinder überlegt", erkundigte sich Sina bei Catriona, die den Wein ausschlug und um eine große Portion Suppe bat.

Ians Hand legte sich auf meine, die sich auf dem Tisch verkrampfte.

„Ich nehme an, Guy steht ganz oben auf der Liste", griff Carolina belustigt auf.

„Haha! Nein, das Vergnügen überlasse ich Ian."

„Es wird wohl in dieser Generation keinen Guy McDermitt geben." Ian hob meine Hand an seinen Mund und küsste meine Finger.

Alle Augen richteten sich auf mich, aber keiner wagte, etwas zu sagen.

„Wir finden sicherlich ansprechendere Namen, was schwebt dir so vor?" Ian lächelte mich an. „Hübsche deutsche Namen vermutlich."

„Guy?", griff ich auf, nervös und unsicher, wie ich mit der Situation umgehen sollte.

„Die Namen der McDermitt-Nachkommen sind festgelegt", übernahm Carolina die Erklärung. „Guy wäre bei uns gelandet, aber das fand ich indiskutabel."

„Oh." Ians beständiger, sanfter Blick beruhigte mich ein wenig. „Guy klingt wirklich schrecklich."

„Aye!" Catriona kicherte. „Wir haben uns noch keine Gedanken gemacht, aber ich mag Charlotte."

„Ist das ein typisch schottischer Name?" Ich hoffte, es lenkte ab. Von mir, meiner Nervosität und der unausgesprochenen Frage, ob ich Kinder haben würde.

„Nein." Catriona nippte an ihrem Wasser. „Aber ich mag den Namen." Sie zuckte die Achseln. „Aber natürlich müssen wir es noch absprechen."

„Wir sollten einige deutsche Namen einführen", kicherte Carolina. „Herbert. Gunhild."

„Gernot", schlug ich vor. „Hildegart."

„Lutgar." Sina rührte in ihrer Suppe. „Oder wie wäre es mit Theresa?"

„Welche schrecklichen schottischen Namen gibt es denn? Ich kenne kaum welche."

„Selbstverständlich gibt es einige weniger moderne Namen", nahm Islay den Gesprächsfaden auf. „Angus."

„Hemish", warf Lachlan ein.

Es ging in die Runde und hob deutlich die Stimmung, einander die schlimmsten Namen vorzuhalten, die uns einfielen, und es war in Ordnung. Es wird Kinder in unserer Familie geben. Drei hatten bereits einen Namen: Lindsay, Sheamus und Lennox. Jedes weitere bekäme auch einen und irgendwie waren es auch meine Kinder – im großen Zusammenhang gedacht. Schließlich galt ich nun als Gattin des Familienoberhauptes, so antiquiert es auch klang.

„A ghràidh?" Ian berührte meine Wange. „Bist du nicht hungrig?"

Ich hatte meine Suppe nicht angerührt, während die Teller der anderen bereits abgetragen wurden. „Ich war nur in Gedanken."

„Schönen hoffentlich."

„Irgendwie schon, ja."

„Ich stehe zu meinem Wort, a ghràidh. Diese Verzögerung tut mir leid, aber unser nächster Schritt wird auf jeden Fall die Reise in die USA sein."

Für die Fertilisation. Mein Seufzen blieb innerlich. „Danke, Ian, aber meinst du nicht, wir haben hier genug zu tun?" Die Duchess im Zaum halten, das Schloss bewohnbar machen ... sicher war es nur der Anfang einer endlosen Liste.

„Nichts was wichtiger wäre, als dich glücklich zu machen." Er drückte meine Finger mit einem Blick, der meine Knie weich machte. Gut, dass ich saß.

„Weißt du, vielleicht ist es gar nicht mehr so wichtig."

„Für mich ist alles wichtig, was dich betrifft." Das war süß. Ian beugte sich zu mir und gab mir plakativ einen Kuss. Unnötig, denn wir spielten nicht mehr das verliebte Paar und doch wirbelte es mein Innerstes auf. „Du machst mich ziemlich verrückt, weißt du das?"

„Nay, wusste ich nicht", flüsterte ich. „Aber es trifft sich. Du machst mich auch *kirre.*"

Ich wusste, dass er es aufgreifen würde, und er tat es. Er lachte, seine Lippen vibrierten auf meinen, als er mich fester küsste.

„*Kirre*? Mann, ich werde so viel Spaß haben, deine Sprache zu lernen!"

„Und ich werde mir wohl die Zunge brechen, deine zu sprechen!" Er war einfach verdammt süß. Und heiß. Und viel zu besorgt, als dass es nicht echt wäre. Mein Magen flatterte und ich zog mich zurück, um ihn anzusehen. Ein Blick, der alles sagte, egal in welcher Sprache und viel bedeutender, als jedes Wort, das er sagen konnte.

20

Epilog gefällig?

Was für eine Tortur. Mein Arm war tonnenschwer, aber ich ließ ihn nicht sinken. Zu süß war dessen Inhalt. Ich starrte auf es nieder, konnte mich kaum fortreißen von diesem kleinen Gesicht und den funkelnden blauen Augen. Irgendwie konnte ich es noch immer nicht fassen. Die Tür schlug leise zu, aber es kümmerte mich nicht. Ein Arzt, eine Schwester – was interessierte es mich?

„Entschuldige", bat Ian zerknirscht und brachte mich nun doch dazu, die Augen von unserem Baby zu nehmen. Er setzte sich auf die Bettkante und griff nach meiner Hand. Er sah mitgenommen aus, dabei war ich es, die soeben die schlimmsten zwanzig Stunden hinter mich gebracht hatte, die man sich vorstellen konnte – und auch die schönsten. Irgendwie.

Er grinste schief. „Jetzt habe ich es doch noch verpasst."

„Wie geht es deinem Kopf?" Ein dicker, weißer Verband, der gefährlich aussah, zierte ihn. Ian hob die Hand, legte sie an seine Stirn und verzog die Miene.

„Das ist wirklich peinlich." Er war umgekippt, als es ernst wurde, was mir eine Schrecksekunde eingebracht hatte und ihm diese Kopfverletzung. Blut klebte noch an seinem Hemd, also hatte er sich nicht umgezogen, war vermutlich nach der Erstversorgung direkt zurückgekommen.

„Geht es dir gut? Wenn dir schwindlig ist ..." Ich rutschte im Bett zur Seite, das nicht breit genug für zwei Personen war – drei, wenn man unser Baby bedachte.

„Geht schon." Seine Finger krabbelten höher und schoben die Mütze aus dem Gesicht des neusten McDermitt-Familienmitglieds. „Ich dachte, deine Mutter raubt mir den Verstand, aber du ..." Er beugte sich vor, um seine Lippen auf die winzige Nase zu pressen.

„Die Besinnung. Wie passend", gluckste ich spöttisch. „Warte, bis sie Jungs datet."

„Ja, da hätten wir es mit einem Jungen leichter gehabt." Ian seufzte, ohne den Blick von dem Säugling in meinem Arm zu nehmen.

„Es tut mir leid."

„Was denn?" Seine Hand bebte, als er sie nach der Kleinen ausstreckte und ihr zart über die Wange strich.

„Dass es kein Junge ist."

„A ghràidh, ich bin hin und weg von unserer kleinen Prinzessin, obwohl ..." Er hatte es also bemerkt. „Vielleicht trügt mich meine Erinnerung, aber sie sieht genauso aus, wie Ealasaid als Baby." Die wiederum ihrer Mutter sehr ähnlich war. Keine perfekte Kombination.

„Stimmt, aber sie ist es nicht. Sie ist unser Baby. Deines und meines und damit ein völlig anderer Mensch." Sie hatte es verdient, ohne Vorbehalte geliebt zu werden.

Ian rutschte zu mir ins Bett. „Ich hoffe, sie ist wie du." Er küsste mich. „Also, einigen wir uns nun auf einen Namen?"

„Guy ist raus, nehme ich an?" Ein familiärer Spaß, in den ich gerne einstieg, zumal die Kleine sicher nicht aus dem Kelch trinken musste.

„Meine Löwin zeigt ihre Krallen, ja?" Wieder küsste er mich, dieses Mal wesentlich ausgedehnter, bis der Nachwuchs unsere Aufmerksamkeit durch ein süßes, kurzatmiges Brüllen zurückforderte.

Oh, oh, da ist jemand eifersüchtig. „Keine Chance, Prinzessin, deine màthair bleibt die Nummer eins."

„Das glaube ich nicht", widersprach ich leise. „Ich sollte sie anlegen. Die Hebamme wollte mich gleich dazu drängen, als man die Kleine zu mir brachte, aber ich musste sie mir erst einmal anschauen."

„Ja, das kann ich verstehen. Sie läuft mir sicher bald den Rang ab."

„Als Herzensbrecher?" Armer Ian. Er beobachtete mich, wie ich mich abmühte, meine Brust zu befreien, ohne das Baby abzulegen.

„Das wirst du nicht wirklich tun, nicht wahr?"

„Meine Tochter füttern? Oh doch."

Er gurgelte verzweifelt. „A ghràidh, wie soll ich dich je wieder anfassen, wenn ich dieses Bild vor Augen habe?" Trotzdem öffnete er den letzten Knopf und schob den Stoff zur Seite. „Ich fühle mich bereits aufs Abstellgleis geschoben."

„Sei kein Dummkopf, Ian." Der kleine Kuss sollte ihn beruhigen. „Ich liebe dich."

„Oh, ja, aber du hast deinen Herzenswunsch im Arm, daneben ..."

„Ian, ich liebe dich. Fiona ist ein kleines Puzzlestück meiner Gefühle zu dir, nichts weiter."

„Fiona."

„Felicitas?"

„Nein, Fiona gefällt mir. A ghràidh agam ort-sa, Vanessa. Wie wahnsinnig."

„Ich weiß." Ich legte die Hand an seine Wange. „Ich bin dir dafür wahnsinnig dankbar."

„Für Fiona? Ich hoffe, du planst keine weiteren Odysseen ein. Ich glaube nicht, dass ich weitere zwei Jahre durchstehen werde." Ian kuschelte sich an mich. „Ich will dich nicht ständig leiden sehen müssen."

Mein Seufzen trug Welten. „Ja, einiges war nicht schön, aber ich wusste, worauf ich mich einließ. Und denk daran: Wir sollten einen Sohn haben."

Auch er stöhnte und drückte seine Lippen auf meine Stirn. „Einmal noch? Ich schwöre, dass ich es nicht häufiger verkraften werde."

„Wir haben noch Eier eingefroren. Damit sollten wir anfangen, damit ersparen wir uns einiges von der

Prozedur." Die Hormone, die einem zum Anregen der Eireifung injiziert wurden, und bei mir schreckliche Übelkeit ausgelöst hatten zum Beispiel. „Aber frühestens nächstes Jahr. Jetzt genießen wir erst einmal unser Glück."

„Ja. Ich frage gleich mal nach, wann ich euch nach Hause bringen darf."

Fiona schmatzte genüsslich. Ihre Lider wurden dabei immer schwerer und mein Herz quoll über. Perfekt. Besser ging es gar nicht. Ich hob den Blick, begegnete seinem, der wohl auf mir lag. „Ich bin glücklich, Ian. Wahnsinnig glücklich und das nur wegen dir."

„Das ist gut. Ich will dich glücklich. Immer. Meinst du, es wird uns wieder zwei Jahre beschäftigt halten?"

Er sprach von dem Versuch, Fiona ein Geschwisterchen zu schenken, aber meine Gedanken hingen nur noch selten meinem Kinderwunsch nach. Ich hatte mehr bekommen. Erfüllung. Ein zweites Leben, hier mit Ian. Eines, das ich um nichts in der Welt missen wollte. Meine Depressionen waren nicht verschwunden. Es gab immer noch Zeiten, da stellte ich alles infrage und haderte, aber die Gründe dafür waren nicht so ernst, dass ich nicht aus diesen Gedanken gerissen werden konnte. Und Ian sorgte für ein Umfeld, in dem ich mich stets geborgen fühlen konnte – verstanden.

Was ich mir wünschte? Für mich gab es nichts mehr, was ich mir wünschen müsste, ich hatte alles, was ich brauchte, und es hatte kaum etwas mit dem Zeug zu tun, mit dem er mich überschüttete. Schmuck, Kleider, selbst der neue Fahrstuhl auf Dunvegan, war unbedeutend neben dem Gefühl der Sicherheit, den er in mir auslöste.

„Ich hoffe doch, dass wir uns für immer beschäftigt halten können. Miteinander. Nur du und ich." Das wäre Glück. Das höchste Glück.

Ende

Lightning Source UK Ltd.
Milton Keynes UK
UKHW010642211021
392589UK00002B/390

9 783960 873853